JN316913

講談社文庫

白い遠景

吉村 昭

講談社

白い遠景／目次

取材ノートから

白い遠景

戦争と〈私〉

白い橋

終戦前の数ヵ月間は、太陽も、空も、道も、焼跡もすべて白っぽかったような記憶がある。

その年の四月中旬、私は、夜間空襲で生れ育った家を焼かれ、隅田川をへだてた地に父たちと仮の宿を見つけて住みついた。

私は、しばしば隅田川に架けられた橋を渡った。自転車に乗って渡る時もあったが、多くは徒歩であった。

両側に焼けトタンや瓦礫のひろがる白っぽい道を歩いてゆくと、道は上り傾斜になり、橋の上に出る。橋の欄干の傍には、いつも数人の通行人が足をとめて下方を見下していた。戦闘帽にゲートルを巻いた男たちばかりで、中には自転車のハンドルをにぎっている者もいる。時には、上衣のポケットから炒った大豆をつまみ出しては、丹念にかみくだいている男もいた。

私も、その個所に行くと足をとめて川面を見下す。そこには、必ずと言っていいほど水死体がうかんでいた。ほとんどが眼になじんだ遺体で、最もよく眼にしたのは、防空用の鉄帽をかぶり手提金庫を背負ってうつ伏せになっていた男、嬰児を背にくくりつけた中年の女、白髪頭の素足の老人、はちきれそうな臀部をみせて浮いている若い女などであった。

それらに共通しているのは、焼焦げの跡がないということであった。おそらくそれらは、炎に追われて川の中に身をひたし、壮大な燃焼作用による酸素の欠乏で窒息死して川に流れ出たものにちがいなかった。

満潮の折には、川の中央を恰も筏のように数体の遺体が寄りかたまって流れているのをみることが多く、橋の下で停止しているものは少なかった。が、干潮時には、橋下の川筋が屈曲し洲もできている関係からか、二、三十体の遺体が干潟にあげられた死魚のように横たわっていた。

それらの遺体を見下す私には、なんの感情も湧いてはいなかった。眼で遺体の数をかぞえてみたり、見なれた遺体に変化が起ってはいないかをさぐってみたりしているだけで、頭の中は空虚だった。当然のことながら、それらは少しずつ黒ずみ、油でよごれていった。

　橋の上に足をとめている人たちは、その場が休息所ででもあるかのようにしばらくの間立って欄干にもたれたりしていた。

　当時、見る物……は皆無に近かった。興行街の建物は焼け、たとえ焼けていなくても芝居をする役者もいず、映画の撮影技師もいない。少し前まではアメリカの爆撃機に日本の戦闘機が攻撃してゆくのを興奮して見上げていたが、焼土と化した東京に爆撃機の飛来も絶えていた。そうした単調な生活の中で、橋の下に屯している遺体の群は、ともかく見る物であったことはたしかであった。或る者は、遺体から眼をあげると、工場の破壊によって汚水の流れ込まなくなった澄んだ隅田川の川筋に視線を伸ばしたりしていた。

　なぜかわからぬが、橋の上に寄り集っていた者たちは、一様に口をつぐんでいた。それが、わずかながらも死者へのつつましい儀礼であったのかも知れない。

　私は、橋を渡る時に必ず遺体を見下して三十分程すごすのを常としていたが、遺体の群は夏の陽光が強まった頃、不意に姿を消した。軍が民間人を督励して収容し、共同埋葬したという話をきいた。

しかし、その後も、私は橋を渡るたびに習慣のように川面を見下した。遺体はなかったが、或る雨の日、油で黒く衣服の汚れた遺体が一体、橋下の杭の傍にうかんでいるのを見た。それは遺体という概念には遠い、大きな芥のようにみえた。

終戦日の十日ほど前、私はその橋を渡って、徴兵検査を受けるために焼跡の中に立つ鉄筋コンクリートの小学校へ赴いた。教室は焼けていて、検査は、廊下でおこなわれた。

私は、結核の既往症があったが、五十年輩の軍人は直立不動の姿勢をとる私に、

「第一乙種合格」

と、甲高い声で言った。

その日、私は、再び橋を渡って家にもどったが、橋も道も太陽も空も、そして、焼跡の中の小学校の焼けた壁も、一様に白っぽく輝いていた。

私の記憶にある橋は、現在も隅田川に架っている。

（「すばる」昭和50年秋号）

戦後は終らない

数日前の夕方、所用で家を出た私は、駅前の通りを焼鳥を食べながら歩いてくる男に眼をとめた。

労務者かなにかなら空腹をみたすためにそんなこともするだろうが、焼鳥の串をもって歩いている男は、おそらく一流会社にでも勤めているらしいサラリーマン風の男であった。

焼鳥とその男との組合わせが、不釣合であった。夕方の六時頃だから、家へ帰れば夕食が待っているだろうし、たとえどのように空腹であっても大の男がそれまで我慢できないとは思えない。そうした不自然さから、私はその男に視線を向けつづけたが、その男の顔を見ているうちに胸の中にほろ苦い感情が湧いてくるのをおぼえた。

口を動かしている男の顔には、ひどく深刻な表情が浮んでいる。焼鳥をじっくりと嚙み、そして丹念に咀嚼することによってその栄養を体内に吸収しようとつとめているようにみえる。

ふと、私は、その男が私と同じ世代ではないのかと思った。というよりは、私の推測はまちがいないと信じ込んだ。おそらくその男は、戦時中に私と同じように食料の乏しい都会で少年期を送ったのではないのだろうか。

当時、少年であった私は、戦争の恐しさなどということよりは、毎日毎日が空腹であることに苛立っていた。芋や自家製の奇妙なパンを口にできればよい方で、ドングリの粉でつくった食物や、豆だけをかじって過さねばならなかった日の方がはるかに多かった。昼食を口にすれば、夕食が果して食べられるかどうか、夕食にありつければ、明朝の食物はなんなのだろうか……と、そんなことばかり考えて過していた。

その頃の食物は、うまいまずいが価値判断の基準ではなく、空腹感をどの程度いやしてくれるかどうかということと、その食物が自分にどの程度の体力をつけてくれる質のものか、つまり栄養があるのかどうかという二点にかぎられていた。食べることが、発育ざかりの少年であった私たちには、最大の関心事であり、生活の大半を占める重大な事柄だったと言っていい。

風紀のいいとされていた私の中学校でも、昼の弁当が、しばしば中身を空にされた。教師も生徒も弁当盗みの犯人割出しにつとめたが、だれがそのようなことをするのかどうしてもわからない。友人同士互いに疑いの眼で見るほど、その盗みは怪盗ルパンそこのけであった。私のクラスの誰かがその一人にちがいなく、今ではおそらく医学博士になっていたり、一流企業の幹部におさまっているはずなのだ。

道路上を、焼鳥を食べながら歩いてきた男にとって、戦時中のいまわしい記憶から空腹感こそ最も堪えられぬものであり、食物は体に栄養を与えてくれるものでなくてはならないという確とした判断があるにちがいない。かれの焼鳥を食べる突きつめた表情は、物悲しくも少年期の記憶が今もって残されている証拠だろうし、つまり、かれにとって、戦後はまだ終っていないのだ。

しかし、私も、その男を笑うことはできない。焼鳥を食べながら歩く男の姿に、むしろ苦い物悲しさをおぼえたのは、私にも食物を通しての戦時中の堪えがたい記憶が、現在でも根強く残っているからにほかならない。

中学校時代の同窓会が年一回ひらかれるが、会に初めて出席した時、長身だと思っていた友人たちが、世の基準からみれば思いがけず背が低いのに驚いた。見まわしてみると背丈の低い男ばかりで、それは、成長期にロクな食物を口に入れることができなかった当然の結果なのである。

会の話題は、食物に関することが多い。勤労動員先の工場の裏手でカボチャを盗んだ話、雑炊食堂の前にできた長い列に飯盒を手に並んだ話、友人たちでグループを作って買出しに行き警察官に没収された話などさまざまだが、きまってその終りには、弁当紛失事件が誰かの口から出てお互いの顔を見つめ合う。笑いながらの回顧談だが、その後には妙にわびしい空気が漂う。

思い返してみると、あの戦争が終ったのは、私たちが十八歳の時だった。食糧事情が極度に悪化したのは、昭和十八年頃からだったから十六歳の頃から空腹感にさいなまれはじめたのだ。さらに戦後、漸く食糧事情が曲りなりにも好転したのは昭和二十三年頃からだったから、結局十六歳の頃から二十一歳の頃までは、満腹感など全く縁がなかった。

栄養失調症で、よく路上で息絶えている男を見かけた。家の近くに溝があったが、どういう理由からか、その溝にうつ伏せになって死んでいる人を何度もみた。その姿勢も、いつもきまって頭部を溝の中に突っ込み、そしてそれらは、一人の例外もなく中年以上の男であった。

今思い返してみても、女が行倒れている姿を一人も見かけなかったことは不思議でさえある。戦後、女は強くなったというが、女には本質的に絶対的な強靱さが備わっていて、あの食糧欠乏時代にも逞しく生きつづけていたのだ。

私と妻とをくらべてみても、彼女には、終戦前後の食物の記憶はそれほどのすさまじさはない。

「あの頃は、腹が始終へっていたなあ」

という言葉を私が口にすると、彼女も対抗するように自分もにがい経験をもっているると、少々誇張気味に話し出す。が、彼女の話には迫力がない。

「毎日、お芋ばかり食べていた」

とか、

「お米なんかだってお粥みたいにのばして食べたし、それも麦が大部分なんですもの」

とか言った具合である。

当時の私には、芋など黄金色にかがやく絶妙な味をもつ貴重な食物に思えていたし、米はおろか麦なども、夢の中にしか現われぬ遠く遥かな存在でしかなかった。

「馬鹿言え。おれなんか、麦と言ったって燕麦だ。馬の飼料にする奴を食ってたんだ。サシミのつまにするウゴという海草があるだろう、あれまで食ったんだぞ」

私は、誇らしげに言う。

「御両親はどうしてらしたの。みんな闇の食糧を探してきて、子供に食べさせていたじゃないの」

「結婚してから何年たつって言うんだ。おれは、その頃もう両親は死んでたんだぞ。何度話したらわかるんだよ」

私は、苛立つ。

戦争は、やはり男のものであった。戦争の悲しみは、男にしかわからぬものであった、と私は、胸の中でつぶやく。だから、戦時に敵の俘虜の姿をみて、「お可哀そうに」などという女がいたのだ。つまり、女は、戦時中、本腰ではなかったのだ。愛国婦人会だか国防婦人会だか知らぬが、エプロンみたいなものにタスキをかけて、日の丸ふって死にに行く男を「バンザイ、バンザイ」と送ったり、「ゼイタクはやめましょう」などという、いかにも女のおぞましい嫉妬心を満足させるようなビラを配ったりして戦時を過していたのだ。死ぬのは、ほとんどが男ばかりなのであった。それに、女には、過去より現在が常に重大であり、過ぎ去った戦争について論じようとする意欲には欠けている。余談ではあるが、戦争についての対談が催された時、相手が女性であるときいて、私は即座に出席を断った。戦争は、男がはじめ、持続させ、終らせただけに、男と男の間にしか会話の通じ合わない性質のものなのである。

再び食物の話にもどるが、私は、家の食事に敏感である。

私は、家族と食卓につくと、無意識に家族一人一人の前におかれている副食物と自分のそれとを見くらべる習癖がある。むろん、自分の副食物が、かれらのものより劣っていないかを見定めるわけだが、逆に自分のものが、家族のものよりまさっている場合には、その原因について考えこんでしまう。今日は、なにかおれが優遇されるいわれがある日なのか、それともこれはただの偶然なのか、妻が自分を家長として認めているあらわれなのかなどと、あれこれと思いめぐらす。

また、外出して酒など飲んで帰ってきた夜には、必ず妻に夕食にはなにを出したかとたずねるのが常だ。大した食事をしていなかった時には気持も落着くが、豪勢なものが出たときくと、ひどく損をしたような気になる。

食事をしている最中、妻がふき出すことがある。

「なんだ？」

ときくと、

「おいしそうに食べるのね。食べる機会はこれきりしかないというような食べ方よ。そんなにおいしいのなら、またこのお料理作ってあげるわ」

と、笑いながら言う。

私は、苦笑する。女房め、笑うなら笑え。おれには、少年期のあの空腹感が二十年もたったというのに、体の内部にこびりついてはなれないのだ。そしておそらく、おれが六十歳、七十歳になってこの世を去るまで、それは牡蠣のようにへばりついてはなれることはないだろう。

私の食物に対する執念は強い。どじょうのうまい季節になると、わざわざ深川の夕カバシまで月に何度も出掛けるし、ゲテ物と称するものにもすすんで箸をつける。そして、自分でも、あれこれと食物の大胆な料理を試みる。

最近の関心事は、納豆である。糸をひくあの豆は、私にとって摩訶不思議な多くの能力を秘めた食物に思える。普通はネギとカラシと海苔を入れて醤油で食べるが、私は、それ以外の食べ方があるように思えてならない。味噌汁に落してみたが、かなりいける。自然薯を千切りにしたものに加えてみてもうまい。そこで私は、これをキャベツとともに油いためする方法を考えついた。

油を多目に落していためはじめると、納豆は小麦色に変って、ひどくうまそうな色になった。

私は、頃合いをはかって口に入れてみた。が、期待は、見事にはずれた。納豆の中の水分が、いためられたことで完全に蒸発し、ひどくパサパサして味もなにもない代物に化してしまった。

　その索然とした味には、なにか別の食物とのはげしい類似があった。私は真剣になって考えた。そして、不意にあることに思い当った。それは、戦時中食べたドングリの粉のパンと同じ舌ざわりだったのだ。

　私は、焼鳥を食べながら歩いていた男に物悲しい親近感をいだく。——私にとっても、依然として戦後は終っていないのである。


（「芸術生活」昭和42年11月号）

人間の無気味さ

　三年ほど前から、私は、戦争についておずおずと口を開くようになった。それは、少しずつ告白をはじめた犯罪者の気分と似たおびえと不安に満ちたものであった。

終戦の日、私は十八歳だった。天皇のポツダム宣言受諾を告げる放送をきいた時、私は戦争が余りにも早く終りすぎたといった感慨と、戦争には終りというものがあったのかという意外な思いに、一瞬放心状態になったことを記憶している。それほど私は、戦争という時間の中にひたりきっていたし、また戦争そのものが日常的な環境にもなっていたのだ。

その日から一、二ヵ月の間、私は依然として戦争の時間の中にいたように思う。アメリカ占領軍の進駐や戦時中の軍人、政治家の逮捕・自殺、そして共産主義者たちの解放とかれらによるアメリカ軍に対する讃美など、敗北にともなうさまざまなことが起り、私は、それらの動きをただぼんやりとながめていた。

しかし、その後、奔流のようにあふれ出した多くの人々の戦争に対する発言は、私を啞然とさせ、それから私の戦後がはじまったと言っていい。そして終戦後二十年、それら発言者の論旨はあの戦争に対する概念となって定着し、すでに異論をさしはさむ余地のないことを知った私は、ただ沈黙の中に身をひそめる以外にはなかった。

その概念とは、戦いの中の歳月は暗黒の時代であり、人々は、戦いを呪い、かなり多くの者たちが戦いを批判的にながめ、それぞれの形で抵抗したといったものであった。こうした回想の中には、多分に発言者自身の保身に似た弁明口調のものもまじっていたが、いずれにしても、そうした発言が入念に反復されてゆくうちに、私は、自分一人が完全に疎外されているような孤独感におちいっていた。少年であった私の眼にした戦いは、かなり質がちがったもので、人々の回想とは余りにも差がありすぎ、そのことが私をすっかりとまどわせてしまっていたのだ。

私は、多くの人々の回顧的戦争論におびえながらも、自分の眼にした戦争について反芻しつづけた。私は特殊な少年だったのか、という疑惑をもったことも数知れないが、どのように記憶をたどってみても私の見た戦争は、多くの人々の回顧とは、雲泥の差があった。

しかし、そのことを口にするには大きな勇気を必要とした。戦争に無批判に協力していた自分を知られるのはいやだったし、戦争讃美者と誤解されるおそれも多分にあった。

私の口からは、こんな言葉が流れ出るはずだった。――戦時中の私は、戦争を罪悪だと思ったことは全くなかった。戦争は、悲壮感にみちたむしろ美的なものであり、私は、勝利を念じて働きつづけた。暗黒の時代どころか、それは奇妙に明るく活気にみちた時代だった。しかも少年であった私にとって、思いがけないほど大人扱いされた時期であり、それはかなり私を満足させていた。物資の不足を愚痴る大人は多かったが、私の眼のとどく範囲では、戦争そのものを呪っていた大人はなく、むろん批判などしている者は皆無で、むしろ大人たちは、真剣に働きつづけているようにみえた。殊に私たちの直接的な精神指導者であった教師の中には、ひどく熱心に私たちを戦争遂行のために指導した。……そして結論として、戦後、戦争批判論をはじめた人々が戦時中、どこにどのようにして身をひそめていたのか。私の知るかぎりでは、そうした類の人はいなかったはずだが、果してそれほど多くの戦争批判者がいたのかどうか。——

私が断崖からとび降りるような気持でこれらのことを初めて口にしたのは、同年齢の友人にであった。かれも私と同じ年齢・環境の中にいた男だし、おそらく私の言葉はかれの誤解を受けることもあるまいという計算がはたらいていたからであった。

その時の友人の表情は、今でも鮮明な記憶として残っている。私がためらいがちに自分のみた戦いのことを口にすると、友人の顔には疑わしげな表情が不安そうに浮び出た。が、私がなおも話しつづけるうちに、その表情は徐々にうすらぎ、突然眼を輝やかすと、

「そうだよ、そうだったんだよ。君もそうだったのか」

と、高ぶった声で言った。

友人の表情には、長い緘黙から解き放たれた安らぎと喜びの色が露わに浮び、私を見つめる眼には、共犯者同士のみせるあの幾分不信の翳をふくんだ親密感に似た光がはりつめた。

私は、それに勇気を得て自分と同年齢の者に同じことを口にし、多くの同調者を得た。しかし、年齢の異った殊に年長の、しかも教養度の高い人々にそのことを口にすると、私の期待とは逆の冷い答しか返ってこないことも知った。

世代意識というものが、ものの本質を明確につかむための障害になることはわかるが、極端にいえば一歳年齢の異る男（女は生活者であり、戦争の記憶といえば、食物、衣服、そして親しい者の死というきわめて現実的な被害に限られる。それに比して男は、なぜ人間が戦争をひき起し、持続させたのかという記憶をたどることによって人間の中にひそむ好戦的な性格を見きわめようとしている。つまり、女の戦争が過去のものであるのとは異って、男の戦争は、現在のものであり、それが未来にもつながるものなのである。従って、私の戦争について問いかける対象は、男性に限定され、女性は除外される）でも、私の問いに対する答がまちまちであることは、いったいどうしたことなのか。

この現象によって私の得たものは、あの戦争が私たち日本人にとって大断崖にも似た途方もない落差をもった大事件であったということである。しかも、その落差は、日本人にとって未経験であった敗戦という事実によるものであり、戦争の意義は、昭和二十年八月十五日に凝結されている。

私が、戦争について考える時、最大の手がかりになったのは、戦後突然に口をひらいた戦争批判論者と、戦争絶対反対・平和論を大書したプラカードを手に巷にあふれた人々の姿であった。

戦時中、私の周囲で一心に働きつづけていた日本人たちの群れは、いったいどこへ行ってしまったのか。敗戦によって、人間というものは、恥らいもなくそのように百八十度の転回をとげてもよいものなのか。

私の周囲には、戦争批判の声があふれていた。そして、それらの声の中には皮相的な戦争回顧の言葉がいくつもふくまれていた。その中の一つに、「軍部の教育によって、日本人は、天皇陛下のためにを旗印に……」といったものもまじっていた。

しかし、私にとって、祖国という観念は強く抱いていたが、その中には、天皇という存在は完全に除外されていた。ドイツの将兵が、「ハイル、ヒトラー」と口にしたと同じように、天皇陛下という言葉は、一つの謳い文句のようでしかなかった。

教練の教官が、「畏れ多くも天皇陛下の……」と言うたびに身を正した時の多分に芝居じみたくすぐったさ。私にとって、天皇陛下という存在は、霧か霞のように稀薄なものにすぎなかった。

私が身を挺してもよいと思っていたのは、具体的な祖国というものであった。「お国のために」という言葉とはちがって、私の考えていた祖国は、この島国に住む多くの老人や女や子供たちであった。男子としてかれらの生命を守り抜く……それが私の祖国であった。

私は、自分の立場をはっきりさせなければならない。そのために、一つの質問を自らに向けてみる。それは、現在の自分が、あの戦いの時間の中に投げ出されたとしたらどうだろうかということだ。

その答えは、はっきりとしている。たとえ、それが過去の私にとってほとんど不平もなく明るさにみちた活気のある時間であったとしても、現在の私には、全くの闇の世界であり、死の世界である。いつしか私という生き物は、あの戦いの日々の中では呼吸することなど到底不可能な一動物になりきってしまっている。

一日、富士山麓に近いF市で、自衛隊の戦車が町の中を通過するのに出会ったことがある。その時、私の眼は不逞にも突き出されている太い砲身に注がれたまま動かなかった。そして、それがひたすら人間を殺す目的だけのために製造された器具であることを思った時、私はその太い鉄の筒の無気味な不遜さに背筋の凍るのをおぼえた。十八年以前の私の眼には、一つの憧れの象徴であったものが……。

こうした截然とした変化が、私の中に起ったということは、どういう意味があるのだろうか。

私には、戦時中戦争を批判し、抵抗した人々がかなり多くいたということも理解できる。そして、それらの人々が、やむなく権力にさからわず、沈黙を守りつづけたということも、至極当然なこととして同調もできる。が、果して権力とは、サーベルを吊した軍人たちとそれに加担した権力者たちだったのだろうか。

私の友人のY君は、戦時中、或る組織の中で反戦運動をつづけ、入営後三日目に脱走して地下に潜入した。かれは、絶えず死の不安に襲われつづけたが、かれの最も恐れたのは憲兵や警察官と同じ程度に自分の周囲にいる日本の庶民たちであった、という。

私を含めた庶民というものが、いつの間にか一つの巨大な権力化した怪物になっていた、ということも事実だと思う。その庶民が、今や戦争を必死に避けようと努め、平和の恵みを享受しようとしている人々の群にあざやかに変身した、それは、正しい過程であり、正しい結末でもある。しかし、実は、そこに危険な要素がひそんでいないとは決して言えない。私という人間は、丁度生きてきた歳月を（戦争というものに対して）二種類の人間として生きてきた。それは、背景によって変色する保護色機能を備えた動物のように、終戦の日を境に鮮やかな変色をなしとげたのだ。余りにも見事な、環境の変化に対する順応性。

軍部に踊らされた、欺されたという言葉は、私にとって余りにもむなしい。その言葉の中には、幼稚な責任転嫁の匂いをかぎとる。私に関するかぎり、戦時中の自分をはっきり見きわめることから出発があり、戦争そのものに対する考察は、必然的に自分の内部に分け入ってくる。

人間の持つ驚くほどの順応性——それが、戦争から得た私の悲しい発見であり、その先天的な機能の無気味さを知る上で、戦争は、かけがえのない恰好な機会であった。

（「南北」昭和43年9月号）

眩い空と肉声

過去六年半にわたって戦争を背景とした小説を書いてきたが、私は、それを一種の歴史小説として考えてきた。ただ一般的に言われる歴史小説と異なる点は、資料（記録）以外に証言者の声をきくことができたことにある。

私は、むろん記録の蒐集につとめたが、それよりも証言者の話をきくことにより多くの精力を傾けた。それらの人たちの口からもれる言葉の内容には例外なくドラマがあって、それが私の執筆意欲を刺激した。

例えば、或る沈没した潜水艦から辛うじて脱出した元水兵は、艦内に浸入してきた海水がおびただしい夜光虫の群れで光っていたと言った。そして、衣服も光の粒でおおわれ、友の顔も夜光虫で光った球状の塊のように見えたと回想する。そうした体験者のみの眼にした事柄が私の関心をひくのだが、その沈没事故に関する記録には、「二名救出セリ」という文字がみられるだけで、常に記録は死んでいる。

記録は、人体にたとえれば骨格に似ている。それに肉をつけ血を通わせるのは、生存者の肉声しかない。

私が肉声を殊のほか尊重したのは、戦場体験がなく、東京空襲のみを知るいわば戦争の傍観者的立場に身をおいていたにすぎないからだろう。そして、それは、戦争を背景とする小説を書く上、一種の後めたさにもなって、そのため証言者の肉声を求めて歩かねばならなかったのかも知れない。

私は、終始直接体験者に会って、その人の眼を見、声をきくことを自分に課した。これも戦争の傍観者にすぎなかったという負い目によるものだが、それ以外に相手の口からもれる言葉が真実に近いものか否かをさぐる有効な方法でもあった。

証言者の大半は、驚くほどの記憶力をしめすのが常であった。それは、その過去がかれらにとって生死を左右する忘れがたい時間であったからで、場所、天候、時刻その他が完全に公式記録と一致することに驚かされた。しかし、時には、思わぬ記憶ちがいをしている人もいたが、それも三十年という歳月を考えれば当然のことであった。

私が、戦争を背景とした小説を書くことを意図したのは、妙に晴天ばかりつづいたようなあの眩い空をもつ戦時の不可思議な時間の流れを、自ら納得したいためであった。食糧の枯渇した中で、痩せおとろえた周囲の人々は妙に熱っぽい眼をして動きまわっていた。それが、終戦の日を境に、眼の光も失せた飢えた人々の群れに化した。私もその一人なのだが、十八歳の私には、その著しい変化が理解しがたいものとして胸に刻みつけられた。

その得体の知れぬ戦時という時間を不明のままに生を閉じたくないという意識は、年を追うごとに募り、やがて私は、戦争を背景とする小説を書くようになった。事実の中に必ずしも真実はないと私は信じているが、戦争は一種の虚構的性格をもち、戦争の事実は単なる事実ではなく、その中に自分の抱く疑惑を解きあかすなにかがあると思った。そして、その手がかりとなる最も重要な鍵は、記録にはなく人の肉声であると信じた。しかし、その肉声をきく機会も年ごとに少なくなっている。戦後三十年という歳月が、証言者の生命を病気その他で奪いはじめたのだ。

お眼にかかって二十日程後に疑問点をただすため電話をすると、証言者が臨終を迎えた直後であったこともあれば、単行本を送ると、肉親からその死を報す手紙をいただいたことも多い。

肉声の死は、二年ほど前からその速度をはやめ、それにつれて私の内部にも変化が起った。それは、あの眩い空をもった戦時という不可思議な時間が、遠い歴史の襞の中に埋もれようとしているという実感であり、肉声を求めて歩きつづけた旅の終わりが近づいたという自覚でもあった。と同時に、私の内部から肉声を探し求めるという意欲が急速に薄れていった。

昨年末、自室を整理してみると、多くのノート類とともに証言者の声をおさめた二百本近い録音テープが出てきた。そのテープを元編集者のI氏にきいてもらったが、I氏の紹介でレコード会社の学芸教養部員F氏が訪れてきて、テープをレコード化したいと申出た。

私は今まで原則として戦争を背景とした小説の映像化を拒否してきたし、将来もそれを変える意志はない。それは、映像化が大小の差はあれ商業主義に裏打ちされた意識的な操作によって、戦争の事実を歪めるおそれが多分にあると思うからである。そうした原則をF氏の申出を受けた時も貫こうと思ったが、肉声は歪められるはずのない強靭なものであるし、F氏の誠実さに感ずるところもあって同意した。そして、肉声をより正確なものとするため、二ヵ月を要してF氏らとともに再び証言者に会ってその声を性能のよい録音機におさめることに努めた。私をふくめて証言者たちも、いつかは死者となる。その戦争体験者の肉声が、かれらの死後にも残される可能性が生じたということに、戦争傍観者であった私の後めたさも幾分薄らぐのを感じている。

（「サンケイ新聞」夕刊　昭和48年10月1日）

立っていた人への手紙

私は、貴兄に会ったことはありません。お名前も、貴兄と同じ潜水艦——伊号第三十三潜水艦に乗っておられた岡田賢一一等兵曹からおきき致しましたが、失念しました。と、申すより、むしろ私は記憶にとどめることを避けたいという意識が強く、ノートに書きとめることもしなかったのです。その理由は、貴兄の御氏名を知ることが辛く、痛々しくもあって、自分の記憶からそぎ落したのです。

このように私は、貴兄のことについてほとんどなにも知りませんが、貴兄の殉職した折の階級が水長であり、年齢が二十歳であったことだけは記憶しています。貴兄が死亡したのは昭和十九年六月十三日ですから、当時私は十七歳で、貴兄が私よりわずか三歳年長であったにすぎないことも、貴兄に対して特別な親密感をいだいた理由です。

私の貴兄についての知識は、このように乏しいものですが、私は、写真を通して貴兄をよく知っているのです。その写真は、貴兄の乗組んでおられた伊号第三十三潜水艦が沈没してから九年後の昭和二十八年六月下旬、呉市の北星船舶工業株式会社の経営者又場常夫氏の指揮で同艦が海底から引揚げられた直後、中国新聞社の白石鬼太郎という写真部員が撮影したものです。

白石氏は、奇蹟的に浸水していなかった艦の前部に入り、閃光電球の光を頼りにカメラのシャッターボタンを押しつづけました。御承知の如く、その部分は、魚雷発射管室と兵員室が一区劃になっており、白石氏は、兵員室の蚕棚状の寝台に横たわる貴兄の戦友たちの遺体をフィルムにおさめたのです。それらの遺体は、区劃内酸素が貴兄たちによってすべて吸いつくされたため、腐敗菌の活動が停止したことと、水深六十メートルという海底の冷い温度によって、恰も生きたままであるかのような冷凍遺体になっていました。

白石氏は多くの写真を撮影しましたが、六年前の夏、私もそれらの写真を偶然見る機会を得ました。四ツ切り大の黒白写真で、寝台に仰向いたり突っ伏したりしている半裸の水兵たちの姿が映し出されていました。それらは、不思議なほど深い静寂を感じさせる写真で、映像の中の世界がすでに死者たちの占める空間であり、寝台に横たわる人体がかなり以前に死の訪れを受け容れたものであることを察知できました。

水兵たちは、自分の寝台に一人ずつ身を横たえていましたが、一つの寝台だけが無人でした。それは、貴兄の寝台ですが、貴兄は兵員室に接した魚雷発射管室の中央部に立っていました。私は、貴兄が何故立っているのか不思議に思いました。貴兄の下腹部は露出し、陰茎と臀部がほの白く闇の中に浮び上っていました。貴兄は直立不動の正しい姿勢をとっていました。上官になにかを報告してでもいるように、顔を幾分上向きにしていました。背も高く逞しい肉体の持主である貴兄は、両手を両脇にきっちりとつけていました。

写真の上方に眼を据えた私は、天井から垂れ下った鎖が貴兄の首に巻きつけられているのに気づきました。直立していたのは縊死していたためで、足の裏が床にぴったりとついていたのは、九年の歳月の間に体が伸びてしまったためにちがいありません。

何故、貴兄が縊死したのか。おそらく、同区劃の者たちが酸素欠乏で死亡した後、貴兄のみが生きていたためではないのでしょうか。写真でもあきらかですが、貴兄は逞しい肉体の持主で、それ故に死が容易に訪れず、堪えがたい孤独感におそわれて自ら命を断ったのではないのでしょうか。

私は、貴兄の死亡した日を六月十三日と書き、海軍の記録にもそのようになっていますが、もしかしたら、死亡したのはその日ではなかったのでしょうか。浸水した電動機室からは、水枕に入れられた多くの遺書が発見されましたが、その中に煙草の空箱が入っていて、そこには、「いよいよ苦しい　二十一時十五分」と、書き記されていました。この短い文章が、この区劃に残された乗員の最後にしたためたものです。

沈没は、その日の午前八時四十分でしたから十三時間経過しているわけですが、貴兄の区劃には浸水がなく、生存していた時間も長かったはずです。もしかしたら、貴兄は、事故発生後一両日、または三、四日も生きていたのでしょうか。

私は、貴兄の写真を忘れることができません。電車に乗って車内吊りを見上げている時、早朝、ふと目覚めた時、一人で酒を飲んでいる時など、貴兄の写真が眼の前に浮ぶのです。戦争が終ったのは、私が十八歳の夏でしたが、貴兄の写真に戦争のすべてが語られているような気がするのです。私の兄も戦死し、家は夜間空襲で焼けました。焼土の中や河面に多くの死体を見、撃墜されるアメリカ機、日本機を眼にし、それらの搭乗員の死を知りました。が、それらの記憶は年々整理されて、貴兄の立っている姿を映した一葉の写真に戦争そのものが集約されているように思えるのです。

私は、貴兄の墓に香華をお供えしたいと思い立ったことがありました。伊号第三十三潜水艦のわずか二名の生存者の一人である岡田賢一氏は名古屋市におられ、貴兄の郷里がどこであるかを教えてくれました。潜水艦を海底から引揚げた後、艦内にあった遺骨はすべて遺族に渡された由ですから、貴兄の遺骨も遺族の手で郷里の墓所に埋葬されているはずです。

墓参は可能なのですが、私は、断念しました。生死はわかりませんが、もしも貴兄の御両親が御健在であったら、見知らぬ私の不意の訪れをいぶかしみ、墓参の理由を問われることでしょう。私は、貴兄の戦友でもなく、面識もありません。私が知っているのは、写真の映像になっている貴兄の立っている姿だけです。下腹部を露出し、縊死している姿です。

おそらく御両親は、その写真を眼にしたことはないはずです。たとえその写真の存在を知っている人がいても、御両親に見せることはしないでしょう。

私が墓参の理由を説明するとしたら、当然貴兄の写真についてふれざるを得ません。が、私には、それを口にすることなど到底できません。自分の息子が、九年間も半裸で、深海に沈んだ艦内で直立不動の姿勢をとりつづけていたことを知った御両親の、やりきれない悲しみを見るのは忍びませんし、そのような悲嘆をあたえてはならぬとも思うからです。

私は、この島国のどこかにある貴兄の墓に、東京の一隅から合掌いたします。

大東亜戦争は、貴兄が殉職した翌年、日本の無条件降伏によって終り、戦後、三十年が経過しました。私の家の庭には、紅梅が咲き、白梅も二輪花弁をひらいていまず。今年は梅の蕾が例年になく多くつき、開花が待たれます。気温はまだ低いのですが、春の気配は濃厚です。

貴兄の御冥福を心からお祈りいたします。

（「野性時代」昭和51年1月号）

「殉国」ノートから
——比嘉真一陸軍二等兵

昭和四十二年五月初旬、私は、東京駅から新幹線「ひかり号」に乗って新大阪へ向った。駅には、筑摩書房の「展望」編集長岡山猛氏と編集部員森本政彦氏が見送ってくれた。沖縄への旅立ちであった。

私は、その前年「星への旅」という小説で筑摩書房が設けた太宰治賞を受賞し、その後、「戦艦武蔵」等の作品を発表していた。それまで戦争について書いたことのない私が「戦艦武蔵」を執筆した理由は、戦時というあの奇怪な時間がいったい自分にとってなんであったのかをたしかめたいという素朴な願いからであった。そして、それは「戦艦武蔵」を書くことによって、戦後胸にわだかまっていたものがかなりの程度吐き出すことができたと思っていた。

しかし、時間がたつにつれて、私の内部にはなにか澱《おり》のようなものが沈澱しはじめていた。

その頃、私は古本屋で沖縄戦に関する一冊の書物を手にした。その中には、沖縄県下の学生によって組織された鉄血勤皇隊の戦闘体験記が収められていた。今から思えば不明を恥じるばかりだが、中学二年生以上の生徒が陸軍二等兵として戦闘に加わり、多くの人が死にさらされたことに驚きを感じた。

私は終戦の年の春、中学校を卒業した。東京に住んでいた私は、相つぐ空襲の中で勤労学徒として工場で働いていた。その私と同世代の少年たちが、沖縄県では銃をとり凄絶な戦闘の中で死にさらされていたことに衝撃を受けた。他人事ではない、というのが私の実感であった。私が当時沖縄県に住んでいたとしたら、私も銃をとり鉄血勤皇隊の一員になり、戦死していたかも知れない。いや、その可能性の方が大きい。私は、鉄血勤皇隊の一員になった自分を想像した。そして、沖縄に赴き、鉄血勤皇隊の生存者に会って戦争下におかれた自分を見出してみたいと思った。

或る日、私は、そのことを岡山猛氏に話してみた。岡山氏は、即座に沖縄へ行きなさいと言った。そして、それは君たち世代の問題であり、非常に苦しい仕事になるにちがいないが書く必要があるとすすめてくれた。

岡山氏の紹介で、琉球新報社東京支局の新田卓磨氏を知り、新田氏の指示にもとづいて沖縄戦の資料を集めた。そして、概要を頭に入れた後、東京を出発したのである。

新大阪から夜行列車で鹿児島へ行き、一泊後、琉球海運の「ひめゆり丸」で沖縄へ向った。

ジェット機に乗れば二時間ほどで沖縄につくのに、列車に乗り船に身を託したのは、飛行機に乗ることがこわかったからである。前年の昭和四十一年は航空機事故の多発した年で、二月四日には全日空機が羽田沖に墜落、三月五日にはＢＯＡＣ機が富士山近くの上空から墜落、さらに十一月十三日には全日空のＹＳ11号機が松山沖で墜落していた。列車、船を利用すれば、車内、ホテル、船内で計三泊しなければならぬが、生命には代えられぬと航空便を避けたのである。多数の死者を生んだ沖縄戦の取材に行くのに臆病すぎると蔑まれるかも知れぬが、私は決して飛行機事故などで死にたくなかった。私にはまだやりたい仕事があるし、殊に鉄血勤皇隊の取材に行く身としては、作品を書き終えるまでは生きていたかった。

正午に鹿児島を出港した「ひめゆり丸」が沖縄に近づいたのは、夜明けの気配がきざしはじめた頃であった。私は、甲板に出て、潮風にふかれながら左舷方向に遠くみえる沖縄本島の陸影に眼を向けていた。

ふと、私は、船の進む前方の薄明るくなった空の一角に黒点が湧くのを見た。それは次第に輪廓をはっきりさせてきた。戦場から帰ってきたらしい米軍の大型爆撃機であった。機の後方から、黒点が一定の間隔を置いて続々と雲間から湧いてくる。そして、それらは徐々に下降しながら沖縄本島の陸影の中に沈んでいった。その光景に、私は、沖縄が米軍の軍政下にあることを実感として感じとった。そして、自分の懐中にある日本円と交換したドル紙幣の奇怪さを思った。

上陸した私は、乗ったタクシーが道路の右側を走ることに戸惑いを感じた。交差点にくると、中央に据えられた箱に乗った米兵が、手ぶり身ぶりで笛を吹きながら信号機の代りをしている。――終戦直後米兵の進駐してきた頃の東京と、そっくりだ……と、私は、呆然とした思いで米兵の動きを見つめた。

私は、タクシーで琉球新報本社に行った。早朝なので、社内では掃除している人の姿しかいなかった。

やがて編集局の人々が姿をみせるようになり、事業部長の親泊一郎氏もやってきた。新田卓磨氏から連絡が入っていて、私の取材には親泊氏が協力してくれることになっていた。

「どの位滞在する予定ですか」

親泊氏が、口早に言った。

「納得のゆくまで滞在したいのです。つまり書けるという確信ができるまで取材に歩き廻るつもりです」

と答えると、氏はうなずき、車でアパートのような建物に連れて行ってくれた。それは、高級下宿とも称すべき家で、長期滞在客が泊りこんでいる。宿泊費は一日三ドルで二食つきという安さであった。そして、その美しい女経営者は実に親切で、十数人の客は彼女の作ってくれた料理を和気藹々と食べるのが常であった。

那覇についたその日の午後から、取材がはじまった。まず私は、当時の沖縄県庁関係者の調査から手をつけた。県庁には警察部がふくまれ、警察の行動も探ることができる。沖縄戦で県民の指導・保護にあたった県庁の動きを調べることによって、県民がどのように戦闘に対処したか、どのように戦火にまきこまれていったかを概括的にとらえることができる。また県下の学校に対する指示も判るはずで、鉄血勤皇隊の編成状況もつかむことができるだろうと思った。

当時の県庁関係者、警察関係者は、それぞれ要職についていた。警察の首脳者もいれば立法院議員もいた。著名な会社の経営者も多く、私は個別に訪問し、メモの筆を走らせた。

当然、それらの人々の口からは島田長官（県知事）の話が出た。その中で県警察部警備中隊長であった大嶺永三氏の回想が今でも印象に残っている。島田長官は、大嶺氏以外に荒井警察部長、具志堅宗精那覇署長、内間旗明経済保守課長、仲村巡査とともに、米軍の攻撃にさらされながら六月九日に沖縄本島南部にのがれ、自然壕で夜を過した。その折、大嶺氏が小さな洗面器で湯をわかし、長官は湯の半分で伸びた髭を剃り、半分で茶を入れて飲んだ。

「島田長官はひどく喜ばれましてね。茶を飲みながら最高の待遇だと言われた言葉が、今でも耳に残っています」
　と、大嶺氏は言った。
　私の調べた範囲では、島田長官の最期を確実に知っている人はいなかった。名前は失礼ながら失念してしまったが、島田長官が海中に入って命を断ったらしいという話をしてくれた方があっただけである。
　東京から来た私には、沖縄の気温がかなり高く感じられた。半袖のワイシャツ姿で、朝早くから日没後まで、タクシーに乗って人を訪れることを繰返した。いつの間にか旅人らしい雰囲気も失われたのか、タクシーに乗ると運転手から沖縄の方言で声をかけられることがしばしばだった。
　その時使用したノートをひらいてみると、左のような文字が記されている。
（五月）十九日　八時、渡口輝夫氏（旧日本放送協会沖縄放送局員）
十時〜十二時、県庁関係伊芸徳一氏、小渡信一氏、徳田安全氏
十二時〜三時、国吉真徳氏（旧沖縄新報記者）
三時〜夕方、月ケ瀬主人（旧料亭「辻」の主人）
八時、国映館主（民間人）
その翌二十日の日程メモには、十時〜二時摩文仁その他南部へ。

二時、平良進氏（旧沖縄陸軍病院歯科医）、大宜見朝計氏（旧県庁衛生課長）などという文字がみえる。かなりの強行スケジュールであったが、私は疲れも知らず歩きつづけた。

私にとって、取材すべき対象は、私と同年程度の中学生であった人たちである。その周囲の人たちと会うことで、早くも二十日間が過ぎていた。頂戴した名刺を数えると、八十枚を越えていた。昼食をとらなかった日もあったし、夜の十二時頃まで話をきいたこともある。わずかな楽しみといえば、桜坂の中央あたりにあるおでん屋で絶妙ともいうべき豚足を肴に泡盛を飲むことぐらいであった。

平良進氏と薬剤中尉であった平岡（旧姓玉城）浩氏から病院壕の話をきいた私は、壕内で守備隊員の看護に従事した当時女学生であった人たちの取材に入った。

初めにお訪ねしたのは、沖縄師範学校女子部の教師であった仲宗根政善氏であった。氏は私の質問に答えてくれたが、話すことがひどく辛そうであった。教え子を多く失った記憶に堪えられぬらしく、氏は時折り口をつぐんで庭にうつろな眼を向ける。その淋しげな横顔が、今でも強い印象となって私に焼きついている。

沖縄県立第二高等女学校の生徒であった方が、那覇市内で洋裁店を経営していた。金城幸子さん、平良百合子さん、外間（旧姓諸見里）和子さん、大城（旧姓金城）政子さんが集ってきてくれた。彼女たちは、当然のことながら中年婦人になっていて、張りのある生活をしているらしくいきいきした眼をしていた。

女性らしく、話はまず当時の服装のことからはじまった。半袖の琉球ガスリの上衣の左胸に、校章と白い札状の布が縫いつけられ、布は学年、組、氏名と血液型が墨で書かれていた。下につけたのはモンペで地下足袋をはいていたという。

彼女たちは互に身を寄せ合うように回想を口にしたが、私は何度もつき上げてくる嗚咽をこらえるのに苦しんだ。明るい表情をしていた彼女たちの声が、次第に低くなった。中年婦人である彼女たちの顔に、時折り少女らしいあどけなさが浮ぶ。十六、七歳だった彼女たちは、突然味わわされた悲惨な経験に戸惑ったが、やがて戦闘が激化するにつれてそれは日常的なものに化していった。

予想してはいたが、彼女たちの口からもれる回想は、私の想像をはるかに越えたものであった。

「初めて敵を見た時、口惜しくて。手榴弾でやっつけたかった」

と、一人が静かな口調で言った。

初めて鉄血勤皇隊の生存者に会ったのは、那覇に来てから二十日ほどたったころであった。それは、国吉真一氏であった。

国吉氏は、那覇市立商業学校三年生として昭和二十年三月二十四日付で陸軍二等兵になった。年齢は十五歳で、クラス六十名中三番目に背丈の低い氏は、袖をまくってダブダブの軍服を身につけたのである。

氏が銃をとった時、私は十七歳で、自然に二歳年下の下級生の姿が思い起された。それは一人残らず子供っぽい少年たちばかりで、軍装を身につけるには余りにも酷に思えた。

私は、国吉氏の話に深い感動をおぼえた。体の小さい少年の必死の戦争が、そこにはあった。もしも私が沖縄県下の中学生生徒であったら、同じような戦争を経験したにちがいない。氏に、私は、私を見たと感じた。

氏の話が終った時、国吉氏を主人公に作品を書きたいと思った。何故なら、私は氏に私を見たからであった。小説の題名を、「比嘉真一 陸軍二等兵」と一応定めたのは、氏の名である真一を生かしたかったためであった。

国吉氏を主人公にし、それを軸とすることにしたが、私は多くの人々から得た話を作品中の真一の動きに加えた。つまり作品中の真一は、沖縄戦にまきこまれた中学生の凝集した一つの結晶として扱いたかったのである。

私は、国吉氏以外に鉄血勤皇隊員の方々に会うとともに沖縄戦史の証言者から取材することをつづけた。渡嘉敷の村長であった米田（旧姓古波蔵）惟好氏にも会って集団自決の話もきいた。守備隊司令部から大本営に報告することを命じられた某航空参謀を内地へ送る任務を課せられた漁師の取材のため、糸満へも行った。

伊江島では、急造爆雷を背に若い女性が敵中に突っこみ戦死したが、その情況調査のため伊江島に渡った。同島では、大城清栄、玉城盛興、東江正有、島袋秀吉、大城シゲ氏らにお眼にかかった。玉城氏は負傷して片腕がなく、氏の案内してくれた最後の拠点城山の岩肌には、生々しい砲撃の痕がきざまれていた。大城シゲさんの回想は強烈で、私は後にシゲさんを主人公にした「太陽を見たい」という短篇を書いた。未亡人であるシゲさんが、働きながら子供を養育している姿に強い感銘を受けた。

比嘉仁才という那覇で理髪店をひらいている人の回想も、貴重であった。

沖縄戦に関する書物は多く、沖縄防衛軍司令官牛島満中将、参謀長長勇中将の最後についても必ずふれられている。が、その情況を正確に記したものは皆無に近く、私が摩文仁に着いた時も、バスガイドは両中将が白装束で洞穴壕を出て近くの巌頭に坐り古式にのっとって割腹し、部下が介錯したと述べていた。これも多くの沖縄戦に関する書物を参考にしたものであるにちがいない。

しかし、比嘉氏の話は、このような説を否定していた。氏は、理髪師として軍司令部の軍属となり司令部とともに行動し、摩文仁で自決を覚悟した牛島司令官の最後の散髪もした。

氏の証言によると、牛島、長両中将は壕内で割腹し、藤田曹長が介錯したという。米軍撮影の写真をみると、遺体の横たわっているのは壕内としか思えず、氏の証言が正確と思われた。が、それは従来の説を破ることにもなるので、私はあらためて念を押した。

比嘉氏は私の執拗な質問に、「私が嘘を言ったって仕様がないでしょう。壕外の岩にすわって腹を切ったなどと言っているが、そんなお芝居にあるようなものじゃないですよ。岩の上に白い着物を着てすわっていたりしたら、たちまち射たれてしまうでしょう？　そんなのんきなものじゃないよ、戦争は……」

と、客の頭に石鹸を泡立てながらうるさそうに言った。

私の鞄の中には、十三冊の大学ノートと録音したテープ四巻が納まっていた。私は取材の旅がほぼ終ったことを知った。

私が鹿児島港で円を代えた五百ドルは、半分以上も残っていた。取材先が主として那覇市内であったこともあるし、なによりも宿泊代の安い下宿に泊りを重ねたことが原因であった。

私は、記念にモンブランの万年筆を一本買った。

琉球新報のホールで沖縄芸能大会があった。私は、沖縄芸能の質の高さにふれて感激し、国映館でみた乙姫劇団の歌劇にも、科白・歌詞はわからなかったが興味をおぼえた。

帰途は、空路を選ぶことになった。自宅に急な用事が出来たためであった。空港へは、親泊氏が送ってくれた。

ジェット機が離陸し、沖縄が眼下にひろがった。私は、資料を得たが、後めたい感情で沖縄をながめた。原爆を投下された広島、長崎が日本の戦時下の最大の悲劇と言われているが、沖縄ではそれに劣らぬ悲劇があった。東京で戦時を生きた私は、沖縄で死亡した人々に申訳ない思いであった。

帰京した私は、しばらく放心状態で、筆をとったのは一ヵ月以上も過ぎてからであった。題名は「比嘉真一陸軍二等兵」としたが、出版部との打合わせで「殉国」と定めた。私も出版部も前者の題名に未練をいだきつづけている。

（「琉球新報」昭和48年6月26日〜28日）

戦記と手紙

私の手もとに、大切に保存している一通の手紙がある。クリーム色の封筒の裏には、杉坂美都子という氏名が記されている。

四年前、私は「週刊新潮」に開戦時を舞台にした記録小説を書いた。その折、私が最も強い関心をいだいたのは杉坂少佐機事件であった。この事件については、当時ほとんど記録らしいものが残されていなかったが、ハワイ奇襲、マレー半島上陸作戦の準備を極秘のうちにすすめていた日本陸海軍を戦慄させた歴史的大事件であった。

開戦日の一週間前にあたる昭和十六年十二月一日午前八時三十分、中華航空株式会社の旅客機「上海号」(ダグラス三型)が、上海の大場鎮飛行場を離陸、台北を経由して広東へむかった。搭乗者は十八名(操縦士等四名をふくむ)で、途中まで交信はあったが、広東に到着する前に連絡を断った。

　この旅客機には、支那派遣軍総司令部の杉坂共之少佐が乗っていて、かれは一通の重要書類を携えていた。それは、総司令部から香港攻撃を準備中の第二十三軍司令官に宛てた開戦日を伝える命令書で、そこには日本が香港攻撃のみではなくマレー半島上陸作戦をおこなうことも明記されていた。もしも旅客機が中国軍領有地に墜落し、その重要書類が中国軍側に渡れば、たちまちアメリカ、イギリスにもつたえられ、ハワイ奇襲をはじめ他の地域での作戦が事前に察知されてしまう。

　大本営陸海軍部の驚きは大きく、翌々日の十二月三日、「上海号」が中国軍領有地に墜落し、中国軍が「上海号」を発見したことがあきらかになって、重大問題に発展した。

　さらに翌日、墜落現場近くの中国軍部隊から重慶に発信された暗号電報を解読した日本陸軍は、事態が最悪の状態におちこんだことを知った。その中国軍部隊の電報は、

「当隊ハ　バイヤス湾北方ノ山岳地帯ニ墜落シテイル日本双発機ノ内外カラ　散乱物ヲスベテ収容　目下鋭意整理ノ上調査中」

　という内容で、またその日、

「収集シ得ルモノハ　書類トトモニ　重慶ニ送附スル」

という電報も解読した。書類とは、杉坂少佐の携行していた重要書類と推定された。

これが事件の発端であるが、私はこの事件を調査した結果、墜落時に十八名中七名が生存していたことを知った。そして、そのうち四名が攻撃してきた中国軍部隊によって射殺され、重傷を負った宮原大吉中尉のみが日本軍に救出されたことも知った。

他の二名の生存者は、杉坂少佐と久野寅平曹長で、重要書類を焼却後敵中突破をはかった。

私は、久野氏の所在を探り出して、氏から脱出行の経過をきいた。それによると白芒花附近で中国軍歩哨線にぶつかり、逃走中杉坂少佐とはぐれ、久野氏のみが日本軍陣地にたどりついたという。

杉坂少佐の生死については、十二月五日中国軍部隊から重慶に発信した電報によって、殺害されたことが察知できた。その電報は、

「前日夜半　逃亡シタ不時着機搭乗者ト思ワレル二名ノ中ノ一名ヲ発見　コレト抗戦シタガ　敵ハ勇敢ニモ白刃ヲフルッテ抵抗　シカシ本隊ハコレヲ死亡セシメタ」

という内容であった。

杉坂少佐は剣道の達人で、「白刃ヲフルッテ抵抗」という表現からみて少佐にまち

がいないと判断された。また久野曹長が杉坂少佐とはぐれた地点とも一致し、杉坂少佐の死は確定的になった。

さらにその後日本軍の放った密偵が、白芒花南方六キロの地点に首なし死体を発見したという報告をもたらした。つまり、杉坂少佐は白刃をふるって抵抗後、無惨にも斬首され水田に遺棄されたのである。そして、支那派遣軍総司令官畑俊六陸軍大将も、杉坂共之少佐の生死について、

「白芒花南方六キロノ地点ニアリシ死体ニヨリ、戦死ト認定処置スルヲ可トス」

という判定をくだし、さらにその後捜索もおこなわれたが、

「生存ヲ認メ得ベキ情報全クナシ」

として、調査は打切られた。これによって杉坂少佐の死は確定したのだ。

私がその小説を執筆していたころ、杉坂少佐夫人の美都子さんは商社マンである御子息について渡米していたが、私は、美都子さんの手もとになにか資料があるのではないかと思い、「週刊新潮」編集部の後藤章夫氏にお願いして国際電話をかけてもらった。後藤氏は、美都子さんと電話連絡をとった後、私のもとにその結果を報告してくれた。

「驚きましたよ。夫人は電話口に出ると、杉坂は生きていたんですね、どこに生きて

いたんですか？　と言いましてね。私も困りました。やむを得ず吉村さんの調査結果をつたえましたが……」

後藤氏の言葉に、私は息をのんだ。夫人が一縷の望みをいだいていたことは、妻として当然の感情である。そして、東京から未知の後藤氏の電話に、夫が生存していた朗報にちがいないと思ったのも無理はない。

私は、一つの罪をおかしたことを知った。夫人の生き甲斐は、夫が生存しているのではないかという淡い希望であったにちがいない。それを私は調査の末、杉坂少佐の死が決定的なものであることを公けにした。しかも、その死が斬首であり、水田の中への遺棄であることもあきらかにしてしまった。私は、夫人の希望をうちくだいたのだ。

私の連載が終って間もなく、杉坂少佐と親しかった白井正辰氏の紹介で、私は後藤氏とともに帰国した美都子さんに会った。背の高い洋装のよく似合う美しい婦人で、私は心から深くお詫びした。

しかし、夫人は、

「感謝するのは私の方です。正直のところ杉坂が生きている望みはもっていましたが、あなた様の御調査で杉坂が死亡したことを知りました。しかし、杉坂は、私の胸の中であらためていきいきと生きはじめました。ありがとうございました」

と、挨拶された。

私は、夫人の言葉が嬉しかった。

連載小説が単行本として出版されたので、私は早速夫人にお贈りした。その返事が、私の保管している手紙なのである。その文中に、

「(十二月) 五日は亡夫の命日に加へて久し振りの大雨に、初めて心身ともに落着いた心地がいたし休養して居りました折、思ひもかけず御本が届きました。偶然とは申せ不思議な感じがいたし、感慨無量でございました」

と、記されていた。

数日前、四年ぶりに美都子さんが友人である野球解説者佐々木信也氏夫人の叔母と拙宅を訪ねて下さった。

「年をとりましたので、これを最後に日本をはなれカナダにいる息子夫婦のもとへ参ります」

夫人は、涙ぐみながら私に礼を言うと去って行った。

私にとって杉坂美都子さんは、生涯忘れ得ぬ人になった。


(「ポスト」昭和47年7月号)

元海軍大佐P氏のこと

一

イギリス戦艦「プリンス・オブ・ウエルズ」と「レパルス」は、昭和十六年十二月十日に日本海軍航空部隊の雷・爆撃をうけて沈没した。太平洋開戦日の翌々日にあたる海戦だが、私にとっては日本海軍機動部隊によるハワイ奇襲成功のニュースよりも生々しい記憶として残っている。

私事に関することで恐縮だが、たまたまその日の午後中国大陸で戦死した兄の遺骨が家に帰ってきたのでよくおぼえているのである。その夜は通夜がいとなまれたが、ラジオから軍艦マーチについで両艦の撃沈を告げるアナウンサーの興奮した声が流れ出た。通夜の席は、急に沸き立った。だれもが、強大な武力をもつアメリカ、イギリス両国との戦争が開始されたことに重苦しい不安をいだいていたのだが、ハワイ奇襲の成功についでイギリス東洋艦隊潰滅の報に安堵を感じたのだ。

通夜にそぐわぬにぎやかな空気を気にかけたのか、焼香客の一人が立ち上ると、

「本日、英霊が御帰還したが、只今の臨時ニュースは、英霊に対するこの上ない献花である」

といったようなことを口にした。

中学二年生であった私は、イギリス戦艦撃沈のニュースに胸をおどらせたが、その焼香客の言葉にはなんとなく異和感をおぼえた。兄の戦死は私たち家族の一員の死で、ラジオの報じる戦果とは縁のないものに思えたのだ。

イギリスの二戦艦の沈没に関連して、私の胸に一人の老人の姿が強く焼きつけられている。それは、開戦日前に両戦艦の航行すると予想されていた海域に、大量の機雷を敷設した特設敷設艦の艦長Ｐ大佐である。

私は、ただ一度だけしかお眼にはかかっていないのだが、その日本国中を沸き立たせた戦果のかげに、このような人物がひそんでいたことを忘れがたく思うのだ。

「プリンス・オブ・ウエルズ」と「レパルス」が日本海軍の前面に立ちはだかったきっかけとなったのは、太平洋戦争開始日の四ヵ月前にあたる昭和十六年八月九日、ニューファンドランド湾でおこなわれたイギリス首相チャーチルとアメリカ大統領ルーズベルトとの会談であった。

アメリカとイギリスは、その年の三月に海上兵力の協調作戦を決定していて、アメリカは六月にイギリス海軍支援のため戦艦三隻、空母一隻その他を大西洋に派遣していた。その代償として、もしも日米関係が悪化し極東方面の危機が増大した折には、イギリス海軍が、戦艦をふくむ有力艦隊をマレー半島方面に回航する約束をとり交していた。ニューファンドランド湾の会談では、ルーズベルト大統領から、日米戦争の発生するおそれがたかまっていることが告げられ、それは、イギリス艦隊の極東派遣をうながすものであった。

当時、イギリスとしては、ドイツ、イタリアとの戦いに全力をそそいでいた関係から有力艦隊を遠く太平洋上にさくことは困難だった。しかし、日本軍の南部仏印進駐によってイギリス領マレー半島の存立もあやぶまれ、その防備につとめる必要があった。幸い独ソ戦の勃発で、ドイツ軍がソ連領内に進撃をつづけていたのでドイツ軍のイギリスに対する攻撃も幾分よわまり、イギリスの戦力にはいくらかの余裕も生じていた。

会談からもどったチャーチルは、八月二十五日、海軍軍令部長に対して、

「少クトモ新式高速戦艦一隻ヲフクム高速有力艦隊ヲ東方ニ派遣シ、日本ノ侵略行動ヲ抑制スベシ」

と、命じた。

しかし、海軍は、首相の要求にはげしく反撥した。その理由は、まだドイツ海軍に高速戦艦「チルピッツ」が健在で、それと対抗できる高速戦艦を欠くことはできないという。そして、とりあえず旧式戦艦「リベンジ」程度の艦をインド洋に派遣すべきだと進言した。が、チャーチルは、自分の意志をまげず、十月二十四日に、戦艦「プリンス・オブ・ウエルズ」「レパルス」「リベンジ」、空母「インドミタブル」、駆逐艦四隻より成る東洋艦隊を編成させ、司令官に著名な提督であるフィリップス中将を任命した。

この艦隊は、二隊にわかれてアフリカ各地に寄港した後、十一月二十四日にインド南東方のセイロンで合流した。この途中、空母「インドミタブル」に坐礁事故が起り、旧式戦艦「リベンジ」とともに艦隊編成から脱落した。

戦艦「プリンス・オブ・ウエルズ」「レパルス」は、駆逐艦四隻をしたがえてセイロンを発し、十二月二日にマレー半島南端のシンガポールに入港した。この入港について、イギリス政府は、日本を牽制するため東洋艦隊のシンガポール到着を公表した。

この報は、十二月八日午前零時を開戦日時と定め行動を開始していた大本営に大きな衝撃をあたえた。

ハワイ奇襲をくわだてていた日本海軍の大機動部隊は、すでに六日前の十一月二十六日午前六時〇〇分、千島列島にあるエトロフ島の単冠湾《ヒトカップ》を出港し、ハワイまでの約三千二百浬《かいり》にわたる大航海の途にあった。それは、完全な隠密行動で、イギリス艦隊がシンガポールに入港した日に、機動部隊の先遣部隊は、ハワイ諸島のオアフ島三百浬圏内にひそかに接近していた。

またマレー半島上陸をくわだてる山下奉文陸軍中将を司令官とする兵団は、海南島の三亜港に集結を終り、大船団をくんで南下する寸前にあった。マレー半島方面のイギリス軍は、山下兵団の集結を察知していて、予想されるマレー上陸作戦開始前に輸送船団を潰滅させようと全力をあげて戦備の拡充につとめていた。そうした中にイギリス艦隊が到着したわけだが、その報は山下兵団の海上輸送に大きな不安となってのしかかった。

日本海軍も輸送船団の護衛に綿密な計画を立てていたが、海上兵力の主力、殊に空母群をハワイ攻撃に投入していた海軍には、東洋艦隊の存在が一大脅威となった。

イギリス東洋艦隊に関する情報は続々と入り、十二月四日午後四時三十分には、イギリスに置かれた日本大使館の辰巳武官から、

「英戦艦プリンス・オブ・ウエルズ及びウォアースピット、並びに巡洋艦二、三艦、駆逐艦若干の印度洋もしくは極東方面にあることおおむね確実にして、今回声望高き軍令部次長フィリップス中将を大将の資格に於て英東洋艦隊司令長官に任命し……」

と、その緊迫した情勢をつたえてきた。

やがて日本海軍は、シンガポールに「プリンス・オブ・ウエルズ」が「レパルス」をともなって入港していることを知って愕然とした。

「プリンス・オブ・ウエルズ」は、イギリスの最新鋭戦艦「キング・ジョージ」の二番艦として完成間もない三八、〇〇〇トンクラスの新造艦であった。

同艦は、イギリス戦艦としては最も速度の早い高速戦艦で、その速度は二十七ノットとも二十八ノットとも称されていた。また「レパルス」は、艦齢の古い艦だが三度の改装をへて、三十ノットという高速をほこっていた。イギリス海軍は、日本海軍の「金剛」「榛名」「比叡」「霧島」の高速戦艦と対抗できる戦艦を派遣したのだ。

「プリンス・オブ・ウエルズ」は、昭和十六年五月初旬、艦隊に編入されて間もなくドイツの超弩級戦艦「ビスマルク」を追って、「ネルソン」「ロドニー」とともに「ビスマルク」撃沈に功を樹《た》てた。また「レパルス」艦長テナント大佐も、ダンケルク撤収作戦にいちじるしい功績をあげた人物で、「ビスマルク」追跡にも参加したすぐれた提督であった。つまり「プリンス・オブ・ウエルズ」と「レパルス」は、イギリス海軍の誇る有力艦で、南方作戦を展開しようと企てていた日本軍の意図を粉砕するための強大な戦力であった。

日本海軍は、両艦の行動を阻害するために潜水艦群をその方面に放つと同時に、二隻の機雷敷設艦を出動させた。それは、「プリンス・オブ・ウエルズ」「レパルス」が出撃時に通ると予想される航路上に、大量の機雷を敷設しようという目的をもったものであった。

その一艦は、三亜を出て南下したが、十二月六日イギリスの大型哨戒艇に二度にわたって接触され、機雷敷設を断念して引き返した。

また他の一艦は、十二月三日三亜を出撃しシンガポール方面にむかった。この機雷敷設はさまざまな困難をへて成功したのだが、私が会ったのは、その艦の艦長であったP氏であった。

二

Ｐ氏は、当時海軍大佐であったが、いかにもそれらしい風格の大きな体をした人だった。

しかし、Ｐ氏は七十歳を越えていて体もひどく衰弱しているようだった。そして、その家を訪れた時も、家人は、

「大したお話もありませんよ」

と、私の来訪を幾分迷惑がっているようであった。

Ｐ氏は、私の来訪を非常に喜んだ。そして、子供の頃から海軍に入るまでの話を長々とはじめたので、私は、機雷敷設の話に集中してもらうようつとめた。Ｐ氏は、長い前置きを述べた後、ようやくシンガポール近海の機雷敷設の話に入った。

Ｐ氏が艦長として搭乗した敷設艦は、十二センチ砲と機銃若干を装備した六、三四三トンの優秀な大型艦で、大型機雷六百五十個の搭載が可能であった。

その機雷敷設は開戦日時に決定されている十二月八日午前零時以前におこなう作業であるだけに、ほとんど生還を期することは不可能な出撃とされていた。マレー方面の

イギリス、オランダ空軍の警戒はきびしく、哨戒機に発見される確率はきわめてたかい。しかし、開戦日時前にこれらの哨戒機と戦火を交えることは、日本陸海軍が綿密に組み立てた開戦と同時におこなわれる作戦計画を根底から崩壊させてしまうことになるので、たとえ攻撃を受けても抵抗することは厳禁されていた。この点についてP氏は、出発前に山本五十六連合艦隊司令長官、小沢治三郎南遣艦隊司令長官からくり返し注意されたという。

P大佐は、重大な決意をいだいて十二月三日午後七時〇〇分、艦を夜陰に乗じて三亜を出港させ、ひそかに南下をつづけた。同艦には、一トン機雷六百四十七個が搭載されていて、もしも敵の攻撃をうければ全機雷は爆発する。つまり艦そのものが巨大な爆薬源にも等しかったのだ。

同艦は、仏領インドシナ東方海上を南下、英領マレー半島に進路をむけた。P大佐は、一層警戒を厳にすることを命じたが機影も艦影もみえず、同艦は全速力でシンガポール方面に接近していった。

P氏は、古びたメモをひらいて、

「十二月……六日、午前十一時……二十分でした。突然、敵機がやってきたのです」

と、もつれがちの声で言った。

機影が湧いたのは、西の空であった。艦の乗組員は、ただちに戦闘配置についた。艦に接近してきた機は双発機で、翼にオランダ空軍のマークが鮮やかに印されていた。艦には機雷投下用のレールが敷かれていたが、機雷敷設艦と気づかれぬようにそれらはすべてシートでかくされ、あたかも商船のように装っていた。

オランダ機の動きを見守っていると、怪船だと判断したらしく急に高度をさげてきた。そして、百メートルほどの低空で上空を旋回し、しきりにこちらをうかがっている。もしも、銃撃か爆撃をうければ、同艦に搭載された機雷の誘爆で、乗員は艦とともに瞬間的に四散する。

「副長の堀木少佐が苛立って、射ち落してしまいましょうと言いましたが、私は、厳命をうけていたので絶対に射ってはいかんと強く命じました。たとえわれわれは死んでも、開戦企図をさとられるようなことはしてはならぬと思っていました。そして、乗組員たちにオランダ空軍機には別に関心はないという態度をとらさせました。しかし、もう生命はないと思いましたよ」

と、P氏は述べた。

オランダ空軍機の動きは、執拗だった。遠くはなれるかと思うと機体をかしげ旋回して突き進んでくると、艦の真上を轟音をあげてかすめすぎる。そんなことを二時間四十分もくり返し、午後二時頃ようやく西の空に去った。

乗組員たちは、安堵の吐息をついた。が、オランダ機に発見されたことは、他の機の接触をうけることにもつながる。攻撃をうけるおそれも充分あるので、大事をとって引き返すことも考えたが、P大佐は、あくまでも任務を果すことを決意し予定通り前進をつづけた。

やがて危惧していたことが、現実となった。午後四時十分、空の一角に機影が湧くと急速に接近してきた。ロッキード型のイギリス空軍機で、威嚇するようにマストすれすれの低空をかすめ過ぎる。オランダ機についで飛来したイギリス機が、攻撃を目的としているのではないかと予想された。そのためP大佐は、いったん避退するようにみせかけて進路を反転させた。

そのうちに日が没し、イギリス機は去った。

P大佐は、夜間を利用して予定海面に達すべきだと考え、全速力でマレー半島東南方海面に急いだ。そして、十二月七日午前零時三十分、第一回機雷敷設位置であるアナンバス灯台の北方北緯三度一〇分東経一〇四度一〇分に到達した。

月光が、海上を淡くあかるませていた。P大佐は、乗組員を督励して、大規模な機雷敷設に着手した。P大佐は、海軍水雷学校教官、機雷部長の経歴もある機雷学の権威で、自ら考案した「稲妻型機雷敷設法」にもとづいて、百メートル間隔に機雷を投下していった。

機雷は、白い水しぶきをあげて夜の海面につぎつぎに投じられ、午前二時三十分、一トン機雷四百五十六個の敷設を終了した。

第二回の機雷敷設を予定している海面は、四十浬の彼方にあった。夜が明ければ、再び英、蘭機の接触をうけることはまちがいないし、それ以上前進することは危険だったが、Ｐ大佐は、任務を完全に果すことをねがってさらに予定海面へと急いだ。

夜が明けた。

午前九時〇〇分、予想していた通りオランダ空軍のマークをつけた飛行艇が飛来、約一時間半にわたって低空威嚇飛行をおこなった。英、蘭空軍とすれば、二度にわたる威嚇飛行にもたじろがず、シンガポール軍港方向に前進をつづけている同艦に憤りを感じたにちがいなかった。

オランダ飛行艇が去ると、四十五分後にはイギリス空軍機が姿をあらわした。その飛行機は、同艦を潜水母艦と思ったらしく潜水艦の姿をさぐって海上一帯を低空でとび、やがて一時間後に西方の空に消えた。

機雷敷設艦は、完全に英、蘭空軍の攻撃圏内深く突入していた。しかし、Ｐ大佐は、死を覚悟して予定海面への前進をやめなかった。

イギリス機が去って間もなく、見張員が三千メートルほどの距離に潜水艦の潜望鏡を発見した。厳戒態勢をとって監視していると、潜水艦は、潜望鏡を時折のぞかせて潜航しながら徐々に接近してくる。P大佐は、行動はこれまでと判断した。敵機にくわえて潜水艦にとりかこまれては、予定海面での敷設は不可能だった。

かれは、避退を決意し、艦を急速反転させると、はげしい蛇行運動を命じて潜水艦の攻撃からのがれることに全力をそそいだ。

必死に逃げる同艦に、午後三時四十五分、またもイギリス機が飛来、同艦艦上を旋回したが、やがて日が没してイギリス機は去った。

同艦は、全速力で離脱につとめ、開戦日の翌日にあたる十二月九日午後、仏領インドシナのカムラン湾にたどりつくことができた。機雷は一九一個残されていたが、危険な海域での任務であっただけに、その敷設作業は大成功だった。

三

機雷敷設隊以外に、潜水艦群も「プリンス・オブ・ウエルズ」以下のイギリス東洋艦隊の捕捉につとめ、また航空機もその姿をもとめて攻撃の機をつかむことに努力していた。

十二月八日午前零時以後、英領マレー半島国境に近いタイ国領土のシンゴラ、パタニ、英領マレーのコタバルに山下兵団が上陸を開始、イギリス空軍機の来襲も激化した。

マレー半島方面の作戦に任じていた南方軍総司令部の最大関心事は、イギリス戦艦二隻の動向であった。両艦は、マレー半島上陸を実施した輸送船団を攻撃すると予想された。が、日本海軍の艦艇は、その主力がハワイ方面に投入されていて「プリンス・オブ・ウエルズ」「レパルス」両艦に対抗できる戦力をもつ艦はなかった。

日本海軍にとって優勢をたもっていたのは、潜水艦と航空兵力であった。

海軍では、早くから陸攻機による艦艇に対する攻撃方法を研究し、実戦さながらの猛訓練をつづけていた。その戦法は、四方八方から同時に雷撃をおこなう方法で、敵艦が思いきった大回避をおこなっても被雷をまぬがれぬという集団攻撃だった。しかも、それらの陸攻機は目標に出来るかぎり近づいて魚雷を投下することを前提としていたので、訓練での命中率は約七十パーセントというきわめて比率の高いものになっていた。

開戦前におこなわれた訓練を目撃した某士官の話によると、陸攻機は目標艦隊に四方から殺到して魚雷を投下した。魚雷は、水面下深く進むようになっていて灯がともされている。その水中の灯の通過によって命中か否かが判定されたが、その折の雷撃訓練では、戦艦「長門」に三十発、「伊勢」に十三発、「扶桑」に三発の命中が確認され、そのすさまじい命中率に戦慄したという。それ以外にも夕日を背に水面すれすれの超低空でおこなう奇襲雷撃や、高度三百メートルからの魚雷投下訓練も実施されていた。

しかし「プリンス・オブ・ウエルズ」と「レパルス」の対空兵装は極めて充実したものであった。殊に「プリンス・オブ・ウエルズ」の航空機に対する装備は世界最強の戦闘力をもつもので、最新鋭のビッカーズ社製の四十ミリ八連装機関砲を、副砲をとりはずしてまで補充し、ブフォッフォーズ砲、ロケット砲まで装備、針鼠のように機銃が艦上をおおっていた。また最新兵器であったレーダーも完備していると噂されていた。

日本海軍としては、劣勢ではあるが重巡を主力にイギリス艦隊との決戦を決意し、イギリス二戦艦の情報蒐集につとめていた。

十二月八日午後、第二十二航空戦隊の空中偵察によって戦艦二隻、巡洋艦二隻、駆

逐艦四隻がシンガポール湾内にいることが確認され、また翌九日午後には、陸軍偵察機が、

「午前一一時二〇分、湾内ニ戦艦二、巡洋艦四、駆逐艦四アリ」

と、報告した。

マレー作戦に従事していた日本海軍艦艇は、夜襲攻撃を計画し、シンガポール方面に出撃した。

しかし、陸軍偵察機のイギリス艦隊シンガポール湾内ニアリ……という偵察報告を根底からくつがえすような情報が入電した。それは、第五潜水戦隊第三十潜水隊の司令潜水艦「伊六十五」からの報告であった。

「伊六十五」は、イギリス艦隊の動きをさぐるため十二月八日、予定されていた海面に到達して哨戒にあたっていたが、その日は艦影を発見することができなかった。十二月九日の朝をむかえて、同潜水艦は、北から南へ、さらに南から北へと反復行動をつづけながら哨戒任務についていた。

午後三時十五分、同艦の潜望鏡に遠く二つの艦影がうかび上った。海上には低く密雲がたれこめていて、艦の輪郭がつかめない。哨戒長は、駆逐艦らしいと判断して艦長原田毫衛少佐と同艦に乗っていた第三十潜水隊司令寺岡正雄大佐に報告した。

原田少佐と寺岡大佐は、すぐに潜望鏡にとりついて艦影を交互にみつめた。それはガスににじんでよくみえず、その上時折りスコールがやってきて艦影が没してしまう。距離も二万メートル以上あって、駆逐艦かどうか見定めることはできなかった。

しかし、航海位置から察してまちがいなく敵艦であることはあきらかだった。幻影のように淡い艦影だったが、なおも凝視していた寺岡大佐は、一隻の前部のマストの形やその基部の形態から推して戦艦「レパルス」にまちがいないと断定した。

「レパルスだ」

という寺岡司令の声に、艦内はにわかに緊張した。

寺岡は、さらに他の一隻の艦影に眼を移したが、それは海軍年鑑にものっていない艦型で、新しく建造された戦艦であることはあきらかだった。つまりその戦艦は、「プリンス・オブ・ウエルズ」である公算が大きく、とりあえず「伊六十五」は、潜航したまま短波マストをあげて、

「敵『レパルス』型戦艦二隻見ユ　地点コチサ一一　針路三四〇度　速力一四ノット一五一五」

と、イギリス戦艦発見の報を打電した。

「伊六十五」は、その後潜航したままイギリス戦艦を追ったが、艦影が消えかけたの

で浮上し、二十ノットの速力で追走した。

海上の視界はさらに悪化し、その上はげしいスコールがおそってきて、午後五時二十分、イギリス艦隊を見失ってしまった。

それでも万が一を思い、予想される方向に進むうち午後六時二十二分、はるか前方に再びイギリス戦艦二隻を発見した。その時、密雲にとざされた上空に爆音が近づいて水上偵察機があらわれ、攻撃する気配をみせた。原田艦長は、急速潜航を命じ、艦を海底深く沈下させた。

しかし、この水上偵察機は敵機ではなく、巡洋艦「鬼怒」から射出されたイギリス戦艦をもとめて行動していた索敵機であった。「伊六十五」は、危険も去ったと判断して午後八時〇〇分再び浮上しあたりの海上を必死にさぐったが、イギリス艦隊の姿を発見することはできなかった。

この「伊六十五」のイギリス戦艦発見の暗号電文を受信した海軍統率部は、激しい混乱におちいった。陸軍偵察機のシンガポール湾偵察によると、その日の午後に戦艦二隻が浮標に繋留していたという。それが事実とすれば、「伊六十五」発見位置にイギリス戦艦二隻がいるはずがなかった。

どちらが正しいのか、海軍統率部は、陸軍偵察機の撮影してきた空中写真を拡大し

再び入念にしらべてみた。その結果、浮標に繋留されているのは商船であることが判明し、

「写真調査ノ結果　シンガポールニ敵戦艦ナシ　第三十潜水隊司令ノ報告確実ナリ」

という電文が各部隊に発信された。

「プリンス・オブ・ウエルズ」と「レパルス」のシンガポール出撃意図は、マレー東岸で上陸作戦をつづけている輸送船団の攻撃にあることは疑う余地がなくなった。そのため、南遣艦隊司令長官小沢治三郎中将は、輸送船団の揚陸作業を中止して至急タイのシャム湾内深く退避を命ずるとともに、附近行動中の「鳥海」「鈴谷」「鬼怒」「由良」等巡洋艦、駆逐艦による夜襲と航空機による攻撃を発令した。が、それらの艦艇群は編成上からも統一行動に欠け、強大な戦闘力をもつイギリス艦隊と対決するには不利だった。

その日の午後六時三十五分、「伊六十五」の発見についで、軽巡「鬼怒」から射出された索敵機が、

「敵戦艦二隻見ユ」

の発見を報じてきた。また午後七時十五分には、

「敵ハ駆逐艦三隻ヨリ成ル直衛ヲ配ス」

との報告をつづいて発信してきた。

また重巡「鈴谷」から発した索敵機が午後七時十五分に、

「敵戦艦二隻見ユ」

の報を打電、「プリンス・オブ・ウエルズ」「レパルス」の出撃は確実となった。

日が、没した。海上は悪天候にわざわいされて、索敵は困難となった。またイギリス艦隊と決戦をいどもうと企てている日本の艦艇もばらばらに行動していて集結できず、イギリス艦隊を迎えうつ日本海軍は最悪の事態におちこんでいた。小沢中将は索敵機に対し、もしもイギリス艦隊を発見した折には、その上空から照明弾を落して攻撃隊に位置をしらせるよう命じた。

その頃、仏印から発進していた武田八郎大尉の指揮する陸攻三機は、悪天候の中を夜間哨戒にあたっていたが、黒々とした海面にほの白い二筋の航跡を発見、二隻の艦影を見出した。それは重巡「鳥海」と軽巡「鬼怒」で、友軍機の接近に気づいていた。

しかし、陸攻は敵艦と判断し、午後九時三十分、

「敵見ユ」

を打電し、その航路海面に目標灯を投下、つづいて照明弾を落した。

「鳥海」では、陸攻の目標灯、照明弾の投下によってイギリス艦隊と誤認されている

ことに狼狽し、急いで陸攻に対し、

「ワレ鳥海」

と、発光信号を送ったが反応はなく、つづいて探照灯で信号したが、陸攻は敵艦と信じているようだった。

味方機による攻撃の危険が大となり、「鳥海」は「鬼怒」とともに急速に避退行動をおこし、第一航空部隊司令部に対して、

「陸攻三機　鳥海上空ニアリ。吊光弾（照明弾）下ニ在ルハ鳥海ナリ」

と、訴えた。

その報を受けた第一航空部隊司令部は、陸攻に対して、

「味方上空　引返セ」

と命じ、ようやく午後十時〇〇分、陸攻三機は、下方を走る艦を味方艦と気づいて去った。

この誤認事故は、攻撃部隊の無統制をしめすもので、到底夜間攻撃は不可能と判断され、小沢司令長官は、夜襲中止を命じた。そして夜明けを待ってイギリス艦隊を捕捉することに計画を変更し、艦艇の集結に全力をそそいだ。

十二月十日午前零時頃から雨がやみ、淡い月が出たが、海上は依然として視界は不良だった。

そうした情況の中で、哨戒にあたっていた「伊五十八」潜水艦は、突然六百メートルほどの至近距離に駆逐艦二隻を発見した。

「急速潜航！」

の指令が発せられて同艦は潜航し、潜望鏡を向けてみると、イギリス戦艦二隻が駆逐艦をともなって航行しているのを発見した。同艦はただちに、

「敵発見」

を打電し、監視をつづけていると、イギリス艦隊は午前一時四十五分、大きく変針して南方に進路を変えた。その変針によって、「伊五十八」は、自然に敵艦隊を雷撃する絶好の位置に置かれることになった。

北村惣七艦長は攻撃を決意し、前部魚雷発射管六門の発射準備を命じた。が、その中の一門の発射管の前扉がひらかず、水兵たちは狼狽し、その混乱のためせっかくの発射好機を逸してしまった。北村艦長は、やむなく五門の発射管から魚雷発射を命じ、二番艦の「レパルス」をねらわせたが、発射位置が悪く命中した魚雷はなかった。

北村艦長は、午前三時四十一分、

「……『レパルス』ニ対シ魚雷ヲ発射セシモ命中セズ」

と報告し、つづいて、

「敵ハ黒煙ヲ吐キツツ二四〇度方向ニ逃走ス　我コレニ触接中」

と、打電した。

「伊五十八」は、必死にイギリス艦隊を追うことにつとめたが、戦艦の速度ははやく、午前六時十五分遂に艦影を見失った。

この「伊五十八」の発見報告は、日本海軍の一斉行動をうながし、艦艇群は全速力でシンガポールに向うイギリス艦隊の追撃を開始した。が、イギリス艦隊との距離は余りにもひらきすぎていて、それに「プリンス・オブ・ウエルズ」「レパルス」両艦はイギリス海軍のほこる高速戦艦なので、距離をちぢめることは不可能であった。そのため第二艦隊司令長官近藤信竹中将は、午前八時十五分、

「水上部隊ノ追撃ヲ断念ス」

と発令し、艦艇群は追撃を中止して反転した。そして、イギリス艦隊への攻撃は、航空部隊と潜水部隊に一切がゆだねられた。

第二十二航空戦隊（司令官松永貞市少将）は、仏印のサイゴン基地にある九六式陸攻九機の発進につづいて索敵攻撃隊の大挙出動を発令し、他の航空部隊も全力をあげ

て両戦艦の索敵攻撃を開始した。

当時イギリス海軍は、大きな誤算をおかしていた。それは、日本陸海軍の航空機に対する軽視であった。日本の航空機設計・製作技術は欧米列強の技術を導入した後進的なものだという認識がイギリス海軍当局者間に根強く残っていて、ドイツ、イタリアの軍用機よりも決してまさることはないはずだと考えられていた。が、開戦と同時にはじめられた航空戦で、日本の戦闘機が予想に反した高性能をしめすことに驚きを感じていた。その一例として、開戦日の十二月八日におこなわれたルソン島上空への日本機の来襲でアメリカ陸軍航空兵力百六十機のうち約六十機が撃墜または大破炎上し、日本側は零式戦闘機三機を失ったのみであった。またイギリスの戦闘機ブルースター・バッファローも日本戦闘機の相手とはならず、イギリス空軍のほこる戦闘機ホーカー・ハリケーンも期待をうらぎってつぎつぎに撃墜されていった。

そうした事実を知りながらも、イギリス海軍は、依然として日本軍用機の優秀さを確実には認めようとせず、殊に航続距離の点については全く無視していた。

イギリス艦隊の航行位置は、仏印のサイゴンにある日本の航空基地から四百浬もへだたっていた。その頃イギリス海軍の雷撃機の行動半径は二百浬で、到底日本の雷撃機が攻撃する位置ではないと確信していた。しかし、実際には、雷撃訓練をおこなっていた陸攻機の行動半径は五百浬という大航続力をもっていたのである。

その日イギリス艦隊の航行していた海上は、天候も良好で視界もひらけていた。索敵機は、その海面を艦影をもとめて飛びつづけた。が、いつまでたってもイギリス艦隊の姿は発見できない。司令部の焦燥は、深まった。

索敵機の中に、帆足正音予備少尉の指揮する九六式陸攻があった。帆足機は、入念な索敵をつづけているうちに、午前十一時四十五分、遂にイギリス艦隊を眼下に発見した。

帆足機は、

「敵主力見ユ　北緯四度　東経一〇三度五五分　針路六〇度」

と、緊急打電し、ついで、

「敵主力ハ駆逐艦三隻ヨリナル直衛ヲ配ス　航行序列『キング型』（キングジョージ五世姉妹艦プリンス・オブ・ウエルズ）『レパルス』」

と報告し、イギリス艦隊に追尾しながら接触をつづけた。

その報は司令部員を狂喜させ、ただちに各攻撃隊に打電した。

広く散開していた攻撃隊は、その電文を受けて一斉に帆足機の発見位置に急行、白井義視大尉の指揮する九六式陸攻八機の爆撃隊の投弾につづいて、各隊の雷・爆撃による波状攻撃が開始された。たちまちクワンタン沖は、凄絶な海の戦場と化した。対空兵装をほこる両艦だけに対空砲火はすさまじく、上空は弾雲で黒くおおわれ、その中を陸攻機群が四方八方から海面にふれそうな低空で突入し、魚雷を投下する。「プリンス・オブ・ウエルズ」「レパルス」は、急激な回頭で被雷を避け、海面は激しく泡立った。が、左右両方向から突進してくる魚雷を避けることができず、両艦の舷側からは壮大な水柱が上り、爆弾も艦上に炸裂して黒煙をともなった火炎がまき起った。

「レパルス」の被雷数は多く、右舷前部に四本、左舷に十本計十四本の魚雷がその艦体にたたきこまれ、二百五十キロ爆弾一個が煙突附近に命中炸裂した。

「レパルス」に最後の瞬間が訪れた。午後二時三十分、「レパルス」の巨大な艦体は転覆して海上を波立たせながら海中に没し、あたりに黒々とした重油が激しい渦とともにひろがった。が、「レパルス」の対空砲火は、沈没直前まで絶えることなくつづけられていた。

「プリンス・オブ・ウエルズ」の受けた損傷も大きかった。右舷に五本、左舷に二本の魚雷を浴び、五百キロ爆弾二個が命中、速力も極度におとろえていた。が、日本陸攻機の攻撃は終り、ただ帆足機のみが同艦の姿を監視していた。

第二十二航空戦隊司令部では、帆足機の燃料がつきるのを気遣って、コタバル基地に引き返すよう命じた。そして、代りの索敵機を発進させたが、帆足機は、重量を軽くするため近くのクワンタン敵基地に六十キロ爆弾二個を投下、再びイギリス艦隊上空に引き返した。――時刻は、十二月十日午後二時二十七分であった。

帆足機は、不沈戦艦といわれていたイギリスの最新鋭戦艦の無残な姿をそこに見出した。

午後二時三十分、帆足機は、

「『キング・ジョージ（プリンス・オブ・ウエルズ）』左ニ傾斜シツツ九〇度ニ遁走中艦尾ヨリ爆発　次第ニ沈没シツツアリ」

と、打電し、午後二時五十分、突然大爆発を起して沈没する「プリンス・オブ・ウエルズ」の姿を眼下に確認した。

帆足機は、

「『レパルス』一四二〇頃　一四五〇頃『キング・ジョージ』モ爆発沈没セリ」

と、報告した。

海面では、同行していた駆逐艦が「レパルス」の沈没位置に近づいて、しきりに海上に投げ出された乗員を救助する光景がみられた。その上空を帆足機は旋回していたが、不意にイギリス戦闘機が来襲してきたので、帆足機は全速力でのがれた。その海戦で撃墜された日本機は、わずかに三機のみであった。

この両艦の喪失について、イギリス首相チャーチルは「第二次大戦回顧録」中でこのように触れている。

十日の日に私が書類箱をあけていると、ベッドの電話が鳴った。それは、軍令部長からであった。かれの声は、変だった。咳をしているようでもあり、込み上げてくるものをこらえているようでもあり、初めは明瞭に聞きとれなかった。「総理、プリンス・オブ・ウエルズとレパルスが双方とも日本軍に――飛行機だと思います――沈められたことを報告しなければなりません。トム・フィリップス（中将・司令官）は水死しました」「その通りかね」「全く疑いの余地はありません」

で、私は受話器をおいた。私は一人きりであったことがありがたかった。戦争の全期間を通じて、私はこれ以上の直接の打撃を受けたことはなかった。ここまでの記述を読んできた諸君には、いかに多くの努力と希望と計画がこの二隻の軍艦と共に沈んでしまったかがよく判るであろう。

ベッドで輾転身もだえする私の心にはこのニュースが持つ全幅の恐しさが滲透し

た。カリフォルニアへ急いで帰りつつあった真珠湾の残存艦を除いて、インド洋にも太平洋にも英米の主力艦は一隻もなかった。この広漠たる水域にわたって日本は最強であり、われわれは至るところで弱く、裸であった。

つまりマレー沖海戦は、真珠湾攻撃とともにアメリカ、イギリス両海軍に徹底的な打撃をあたえたのである。

四

イギリス艦隊の予想航路上に機雷を敷設したP大佐指揮の敷設艦の行動は、直接にはイギリス艦隊潰滅になんの意味ももたなかった。しかし、イギリスの二戦艦の撃沈の背後に、このような機雷敷設艦の決死的な行動があったということを知らねばなるまい。

P大佐は、イギリス、オランダ機の威嚇にさらされながら引き返すこともなく大胆な前進をつづけた。P大佐の命令通りに行動した乗組員たちの力によるものだが、突進をつづけさせたP大佐の行為は驚異である。

私は、Ｐ氏の話を克明にメモし、話も終ったので万年筆をキャップにおさめた。が、その頃からＰ氏は、異様な気配をしめすようになった。Ｐ氏は、あきらかに私を帰したがらないようだった。

「あなたどうだね、私と酒をやらんかね」

と、Ｐ氏は言った。

病身であるらしく坐ったままのＰ氏が飲酒するということに、私は呆れた。家族は飲酒を禁じているだろうに、Ｐ氏は、私が訪れたことを理由に杯を手にしようとしているように思えた。

「いえ、私は、一滴も飲めないのです」

と、私は答えた。

「いい日本酒があるんだがな。味をみるだけでも、どうだね」

Ｐ氏は、私の顔をうかがうような眼をした。

「いえ、酒は体に合いませんので」

私は、頭をふりながらＰ氏のすすめにしたがった場合のことを想像した。Ｐ氏は、嬉々として杯を手にし、海軍時代の話を延々とつづけて私を引きとめるだろう。Ｐ氏の体を案ずる家族は、私の来訪を呪うにちがいない。

それに私は、こんなことにも気づいていた。P氏を訪れた私に、家族の方は妙に素気ない。P氏は、戦後になってから戦時体験を家族にくり返し話し、年老いて一層その傾向ははげしさを増しているのではないか。家族は、反復される体験談にすっかり飽き、やがて露骨な態度で、話をするP氏を無視しているのだろう。

私が初めてP氏の家に電話をかけて戦時中の話をおききしたいというと、家族の方は、

「そうですか。なにもお話はないと思いますよ」

と、迷惑そうな声で言い、P氏の家を訪れてからも家族の方の態度は冷淡だった。

P氏の体験談に辟易している家族は、私の来訪がP氏を増長させることを恐れているように思えた。開戦記録に関心をいだく私がはるばると訪れてきたことによって、P氏が自信をいだき、一層戦時中の話をくり返すことに危惧をいだいているのではないかと想像された。

「酒は、だめかね」

と、P氏は、残念そうに言った。

「はい、だめなんです」

私は、匆々《そうそう》にケースにノートをおさめた。

「私は、山本長官の命でプリンス・オブ・ウエルズとレパルスの予想航路に機雷を敷設したのだが、それ以外にきくことはないかね」

「これで充分と思います。わからないことがありましたら、また電話をおかけいたします」

私は、帰り支度をはじめた。

Ｐ氏の顔に、私を帰すまいという表情がさらに濃くなった。

「そうだ、君。五・一五事件のことで面白い話があるんだけどね」

Ｐ氏は、思いついたように言った。

その時、襖がひらいて隣室から家族の方が顔を出し、

「お帰りですか」

と、私に言った。

「長い間お邪魔をいたしました」

と、私は礼を言って席を立った。

「五・一五事件は、面白いんだがなあ」

Ｐ氏は、私の背に感にたえぬように言った。

私は、Ｐ氏の家族に挨拶、家を辞した。

帰途私は、P氏に対する悲哀を感じた。P氏にとって、戦時中の記憶は氏の生き甲斐のすべてとなっているのだろう。P氏は、海軍の機雷部門の権威であったが、終戦後の平和な時代にはむろんそれを活用できる方途はない。おそらく氏は、なすこともなく戦後を送ってきたのだろう。海軍大佐という箔ははがれ、氏は家族にとって荷厄介な存在となった。P氏は、そうした中でただ戦時の記憶をたよりに細々と生きてきたにちがいない。私は、暗澹とした気持になった。

それから数日後、私は、P氏の家に電話をかけた。P氏が戦場を離脱して仏印のカムラン湾に入港したのは十二月九日午後だが、その正確な時刻を知りたかったのだ。

若い女の声が電話口に出たが、私がその旨を告げてP氏におたずねしたいと言うと、

「そんなお話はもう結構です。やたらに刺戟しないでください」

と甲高い声で答えると、電話はきれた。

私は、ひそかに想像していたことが事実だということを知った。P氏の家族は、氏の戦時中の話にうんざりしている。というよりは、激しい憎悪を感じている。そうした空気の中に身をひそめていたP氏は、私の来訪に元気づけられた。家族にいみ嫌われていた戦時中の体験談を、P氏は私が帰ったあと勢いづいて家族にくり返したにちがいない。家族の迷惑が充分理解できるだけに、老いたP氏の身が哀れでならなかっ

た。

それから一週間後、P氏から葉書がきた。文面にはその後なんの連絡もないが、不明な点があったらまた訪れてきて欲しい、とあった。家族は、私から電話があったことを伝えていないのである。

一ヵ月ほど前、私はふとP氏のことを思い出して、恩給局の資料をたよりにその消息をさぐってみた。P氏は、死亡していた。その死亡月日は、私がP氏から葉書をいただいた一ヵ月後であった。


（「週刊文春」昭和45年11月30日号）

「海の史劇」ノートから（一）

——ロシア水兵の上陸

私は、日本海海戦を「海の史劇」と題して小説に書いたが、作中におさめることのできなかった資料を御紹介してみたい。単行本として発刊された後に得た資料なので使用することができなかったのである。今後、日本海海戦史の一資料としてなにかの便に供することができれば幸いである。

その資料は、矢富熊一郎著「石見鎌手郷土史」中の一節である。「露兵の土田上陸」として、日本海海戦の折の島根県美濃郡土田にロシア兵の上陸したことが記録されている。

美濃郡では、津田、吉田、飯ノ浦の三個所に望楼が設けられ、主として巡査が、来航するロシア艦隊の監視に従事していた。

明治三十八年五月二十七日――それは、むろん日露両艦隊が朝鮮海峡で激突した歴史的な日である。「……天気晴朗ナレドモ波高シ」という旗艦三笠からの発信通り、石見潟の波浪は高く、西風が強く吹きつけていたという。

望楼の設けられていた津田では、その日の日暮れ頃から異様な轟きが沖合からきこえはじめた。それは一晩中つづいたが、ドドドという響きとともに障子がビリビリと震動し海鳴りともちがう。村人たちは、その現象がなんであるのかわからず、不安の一夜をすごした。

翌朝は、前日と同じように快晴だった。村人たちは、家を出ると奇怪な響きがなんであるかを話し合い、おびえたように沖を見つめた。ドドドという響きは、依然としてきこえていた。

吉田に設けられた望楼で監視に当っていたのは、巡査寺戸貞治であった。かれは、その日の早朝双眼鏡の中に軍艦らしいものが北上してゆくのをとらえ、すぐに自転車を走らせて益田警察署に報告、再び望楼に引き返した。

午前八時すぎ、寺戸は沖合を漁船らしいものが激浪にもまれながら海岸に向ってくるのを発見し、ただちに益田署に急報した。

津田の望楼では山田稔巡査が監視に従事していたが、午後二時ごろ松田直次という土田の者が駈けてきて、

「ロシア兵が、ボートに乗って土田の北浦に上陸してきた」

と、叫んだ。

山田巡査は、美濃郡役所と益田署に報告、松田とともに土田の北浦へ急いだ。

ロシア兵上陸の報は、たちまち近隣の村々に伝り、騒然となった。女、子供は避難の準備をし、男たちは鍬や棒を手に北浜へ走った。また美濃郡役所は、島根県庁と浜田に駐屯していた陸軍補充隊に打電し、応援をもとめた。

土田の北浜に上陸したのは、仮装巡洋艦「ウラール」（八、二七八トン）のソロイキン少尉をはじめ二十一名の乗組員たちであった。「ウラール」については、軍令部

編纂「明治三十七八年海戦史（下）」に、

「第一戦隊ハ第二戦隊ヲ先頭トシテ行ゝ敵ノ巡洋艦等ヲ砲撃シツツ南下シ敵主力ヲ追躡スルコト約三十分ニ及ヒシカ煙霧深ク鎖シテ敵ヲ発見スルコト能ハス依テ第一戦隊ハ敵ノ我ヨリ北方ニ在ルヘキヲ推断シ五時二十八分第二戦隊ト分レテ北北西ニ変針シ龍田ヲ更ニ右舷側ニ移セシカ偶ゝ左方ニ当リ敵ノ仮装巡洋艦『ウラール』ノ進退自由ヲ失ヒ単独漂流セルヲ認メテ之ヲ猛撃シ少シク針路ヲ加減シテ殆ト二千米突ノ近距離ヲ航過シツツ水雷ヲ放チテ之ヲ撃沈シ……」

と、記されている。ソロイキン少尉ら二十一名の乗組員は、艦から脱出し、ボートに乗って土田の北浦に上陸したのである。

浜に人影はなく、二人の水兵が鞍が谷を越え、農夫の芝田友一の家に入りこんだ。家の中には妻のそめが一人で留守番をしていた。

水兵たちは、しきりに何物かを乞い握手を求めようとした。その動作に、そめは恐怖にかられて家を飛び出し、村に急を告げた。

村では、警鐘を鳴らし、屈強な男たちは祖先伝来の火縄銃や鍬、鎌を手に浜へ急いだ。ウラール乗組員は身の危険を感じ、白旗をボートにかかげ、武器を捨てた。

殺気立った村人たちは、かれらを取り巻き険悪な空気が満ちたが、その時、小学生の西坂質文（十三歳）が、無心にもロシア水兵に近づくと握手し、それを見たソロイキン少尉が頭をなでて黒パンをあたえた。その光景に緊張もとけて、村人たちは安心して、ウラール乗組員たちに近寄った。

村民の寺戸宇市が、

「キャン　ユー　スピーク　イングリッシュ？」

と声をかけたが、ロシア兵たちには通じなかった。

そのうちに鎌手村村長田原梅八と上田小学校訓導土岐誠之丞が駈けつけ、土岐が英語で話しかけたり筆談したがソロイキン少尉らには通ぜず、少尉らは、

「ウラール、ナガサキ」

としきりに繰返すのみであった。

やがて益田警察署長堀江勇太郎が部下とともに到着、ウラール乗組員を浜に整列させて武装を解除し、前浜に通じる山道をたどって田中良太の家に仮収容した。

乗組員たちはひどく疲労していたので、酒と梅干し入りの握り飯をすすめたが、かれらは疑わしそうな眼をして手を出そうとしない。そのため寺戸貞治巡査が酒を飲んでみせると、ようやくかれらは安心して酒を飲み田中宅で一夜をすごした。

ロシア艦乗組員が土田北浦に上陸したことを知った浜田警察署長は、浜田歩兵第二

十一連隊留守隊に、

「三隅駐在巡査ノ報ニヨレバ、美濃郡鎌手村大字土田ニ、露国水兵二十一名上陸セリ」

と、通報した。

これによって留守連隊では、第三中隊長四本乙熊大尉に二箇小隊を率いて急行することを命じた。

四本大尉は、部下とともに翌二十九日午前七時四十分三隅に到着、連隊に、

「士官一、下士三、兵卒十七土田ニ上陸ス。此等ハバルチック艦隊ニ属スル仮装巡洋艦ウラールノ乗組員ニシテ同艦ハ日本海ニ於テ撃沈サレタルモノニシテ、同艦ト共ニ海戦ニ参与セシハ、グロンボ・ボカチールヲ併セ三艘ニシテ、コノ二艦ハ浦塩斯徳ニ逃走セシモノノ如シ。捕虜ハ今ヨリ浜田ニ護送セントス」

と、電文で報告した。

この報告電文の中の「グロンボ・ボカチール」という艦名に相当する艦は、ロシア艦隊中には見当らない。むろん四本大尉の聞きまちがえなのだが、ロシア語に通じぬ四本がここまで聞き出し得たことは苦心の末のことであったのだろう。

さて、捕虜は土田で一泊後、三台の客馬車に乗って益田に向った。途中の沿道には

見物人がひしめき、その中を一行は益田の妙義寺に入った。

翌三十日、かれらは益田を出発、午後二時に浜田町に到着、真光寺に収容された。同寺には、その日、都濃村和木に上陸した輸送船、「イルツイシ」（七、五〇五トン）の乗組員も収容されていた。

かれら（准士官以上三名、下士・兵九十九名）は、同寺で手厚いもてなしを受け、六月二日浜田港に入港してきた軍艦八重山、仮装巡洋艦佐渡丸に乗船して佐世保に廻航後、大里収容所に収容された。

土田北浦に上陸した「ウラール」乗組員のボートは、翌明治三十九年二月十三日に地元へ下附された。ボートは高津柿本神社の海軍記念館へ奉納され、同艇附属の羅針盤・救命具・水筒・伝声器等は、地元の三小学校へ分与された。

しかし、このボートは、昭和二十年八月終戦とともに破壊され、現存していない。歴史を語るボートをなぜ破壊しなければならなかったのか。それは、むろん進駐してきた連合国軍側の反応を恐れた結果である。


（「東郷」昭和48年5月号）

「海の史劇」ノートから（二）

——握り飯

一

終戦後三、四年たった頃のことだからすでに二十五年も以前のことになるわけだが、今でも強く印象に残っているラジオ番組があった。

それは、かなり老齢の人がアナウンサー相手に語る彰義隊の戦の小戦闘を目撃した話であった。

徳川幕府が倒れ、討幕軍が江戸入城を終えたのは明治元年四月であったが、それに憤激した旧幕臣が彰義隊を結成し上野寛永寺に屯所を置いた。討幕軍は、五月十五日に上野の山を包囲し、夕方までにこれを潰滅させた。その戦闘をみた老人の話なのである。

老人は、その頃商家の小僧で、上野の山から広小路にくだったあたりで討幕軍の一隊と彰義隊の一隊が両方から走ってくるのに気づき、大きな天水桶のかげに身をひそめた。

討幕軍も彰義隊も三十名ほどずつで、抜刀して向い合ったが、互いに十間（約二十メートル）以上もはなれたまま「やあ、やあ」と声をかけ合っているだけだったという。

「活動写真にあるような威勢のいい斬合いとは、まるっきりちがいましてね」

と言った老人の言葉もはっきりおぼえている。

やがて両方が接近し、彰義隊側に怪我人が出ると、その血に興奮したらしく彰義隊の者たちが狂ったように斬り進み、討幕軍を追い散らしたという。

私は、その老人の話に妙な感慨をいだいた。歴史書で彰義隊の戦があったことは知っていたが、それは書物の活字で納得していただけのことで、なにか昔咄に近い印象しかなかった。しかし、天水桶のかげで身をふるわせて斬合いをみていたという老人の思い出話には、まちがいなく彰義隊の戦争があったのだということを実感として強く感じた。

これに似た感慨は、他にもある。幼い頃、私は両親からよく日露戦争の話をきいたものだが、それもなんとなく昔咄のようにきいていた。おそらく私の息子や娘も、大東亜戦争と称されたあの戦争についての話を、私が両親からきいた日露戦争の話のように昔咄に類したものとしてきいているにちがいない。

私は、一年半ほど前に「海の史劇」という長篇小説を上梓したことがある。それは、日露戦争中にロジェストヴェンスキイ中将の率いるロシア艦隊が本国からアフリカ大陸の南端喜望峰をまわって朝鮮海峡に達し、東郷平八郎指揮の日本艦隊の迎撃をうけて全滅する史実を追ったものである。主としてロシア側と日本側の資料にもとづいて書き進めたもので、私は日本海海戦と称される戦闘が、明治三十八年五月下旬に起ったことを知っている。それ故に小説にも書いたのだが、それでも尚、その史実のたしかな実質感は淡い。これは小説を書き終えた後に、私の内部にきざしたものだが、その後時間が経過するにつれて一層顕著なものになった。

そうした鬱屈とした思いを拭い去りたいと思いつづけてきた私は、一年ほど前から日本海海戦の戦闘海面に程近い小さな島を訪れたいと願うようになった。その島の土を踏み、海をながめ、そして出来れば海戦時の記憶を口にしてくれる老人と会うことができれば、日本海海戦という史実が自分の内部にゆるぎない確かさで定着するにちがいなかった。機会が訪れ、私は旅に出た。

二

萩という町がある。山口県の日本海沿岸にある城下町である。

私は、昨年の初夏に萩を訪れたが、町の雰囲気に魅せられた。土塀のつづく武士の住居跡のたたずまいがそのまま残され、塀の上からみのった夏蜜柑がのぞいている。門の外に数個の夏蜜柑を入れた袋がおかれ、一袋百円で自由に持って行って下さい、と書かれた紙が添えられているのも印象深かった。

その旅中、見島凧という風変りな形をした凧を買った。それは、あきらかに朝鮮の影響を強くうけたもので、色彩も絵柄も派手であった。見島は、萩市の北方四十五キロの沖合にあるが、私が訪れようと思ったのはその島であった。

私は、「海の史劇」を書き進めている間に山口県の郷土史料で、日本海海戦で撃沈された工作船「カムチャツカ」（七、二〇七トン）の乗組員たちが見島に上陸したことを知り、その事実を小説にも書いた。見島に行って調査もせず史料のみに頼ったことは、小説を書く者として怠慢のそしりを免れないが、おくればせながらもその後ろめたさをいやしたいと思ったのだ。

萩港から百トンほどの交通船に乗った。中学生が四人乗っていて、見島までどのくらい時間がかかるかとたずねると、

「二隻の船のうち、この萩丸は早くて、二時間一寸で行きます。でも、今日は海があれではね……」

と言って、沖に眼を向け顔をしかめた。

風が強く、陽光を浴びた海面には白い波頭が一面に湧いている。船の揺れが激しいことを、少年は予想しているのだ。「天気晴朗ナレド波高シ」そのままの海の状態であった。

私は、しばらく甲板に出ていたが、波しぶきが体にふりかかるのに辟易して船室に入った。その日は、朝五時に起きて東京を出てきたので、横になるとすぐに眠ってしまった。

同行の編集者Sさんに起された私は、すでに船が見島の本村港に入港していることを知った。甲板に出てみると、緑におおわれた島の丘陵が眼前にみえる。見島は流人の島だったというが、いかにも豊かそうな島で殺伐とした印象はない。本村は島の中

心だが、私の訪れる地は、島の北側にある宇津村であった。

船は、本村港を出て島沿いに北へと向う。ふと海面にきらめくものを見た。それは小さい夏トビといわれる飛魚で、船のエンジン音に驚くのか、海面からとび出ると、三十センチほどの高さで滑空するようにとんで海中に没する。同時に二尾がとび出すこともあって、五十メートル以上も飛びつづけるが、羽をひろげて飛ぶ姿がいかにも可憐であった。

十分ほどして、船は宇津港に入った。

下船すると、五十年輩の人が近づいてきた。元中学校教頭の小川光太郎さんで、島の事情に精通している方であった。

私は、小川さんに導かれて宿に向って歩いた。途中、岸壁で生簀《いけす》の中から見事な鯛とイサキを手網ですくい上げている中年の男がいた。その人は、私が泊る北国屋という宿の主人で、手網の中の魚を私たちの夕食に供するのだという。

はねる魚のあとについて宿に行くと、入口の傍で主人の母親だという老婆が、ウニをひらいて耳かきを大きくしたようなもので中身をすくいとっている。

「これも食べさせていただけるんですか」

と私がたずねると、主人は笑いながらうなずいた。

北国屋に電話はない。電話のない旅館に泊ったのは初めてのことだが、電話はなくても、その新築の宿は清潔で居心地がよかった。主人は、漁に出たり畠仕事もする由で、一人三役を兼ねているという。

夕食は、鯛、イカ、アワビの刺身、黒鯛の塩焼き、サザエ、生ウニと新鮮なものがふんだんに出て、私は堪能した。

一休みしてから宿を出ると、近くの小川さんの家に行った。小川さんの話によると、ロシアの水兵が上陸した時のことを知っているのは、小川さんの父をふくめて二人しかいないという。が、他の老人は、「耳も遠くなったので……」と前日に断わりに来たという。

小川さんの家は島の旧家で、大きな酒問屋を営んでいる。座敷に招じ入れられて待っていると、小川さんの父である小川茂樹さんが入ってきた。

萩市会議員、村会議員をつとめたこともあるおだやかな方で、年齢は八十二歳だというが顔の色艶がひどくいい。島で茂樹さんより年長の人は、一人しかいないという。

茂樹さんは、明治三十八年五月二十七、八日におこなわれた日本海海戦の時に十二歳であった。

「明治三十八年に入った頃は戦争も激戦での。島の若い者が徴兵検査を受けると一人残らず甲種合格でした」

茂樹さんは、言った。

この話は、興味深かった。連戦連勝していた日本陸軍も兵力不足になやみ、戦争末期には徴兵検査の合格水準を身長四尺九寸までさげていた。四尺九寸というと一・四八メートルで、当時としても小男であった。

「五月二十七日に海戦がはじまったことは知っていたのですか」

と、私はたずねた。

「いえ、最初は知りませんでした。ただ正午頃から沖の方でドロロン、ドロロンと音がするので、雷が遠くで鳴っているのだと思っていました。それが午後になると音がなんぼか近く、なんぼか数も多くなりましての、夕方になったら砲声とはっきりわかるようになりました」

島の北端の見ノ口という地に高い丘陵があるが、その頂に望楼が設けられ、下士官の望楼長と水兵三名が常駐していた。村の者たちにまじって茂樹少年も望楼に走り、日露両艦隊が沖方向で大海戦をくりひろげていることを知らされた。

夜も砲声がきこえ、翌朝になると、

「砲声が島をふるうだけひどうなった」

と、茂樹さんは顔をこわばらせて言った。

舞鶴鎮守府からの指令らしく、望楼長から島民に避難命令が出た。海戦で日本艦隊が勝つか負けるかわからぬし、敵の軍艦が島に来て兵を上陸させることも十分考えられるので、老幼婦女子は食糧その他を携えて山中に身をひそめろという。

島は大騒ぎになって、人々は牛に身の廻りのものを乗せて山の中に避難した。そして、男たちは、望楼へ集まったが、その中に茂樹少年もまじっていた。

「午前十時すぎ頃でしたが、沖にボートが一艘みえはじめましての。敵かわが軍の方かとしばらく望遠鏡でみておりましたら、ロシアの水兵だということがはっきりしましての。望楼長からお前たちも覚悟して戦えと言われました。ところが、ボートの上で白いハンカチをふっていましての、降伏しようとしているのだと合点した次第です」

ボートがさらに近づき、望楼下の磯につけようとした。望楼員や村人は、港につけた方がいいと考え、手をふって南の方へ行くように合図した。その時、茂樹少年の隣家に住む長富弥二郎という村一番の腕力の強い青年が、日本刀を手にしてボートに乗りこみ案内すると申し出た。しかし、一人で乗りこませることは危険なので、それを制し、ボートを南へ誘導した。

乗組員たちは、オールを動かしボートを観音崎から宇津港に近づけさせたが、力つきたのか港の近くにある砂浜に舳をのしあげさせ、そのまま砂浜に突っ伏してしまったという。

「乗組員は五十五人でしての、十人ばかりが負傷しておりました。その中で五人が重い傷を負っていて、特に二人はひどい傷で息も絶え絶えで、本当に気の毒でしたのう」

本村にある役場から村長をはじめ小学校校長、医師二名がかけつけてきて、医師は負傷者の手当につとめた。

その頃には、山中から女や老人も出てきて、ロシア水兵たちをとりかこんだ。

「水兵たちは、ずいぶんと疲れているらしくて気の毒でならんもんだから、まずお茶と饅頭を愛想に出しましたがの。だれも手をつけませんで……。それから握り飯も出しましたんですが、これも食わん。毒など入っておらんからと、こちらで食うてみせて食えとすすめましたら、一人、二人と食いはじめましての。それでみんな食うようになりました」

村人たちは重傷者に同情し、女たちは涙を流した。

「かわいそうで、後生が悪い（いたましい）のうと思いました」

茂樹さんは、眉をひそめた。

やがて日本海軍の水雷艇が、ロシア水兵収容のため二隻ずつ南北両方向から入港してきた。

「水雷艇の艇長がボートで岸にあがりましたら、それまで砂浜に寝ていたロシアの水兵たちが軽傷者までみな立ち上って、きちんと整列しましての。敬礼をして……。驚きましたな、日本だけじゃない、ロシアの兵隊も立派だと思いました」

「カムチャツカ」の乗組員は、水雷艇に乗せられて島を去ったが、途中、重傷者の一人は絶命したという。

「水雷艇が軍艦旗をひるがえして入港してきました時は、ほんとうに大安心してのう」

茂樹さんは、笑った。

回想談は終り、私もメモをしまったが、高齢である茂樹さんの記憶力の素晴らしさには感嘆した。島に上陸した「カムチャツカ」の乗組員の数を五十五名といい負傷者を十名といったが、それは正式記録と完全に一致している。ボートに単身乗りこむことを申し出た長富弥二郎という青年については、私の「海の史劇」では弥三郎となっていて、訂正の要を感じた。

私は、礼を述べて小川家を辞した。

三

翌朝、小川茂樹さんと六十九歳の田口徳松という人が宿へ迎えに来てくれた。ボートを発見した望楼跡に案内してくれるという。望楼はその後廃止され、今では訪れる人もないが、徳松さんはその山の一部を所有しているので案内役を買ってくれたのだ。

「道もない山だから行けるかどうか、わからんがの」

徳松さんは、つぶやいた。

漁協の小型トラックが来て、私たちは荷台に乗った。徳松さんは、車の震動に体をはずませながら、

「あんた方のような若い人が羨ましいのう。もう私は年だで、体もきかんくなった」

と、言った。

車が、山道でとまった。

「ここからしか入れん」

徳松さんは、雑草の生えた急斜面を這い上った。道もない山だといった徳松さんの言葉を思い出しながら、私もその後につづいた。

それからの山歩きは大変だった。若い人が羨ましいといっていた徳松さんは、六十九歳とは思えぬ元気さで、手にした鎌で枝や蔓を勢いよく切り払いながら進み、八十二歳の茂樹さんも力強い足どりで登りつづける。刺のはえた灌木が多く、頬と顎に痛みを感じたので掌をあてると、皮膚が傷ついたらしく血がついていた。

三十分ほど登ると、頂上についた。徳松さんと茂樹さんは、しきりにそのあたりを探ったが、望楼も望楼員たちの住居も土台石すら発見できなかった。樹木も密生していて、そこから海の輝きを眼にすることはできなかった。

「昔のことだからのう」

茂樹さんのつぶやきは、淋しそうだった。

再び傾斜をもどって、車の待つ山道におりた。私は、自分のズボンが刺で三センチほど裂けているのに気づいた。

その帰途、私はロシア水兵がボートをのしあげた砂浜に行ってみた。美しい砂浜で、澄んだ海水がおだやかに寄せたりひいたりしている。浜沿いの防風林の中に、村人が建てた「露兵漂着地」という碑が立っていた。

宿にもどると、編集者のSさんもカメラマンのSさんも疲れきってしまったらしく畳の上で眠ってしまった。私は、冷えたビールを飲みながら、あの二人の老人は、疲れもおぼえず畠仕事でもしているのではないかと思った。

観音崎という景勝地にも行ってみたが、切り立った岩肌の下にひろがる海の色は美しかった。その沖方向では、アワビ、ウニの類いをとっているのか、漁師がしきりに海にもぐっているのがみえた。

午後の船で島をはなれることになった。小川さん親子と田口徳松さんが、送りに来てくれた。

「御期待にそえませんで、お力落しでござりましたでしょうに……」

小川茂樹さんが言うと、徳松さんも傍でうなずいている。二人の老人の眼は、うるんでいた。

船が、岸をはなれた。小川さんたちは手をふり、頭をさげる。私も、何度も頭をさげ手をふった。

港外に出ると、船は南に舳を向けた。海面には、また小さな飛魚が金属のような輝きをみせて飛んだ。

その夜は、萩市に泊った。

タクシーの運転手にうまい魚を食べさせてくれる小料理屋を教えてくれと言うと、串安という店に行ってみたらどうかと答えた。場所をたずねると、ホテルの近くであった。

私たちは、その店に行ってみた。小料理屋というにふさわしい小さな店で、作業衣を着た常連らしい男たちが数人にぎやかに飲んでいる。カウンターの中には、日焼けした主人が庖丁を使っていた。

主人は、自分で海に出てとってきた魚介類を料理して客に出しているという。それだけに出てくる魚は、驚くほどうまい。盛付けなどは無造作で、安直な皿にのせてさし出す。そのうちに、小型のアワビが出てきたが、このアワビは今まで味わったこともないうまさであった。醬油に少し酢をたらして、その中にアワビを入れると酢がしみるのか皿の中で激しく伸縮する。それを口に入れた私は、思わず感嘆の声を発した。

編集者のSさんもカメラマンのSさんも、うまい、うまいを連発して、三人で二十個近く食べた。

この小料理屋に入ったことで、萩に泊った甲斐があったわけだが、好事魔多しという。翌日帰郷してからが、いけなかった。二年前に年齢に不相応な親知らずの歯が両側の臼歯の奥にはえたが、右側の親知らずの傍の歯肉に小さな石が食いこんでいた。それはあきらかにアワビの中にまじりこんでいた小石で、その部分が化膿してしまった。

生憎日曜日で歯科医院は休診で、たちまち腫れが唇にまでひろがった。食事をするどころではなく、口もきけない。

翌日、歯科医院に行ったが、すぐに治るはずもなく、牛乳をそっと飲む日がつづき、毎日寝て過した。

「アワビのたたりだ」

「小さいアワビを食べたのだから、嬰児殺しの罪だ」

「その証拠には、アワ、アワとしかしゃべれないじゃないか。アワビ様、アワビ様申し訳ありませんといおうとしているのが、アワ、アワとなっているのだ」

などと訪れてきた口の悪い友人たちが、勝手なことを言う。

そうした苦痛の中で、私は見島の小川茂樹さんに礼状を書いた。彰義隊の戦争の回想をラジオできいた時と同じように、小川さんの話で日本海海戦がたしかな事実として掌中にしっかりにぎりしめることができたのを感じた。

礼状に封をしている時、ふと私は、茂樹さんが道を案内するのに「こちらへおいでませ」と何度か言ったことを思い出した。貴重な話をきくことができた旅であったが、同時に美しい日本語にふれた旅でもあった。

（「小説新潮」昭和49年10月号）

消えた「武蔵」

今年の春、新田康雄という方から電話があり、戦艦「武蔵」のことで指示を得たいことがあるのでお眼にかかりたい、という。「武蔵」について長篇小説を書いた私の手もとには資料も残っているので、承諾の旨を伝えた。

その日、新田氏は私の家にやってきた。体格の良い中年の人で、名刺の肩書には、西日本ダイビングプロ協会会長、指導教育担当とあった。

かれは、自分の仕事について説明した。一言にして言えば、水中にもぐることをつづけているプロダイバーで、多くの人に正しい潜水法を教えている。元来は、水中考古学専門のダイバーで、湖、池、川、海などの水底にある縄文・弥生式土器、石器、人・獣骨などを採集する。そのかたわら戦時中に沈んだ艦船その他の調査、引揚げなどにも強い関心をいだいているという。

最近の例では、今年の一月十五日に琵琶湖の水底から零式戦闘機を引揚げることに成功している。発見の動機は、琵琶湖の漁師の話を耳にしたことによる。

漁師たちは、或る個所に網をおろすと必ずひっかかり破れることから、湖底になにか金属製の物体が沈んでいることを知った。それは終戦前にみられなかった現象で、船が沈んだ事実もないので、飛行機ではないかという噂が流れた。

七年前、新田氏は潜水してみた。水深は二十八メートルで、かれはそこに破損もしていない零式戦闘機を見出し、慎重に準備をととのえ引揚げたのである。それは新聞紙上にも写真入りで紹介され、機体は京都の嵐山美術館に引き取られた。

その他、オランダ病院船「オプテンノートル号」の潜水調査もおこなっている。同船はスラバヤ沖海戦で、戦闘海面にまぎれこんできたため日本海軍に拿捕され、南方諸地域からタングステン、錫などの物資を日本内地に運ぶことに使用された。やがて敗戦を迎え、病院船を捕えたことが連合国側に糾弾されることを恐れ、舞鶴沖で爆薬を使用し、沈めたのである。

また、日本海海戦で金塊（時価二兆円）を載せたまま連合艦隊の攻撃によって対馬琴崎の東方沖合で沈没したロシアの装甲巡洋艦「アドミラル・ナヒモフ」（八、五二四トン）を水深九十四メートルの海底で発見、調査を続行中だという。

「沈没した戦艦武蔵を発見し、水中撮影したいのです」

かれは、用件を口にした。私への依頼は、沈没位置を正確に教えて欲しい、ということであった。

戦艦「武蔵」は、昭和十九年十月二十二日午前八時、捷一号作戦の発動にもとづき、同型艦「大和」をはじめ戦艦四等計三十二隻の艦艇とともにブルネイを出撃している。

翌朝、敵潜水艦の攻撃で重巡「愛宕」「摩耶」が撃沈され、ついで翌二十四日敵機の波状攻撃をうけて「武蔵」も撃沈された。時刻は、午後七時三十五分であった。沈没位置は、フィリピンのシブヤン海で、北緯十二度五十分、東経百二十二度三十五分と記録されている。水深は約千三百メートルと言われている。

私には、それ以上の知識はない。戦死者は千三十九名で艦内には遺骨が多数残されているはずで、新田氏が深海艇を使用して水中撮影に成功すれば、遺族の方々の慰めになるとも思え、出来るだけ協力したい、と思った。

私は、呉服商を営む細谷四郎氏の家に電話をかけた。氏は「武蔵」に乗組んでいた二等兵曹で、信号兵として艦橋にいたため沈没時の状況も正確に記憶している人である。小説「戦艦武蔵」を書く上で、私は氏に何度も会い、しばしば電話もかけた貴重な証言者であった。

氏は、在宅していた。

私が新田氏のことを話し、水中撮影に協力してもらえぬか、と言うと、

「趣旨は結構で御協力したいのは山々ですが、武蔵は沈没位置にいませんよ」

という意外な返事がもどってきた。

私は、その言葉の意味がつかみかねた。

細谷氏は、詳細に説明してくれた。

武蔵沈没時の航海長は仮屋実大佐だが、前任の航海長は、仮屋氏の義兄である池田貞枝大佐であった。池田氏は、戦後、太平洋戦争中に沈没した艦船の調査と、その内部に残された遺骨収容という大構想をいだき、戦没遺体浮揚会という組織を個人の力で創設した。現在、氏は故人となっているが、死の直前まで精力的に動きまわり、沈

んだ艦船数二千百三十隻、推定遺体数六万九千四百六十体という数字をはじき出した。

池田氏の悲願の一つは、むろん「武蔵」の調査であった。水深千三百メートルの海底からの引揚げは不可能だが、その方法についても研究した。

まず、沈没位置の確認のため、池田氏はアメリカ海軍の協力を得てシブヤン海に赴いた。記録に残された位置を中心に、電波探知機で海底をさぐった。反応はなく、調査海域は次第に拡大し、ついには、ほぼ円型に近い直径約二百十キロメートルのシブヤン海全域に及んだ。しかし、巨大な「武蔵」を探知することはできなかったという。

「それで、私たち乗組員はこのような推定を下しているのです」

と、細谷氏は言って、驚くような言葉を口にした。

まず、敵機の波状攻撃をうけた「武蔵」の被雷本数について、「武蔵」乗組の生存者たちの証言を集めた結果、

イ、右舷……煙突より短艇庫までのいわゆる後部に五本。

ロ、左舷……第三次、第四次来襲で、一、二番砲塔間の弾薬庫のある個所をねらって集中的に十本。その他、後方に十本。

ハ、結論……武蔵に対する命中本数は三十三本にほぼまちがいない。

ということを口にした。

このようなおびただしい魚雷をうけたが、「武蔵」はすぐに沈むようなことはなかった。それは、艦体に千百四十七にも及ぶ防水区劃があったからである。たとえば右舷に魚雷が命中しても浸水はその個所の防水区劃にとどまり、それによって艦は傾くが、艦を安定させるためただちに左舷の防水区劃に海水を注ぎ入れる。その効果はいちじるしく、艦が二十二度まで傾斜しても、それをもとに復すことができた。

しかし、集中的に魚雷をうけた艦の前部が沈下し、やがて艦首を突き入れるようにして徐々に沈没していったのである。

細谷氏たち生存者は、あらゆる証言を綜合した結果、「武蔵」の艦内にはかなりの未浸水区劃があることを確認している。戦艦大和とちがって、内部爆発も起していず、沈没した「武蔵」は多量の空気を内蔵した巨大な構造物になっているのである。

「武蔵は、そうした未浸水区劃が多いので、深い海底までは沈んでいないと考えているんです。中途まで沈んで、潮に流されて沈没位置からはなれ、海中をどこかへ移動してしまったんだと思っています」

氏は、言った。

私は、電話を切ると、その旨を新田氏に伝えた。

新田氏は、私が驚いた程には驚かなかった。十分にあり得ることだと言い、周囲に陸地や島のあるシブヤン海のような海域では、水面の潮の流れとは逆方向に水中の海水は流れていて、「武蔵」は宙吊りのような形で移動しているのだろう、と言う。

「いずれにしても、細谷さんとは連絡をとります。私も四十歳で、あと十年ぐらいしかもぐることはできません。一生の思い出として武蔵を探します」

と新田氏は言って、辞していった。

私は、地図をひろげてみた。

思いがけぬ考えが、胸に湧いた。宙吊りの形をした「武蔵」がシブヤン海で電波探知機に探知されなかったのは、外洋に移動しているからではないだろうか、と思った。もしもそうだとすれば、驚くべき現象が起る可能性がある。

私は「漂流」という江戸時代の船の漂流を扱った長篇小説を書いた折に、漂流記録も読み漁った。それによって地球の自転に伴って起きる海流の初歩的知識も得たが、大ざっぱに言えば、中南米方面から流れる北赤道海流がフィリピン諸島にぶつかり、北上して黒潮本流になり、九州、四国、本州の沿岸を洗って太平洋上にむかう。それは北アメリカ沿岸を北太平洋海流となって流れ、北赤道海流にむすびつく。つまり、太平洋を一巡しているのである。

一例をあげると、「良栄丸」というマグロ漁船の漂流がある。その船は、大正十五年十二月七日銚子沖を出港したがエンジン故障で漂流し、十二人の乗組員が死に絶え、一年後にアメリカ西海岸沖で発見されている。そのまま漂流をつづければフィリピン沖に流れ、さらに日本へ向ってもどってきたかも知れない。「武蔵」が海中を移動すれば、黒潮本流に乗って日本の沖合を通過、アメリカの沖を漂い、さらにフィリピン沖にもどる。「武蔵」が沈没してからすでに三十四年が経過している。武蔵は、多くの遺体をのせて何回も太平洋を周回しているのかも知れない。

漂流研究の権威である池田皓氏に電話をかけ、その可能性をたずねてみた。池田氏は、海流研究の第一人者である日高孝次東大教授の説を参考に、海流がいかに複雑なものであるかを述べた後、

「もしも、黒潮本流に乗ったとしたら、あり得ることかも知れません」

と、言った。

「武蔵」は、どこへ行ったのか。最新情報として新田氏のもとに、フィリピンのダイバーからシブヤン海の或る岬の近くの水深百メートルの水中に、「武蔵」と同じ四基のスクリューをもつ大きな船が沈んでいると報せてきたというが、それが正確な情報

か、もしそうだとしても「武蔵」であるか否かはあきらかではない。

（「別冊文藝春秋」昭和53年秋号）

取材ノートから

「冬の鷹」ノート（一）

――戦史小説と歴史小説

昭和四十年夏に「戦艦武蔵」という小説を書いて以来、一昨年末まで記録文学といわれる小説を長・短篇あわせて二十一作書いた。その半ば以上は、大東亜戦争と称された第二次世界大戦に材をとったものである。

それらの小説は、記録文学、記録小説、戦史小説などとさまざまな名称を冠されたが、私には今もってそのような分類がどのような意味をもつのかよくわからない。記録文学という名称と私の書いた小説との関連について考えてみると、たしかに私は印刷または手書きのままの文書等による記録を参考にはしたが、それだけにはたよらなかった。と言うよりは、小説を書く上で記録は第二義的なものにすぎず、その作品内容に重要な係り合いをもつ関係者の証言によって、作品を構成した。

記録という言葉が、印刷または手書きによる文書であるとするなら、私の書いた小説が記録文学、記録小説という範疇に入れられるのは、なんとなく釈然としないように思う。

例えば、或る潜水艦の沈没事故の記録の短い報告書に、「……乗員二名救出セリ」と書かれていたが、私は、まずその二名がだれであるかを探り、現在の生死を調べ、健在であることをたしかめると会いに行く。「……乗員二名救出セリ」という文字の背後にひそむ事実が、私には重要なのだ。

記録は素気ないが、証言者の語る事実は常に生々しく光彩を放っている。かれは、大略次のようなことを口にした。

艦ハ、敵艦ノ爆雷攻撃デ大損傷ヲ受ケ、艦内ニ海水ガ侵入シタ。電燈ハ、消エタ。私ノイタ区劃ニモ、海水ガ押シ寄セタ。闇ノ中ニ、水ガ光ッテイル。夜光虫ダ。水ニモグッタ。浮ビ上ッタ。光ッタ水面ニ、光ッタ大キナボールノヨウナ物ガ五個浮ンデイタ。夜光虫ノ貼リツイタ戦友ノ顔デアッタ。

ハッチガ被雷ノ衝撃デ開イテイテ、ソコカラ脱出シタ。海面ニ浮上シタノハ、三名ダケダッタ。

泳イデイル時、駆逐艦ガ来テクレテ救助サレタ。甲板ニ引揚ゲラレタ瞬間、T上水ガ死ンダ。肛門ガ既ニ開イテイテ、駆逐艦ノ軍医ガ、ダメダト言ッタ。

私には、この証言者の口にした「夜光虫」が貴重であり、開いた「肛門」が重要なのである。光ッタ水、光ッタ大キナボールという表現に、執筆意欲を刺戟された。

このような「光ッタ水」式の証言には数限りなく接したし、それらによって私の作品は組立てられた。「……乗員二名救出セリ」のみでは、筆をとる気も起らない。

証言も、広い意味での記録であり、それは記録を肉付けさせるものだという解釈も成立つ。しかし、私には、素朴な意味での記録に挑戦しようとする意識が常にあった。記録のみに頼るまい、記録を読むという領域だけに踏みとどまってはならぬ、その背景にこそ真実があるのだといった、一種の気負いが、私に関係者を探し出させ、証言を得る行為をとらせた。つまり私は「光ッタ水」を求めて歩きまわったのだ。

或る作品の書評で、私の小説を戦史小説として批評しているのに気づいた。この名称は、記録文学、記録小説という言葉よりも私の気持を納得させるものがあった。

戦争が終ってから、すでに三十年近くがたつ。戦争を知っている者は中年以上の者にかぎられ、戦争は歴史の襞の中に奥深く入りこみかけている。

多数の死者を生んだあの戦争は、日本というこの島国にとって、最大の歴史的事件であったにちがいない。死者の数が多いだけではなく、戦争は罪悪だという意識を日本人に確実に植えつけた大きな意義もある。少年ではあったが戦争にふれ、敗戦も味わった私は、あの戦争を歴史の鎖の中の一環として書きたいという意識があった。それだけに、私は、自分の小説を歴史小説に属するものとひそかに考えていたのである。

私が、戦史小説という言葉になにか納得できるものを感じたのは、そこに史という文字がはさまっていたからであった。

私は、昨年末に戦史小説の執筆を中断することを決意し、実行に移したが、その理由は複雑である。戦争を書く意欲がなくなったなどという僭越な気持では決してない。私が書いたのは、戦争の極めてわずかな一部分であり、さらに書きつづけてゆかねばならないし、今でも執筆をつづけたい願いはある。

そうした私が、なぜ戦史小説から遠去かろうとしたのか、その理由の一つに、それらの小説の執筆に、息苦しさに似たものを感じたということがあげられる。私は、常に戦争の事実を可能なかぎり忠実に文字に記すことを念願とした。「光ッタ水」に象徴される関係者の証言に小説を書く喜びを感じたりもしたが、いつの間にか事実のもつ拘束性に苦痛を感じるようになった。私は、虚構の上で自由に創作したいという思いにかられ、それは記録文学、記録小説と呼ばれるものへの情熱の冷却にもつながっていった。事実から一歩も足をふみはずすことを許されぬ対象を文字として刻みつけることを反復してきた自分に、堪えがたいものを感じたのだ。

その後、私は、月刊誌に「冬の鷹」を連載しはじめた。これは「解体新書」の訳業につとめた前野良沢を主人公にした小説で、歴史小説の部類に入るものだと、私は思っている。

歴史小説を書いたのは、「冬の鷹」が初めてである。歴史小説というものがどのようなものであるか、一作書いただけの私には理解できないし、従って、考えを述べる資格もない。

しかし、「冬の鷹」を書き終えてからとりとめもないことを考えるようになった。それは、断片的な幼稚きわまりない感想にちがいないが、私は新鮮な驚きや発見をした。

まず考えられることは、一昨年末まで書いてきた記録小説よりも、「冬の鷹」――歴史小説の執筆の方が、はるかに自由であり創作的な満足感も得られるということであった。

私は、一昨年末まで書いてきた二十一編の小説を、ひそかに歴史小説の範疇に入るものと考えていたと前述したが、「戦艦武蔵」と「冬の鷹」の事実にはかなりの差異がある。それは「戦艦武蔵」の事実がまだ時間のフィルターで十分濾過されていないのに対して、「冬の鷹」の事実は、適度な濾過作用を受けていることである。端的に言えば、「冬の鷹」には、「戦艦武蔵」の場合のように生きた証言者もいないし、厖大な資料もない。残されているのは、杉田玄白の「蘭学事始」と、さまざまな書簡などから類推される資料しかない。それらを読み漁るうちに、私の内部では前野良沢や杉田玄白らの人間像が浮び上ってくる。

誤解を避けるために一言しておくが、私は良沢、玄白の人間像を勝手に作りあげたわけではない。客観的に資料を読んだ上で、妥当と思える解釈をくだしたにすぎない。

むろん私にも、人間としての好悪感情はある。「冬の鷹」について、或る書評子は「作者は良沢に親しみを感じ、玄白に悪感情をもっているようだ」と述べていたが、事実私は栄達の道を進んだ玄白よりも、学究の徒として貧困の中で死んだ良沢の生き方に好感をもった。しかし、これも資料をふまえた上での私の感情の動きであり、確かな根拠から生れた解釈だと思っている。

歴史学者と歴史小説家の相異については、主観の有無が云々されている。歴史学者は、小説家が勝手な解釈をすると非難し、史実とは遠いものだと言う。しかし、一部の歴史学者のまとめた研究書を読むと、殊に医家に関するものは、讃美に終始し、その医家のあきらかに欠陥ともいうべき事実もさりげなく避けて通るか、逆にそれを賞讃の材料にさえしている。

良沢と玄白に関して言えば、小川鼎三氏と岩崎克己氏等の著書には、両者の長所、短所に対して適切な解釈がくだされているが、それは稀有な例と言っていい。例えば小川氏が、玄白の克明に書きしるした日記から、近くに住む良沢が死去した折、玄白が冷淡にもその葬儀に出向いてゆかなかったと推定している。このことについては、私のような門外漢でも玄白の日記を見るかぎり、小川氏の解釈が自然であり、事実そうであったと判断できる。

なぜ歴史学者は、このような個所を避けて通ろうとするのか。

玄白は、日記の大晦日の欄に必ずその年の収入を、「当年総収納四百二拾八両一分二朱、病客不財収納減　世上窮困可嘆」と書きとめたりしている。この事実から玄白の金銭に対する執着が殊のほか強かったと断定することは冒険だが、「……富は智多きに似て貧は魯に似る　人間万事銭神に因る」などというかれの作った詩を読むと、玄白の金銭に対する執着の強さを否定することはできないし、むしろ肯定する方が自然ではないかと思う。

歴史学者の言うように、小説家のすべてが勝手な主観を弄しているのではない。むしろ、そうしたことにふれずにいる歴史学者の方こそ、史実を冷静にみつめる努力を意識的に怠っていると言うべきである。

ただ、歴史小説と言っても、史実を無視して奔放に物語をくりひろげる類の小説もある。全く接触のなかった人物を密接な間柄にしてしまったり、架空の人物を作り上げて重要な役割を負わせたり……。それは、厳密に言って歴史小説の部類に入るものではなく、単に小説と称すべきだと思う。

「冬の鷹」一作のみを書いただけで口はばったいことを言うようだが、歴史小説は史実をしっかりとふまえたものでなければ存在意義はないと思う。史実をいかに理解し、それがどのような意味をもつかを考えることに、作者としての苦しみもあり、楽しみもある。

戦史小説とちがって、歴史小説の史実の量はきわめて少い。戦史小説が厖大な資料の取捨選択によって作品を構成しなければならぬのとは対照的に、歴史小説は数少ない資料を駆使して、その間隙を埋める作業を課せられるという事情がある。そこには必然的に作者のその時代に対する確乎とした考え方を基盤に、その時代に生きた人間の把握が必要となる。歴史小説を書く楽しみは、史実というものの拘束を受けながら自由に筆をのばすことができることである。しかもその自由は、史実に決して背を向けることのない自由で、もしかすると事実はその通りであったかも知れぬという快い想像にひたることもできる。

「冬の鷹」で、私は一つの場面を設定したことを告白したい。

明和六年（一七六九）八月末、中津藩医の前野良沢は、参勤交代をする藩主奥平昌鹿に随行して江戸から中津にむかう。行列の規模はどの程度かを、私は調べ、中津藩は十万石であるから参勤交代の規模も騎馬供十騎、足軽八十人、中間人足百四十人程度であると知る。

さらに他の記録によると、その年は各地で悪性の風邪が流行し、殊に中国道で猖獗をきわめたことが記され、その季節に西下した一行も風邪の流行にさらされたことは確実であると想像した。藩医である良沢が、その予防につとめたのは当然で、その頃の風邪予防処置としては、薬草を煎じて飲む以外に、汗にぬれた下着を着換え、月代《さかやき》を剃ることをひかえたということが、「旅行要心集」という書物にみえる。

一行は、十月に入って間もなく中津に到着する。良沢は、しばらくして藩主に乞いオランダ語研究のため長崎へ赴いて「百日ばかり」滞在する。明和七年正月は長崎ですごしたはずである。一月十五日、オランダ商館長一行が将軍の拝謁を受けるため長崎から江戸へ出発したから、それを見送ったことも確実である。その間に、かれは大通詞吉雄幸左衛門から「解体新書」の原本である「ターヘル・アナトミア」その他を入手している。

二月下旬、良沢は長崎を出立、江戸へ向う。

この旅中、私は江戸から長崎へ帰る商館長一行と良沢がまちがいなくすれちがうことに気づいた。その地点は、両者の旅程を考えると東海道のほぼ中央か、やや江戸寄りのはずであった。史実には、良沢が商館長一行とすれちがったことを記したものはない。しかし、出会ったことはたしかである。私は、あれこれと思案し、箱根の関所のあたりですれちがうことにしようかとも考えたし、駿河湾沿いの富士山を正面にみる街道にしようかとも思った。

結局、私が採用したのは大井川であった。「シーボルト参府紀行」その他商館員の旅行記には、大井川の川越えが珍しいこととして記されている。きらびやかな服装をしたオランダ人たちが、人足のかつぐ輦台に乗って川渡りする情景が、私には興味深いものとして想像された。

私は、稲垣史生氏の「時代考証事典」に記されている大井川の川越え規則を参考に、商館長一行の川越えの光景を書いた。

「……春の陽光を浴びた広い川に、商館長一行の華やかな色彩がことのほか美しくみえる。色紙で細工された物が、一列につらなってくるようで、川もきらびやかな雰囲気にみちた。人足のかけ声が次第に近づいてきて、馬や輦台がすすんでくる。オランダ人にとって、その川渡りはかれらの好奇心をそそっているにちがいなかった。

輦台が岸にあがり、小役人たちが台からおりた。さらに、長持につづいて商館長をのせているらしい乗物が岸に近づき、数人の人夫が綱をひき、人足のかけ声とともに岸に上った。たちまち河原は、華美な色彩におおわれた。

川越えを待つ旅人たちは、かれらを遠巻きにして物珍しげに視線をそそいでいる。数人のオランダ人が椅子に坐って休息をとっていたが、その一人が欠伸をすると、旅人たちの間から一斉に忍び笑いがおこった」

私は、かれらの川渡りをこのように書いたが、岸にあがったオランダ人が欠伸をしたかどうか知るよしもない。戦史小説ではこのような記述は許されないが、「冬の鷹」では自由にこれに類した描写が可能だ。当時の日本人にとって、オランダ人は紅毛碧眼の異様な人間であり、それが自分たちと同じように欠伸をすれば可笑しくも思えたにちがいない。欠伸は私の創作だが、それによって日本人のオランダ人に対する考え方を表現しようとしたのだ。

私は、「冬の鷹」を単行本にまとめた時、巻末に、参考文献として使用した書名を列記し、「あとがき」でそれらの著者に対する感謝の言葉を添えた。

初の歴史小説である「冬の鷹」を書いている間、私の内部には絶えずおびえに似たものがかすめすぎていた。それは、面識のあるなしにかかわらず、他の人の研究書を参考にして執筆をつづける行為に、一種の後ろめたさを感じていたためである。

このようなことは、戦史小説を書いている時にはほとんど味わったことはなかった。私の小説は、関係者の証言によって構成されたものであって、その人々は作中の登場人物であり、忠実に表現することがそれらの人々に対する礼をつくした挨拶にもつながっていたからである。

しかし、「冬の鷹」では証言者というものの存在はなく、各分野の専門家の研究書に頼らざるを得ない。それらの印刷物の内容を分析し、作品中にとり入れてゆくことは、そうしたことになれぬ私には苦痛であった。だからと言って、それらの研究書を無視しては小説の執筆は不可能になる。「冬の鷹」を本誌に連載中、最終回の末尾に参考文献を列記したが、各回の終りに記載するのが礼儀かも知れない。

しかし、それがたとえば新聞連載であった場合は、どのようなことになるか。各回の終りに、その都度数多い参考文献をかかげるとしたら、それだけでかなりのスペースになるし、読者も煩しさを感じるにちがいない。著作権法では、この問題について確かな解釈はなく、単行本におさめられた場合、巻末に列記すれば支障は起らないとされている。が、私の場合のおびえは、法以前のことなのである。

私は、今後も歴史小説を書いてゆきたいと思っている。戦史小説とちがって、自在に想像の筆をのばせるし、しかもそれが史実の拘束を受けながらであることに難しいパズルをとくのに似た快感もある。研究書を参考にすることに後ろめたさを感じることに変りはないだろうが、それらを十分に咀嚼し作中に消化すれば、すべては解決することだと信じている。

（「月刊エコノミスト」昭和49年10月号）

「冬の鷹」ノート（二）

――良沢のこと

最初に「解体新書」の翻訳事業について知ったのは、小学校の教科書に載せられていた物語を読んだ時である。読後の印象は強く、小説以上の興味をいだき何度も読み返したことを記憶している。むろん前野良沢、杉田玄白、中川淳庵の名もその時に知った。

中学校に入って、岩波文庫版の「蘭学事始」を買って読んだのも小学生時代の感動を再び味わってみたいという意識からで、杉田玄白の記述に十分満足した。

私が「解体新書」の翻訳事業について興味をいだいたのは、誰もそうであるように、良沢たちがオランダ語を手さぐりするように理解しようと努める経過に感動したからである。日本語と異国語との初めての接触の事情が、興味深く思えるのである。

「解体新書」に本格的な関心をもつようになったのは、八年ほど前、小川鼎三順天堂大学教授の講演をきいてからである。その話の中で、「解体新書」の訳業は前野良沢のオランダ語に対する知識によって推し進められたものであり、杉田玄白は訳業グループのまとめ役であったこと。しかし、出版された「解体新書」の訳者は杉田玄白となっていて、良沢の名は大通詞吉雄幸左衛門の寄せた序文の中にみられるだけであること。「解体新書」が出版された後、玄白は訳者として多くの門人を擁し、それらの育成に尽力するとともに栄達の道を進んで名声と富を得たが、それとは対照的に良沢はほとんど人と交わることもせずオランダ語の系統的な研究に没頭し、貧窮の中で娘の嫁ぎ先に身を寄せ病死したこと。その死は、玄白の日記に「前野良沢死」という五文字であらわされているが、良沢の家は徒歩で十五分ほどの近距離であるのに、玄白は良沢の葬儀にも出向いた節がみられぬこと……などが印象深かった。

小川教授のお話をきいてから、岩崎克己氏の「前野蘭化」（蘭化は良沢の号）を読み、良沢を一層深く知ることができた。その後、良沢関係の資料を蒐集することにつとめたが、岩崎氏の著書は良沢研究の集大成であり、他はわずかな補綴にすぎぬことも知った。

私は、それらの資料をもとに良沢を主人公とする「冬の鷹」という小説の執筆に入ったが、意外に思ったのは、小学校の教科書で私を最も感動させた一挿話が全く根拠のないものであるのを知ったことであった。それは、鼻の部分を訳す折の叙述で、原書「ターヘル・アナトミア」の中で「鼻は、フルヘッヘンドしたもの也」という文章のフルヘッヘンドという単語の意味を解くまでの経過が劇的にえがかれている。結局、仏蘭辞書のフルヘッヘンドの訳註に、「庭を掃除すれば落葉や土などが集ってフルヘッヘンドする」という一文を見つけ、フルヘッヘンドを「堆《うずたかし》」と解し、鼻が顔の中で隆起したもの也と訳出したというのである。

しかし、「解体新書」研究家は、「ターヘル・アナトミア」の「鼻」の部分にフルへッヘンド（verheffend）という単語がないことを指摘し、私も原書にその単語を見出すことはできなかった。

この根拠のない挿話は、教科書の作成者の創作によるものでは決してなく、玄白の「蘭学事始」の中から紹介しているのである。フルヘッヘンドという単語を「堆」と訳したらどうかと玄白が一同にはかると、「……各〻これを聞きて、甚だ尤もなり、堆と訳さば正当すべしと決定せり。その時の嬉しさは、何にたとへんかたもなく、連城の玉をも得し心地せり」と、「蘭学事始」に書かれている。

このことについて小川教授は、「蘭学事始」を著した時の玄白は八十三歳の老齢で、四十年も前のことであるので記憶ちがいをしたのだろうと述べている。その指摘が正しいのだろうが、いずれにしても玄白の創作力には驚きを感じる。

良沢は学究肌の人物で、人ぎらいであった。弟子もとらず、医家との付き合いもない。家にこもって読書にはげみ、オランダ書の翻訳につとめ、しかもそれを出版する意志は全くなかった。

そうしたかれが、高山彦九郎と深く交際していたことは意外に思える。彦九郎の江戸滞在中の日記には、ひんぱんに良沢の家を訪れ、共に酒を飲み、宿泊したことが記されている。「十月十五日、奥平中邸へ帰りて、……前野へ蜜柑を土産とす。夜中、前野に於て酒出で、飲娯して大に語りぬ」といったようにである。

彦九郎は、戦時中に勤皇の志篤き人物として多分に歪曲された人物だが、実際には権力者である幕府の施策に反対し、同調者を得るために諸国を遊説して歩いた実践家である。良沢は、「東砂葛記」「東察加志」を書き、「魯西亜本紀」でロシアの歴史を訳すなど、北辺の地をうかがうロシアに脅威を感じていただけに、その問題に大きな関心をしめす彦九郎と意見を交すことに意義を感じていたのだろう。また、かれは、純粋に国の将来を憂えて活動する彦九郎に人間的な好意をいだいていたにちがいない。

玄白の晩年は、華やかである。江戸屈指の流行医として高額の収入を得、家庭的にも「かくれなき大果報者」と記しているように恵まれ、蘭方医として初めて将軍に拝謁を許されるなど社会的な栄誉も得た。

かれとは対照的に、良沢の晩年は侘しい。中津藩医であったかれは、隠居して息子の達に家督をゆずるが、達は死に、ついで妻の死にもあう。財産もないかれは、養子を迎えて自らは隠棲するが、その地が根岸御隠殿坂の近くであった。

御隠殿坂は、上野輪王寺の宮の御隠殿があった坂で、日暮里と鶯谷の中間にある。御隠殿の建物は幕末の上野の戦争で焼払われ、山手線をはじめ電車、列車の線路で敷地も失われ、坂も途中で寸断されている。私の生れ育った家は、御隠殿坂から百五十メートルほどの距離で、雪の降った日にスキーで遊んだりした。その坂の近くに良沢が老いの身をひそませていたことを知って、私は一層良沢に親近感をいだいた。

根岸での生活は淋しいものであったらしく、ただ一人の門人ともいうべき江馬蘭斎にあてた手紙に、「……白銀弐両御恵贈被ㇾ下、御懇情忝次第奉ㇾ存候」とあって、金を贈ってくれたことを謝し、また別便に、「私儀、当月七日、根岸之内、別ニ一処へ転宅仕候、是亦借家ニ而候故、内造作旁甚紛冗罷在候」とあり、借家住いをつづけていたことをしめしている。

当時、その附近は鶯、水鶏が啼き、風景の良い閑静な場所で、夜は仙界の趣があったという。その地の借り家で、「解体新書」翻訳という大事業をはたした訳者の良沢は、ただ一人で細々と生きつづけたのである。

その後、良沢は、ただ一人の肉親である娘の峰子が嫁している医家の小島春庵宅に引きとられ、同家で病死した。八十一歳であった。

良沢は、下谷池ノ端七軒町の慶安寺に葬られたが、大正三年に同寺が東京都杉並区梅里一丁目に移ったのにともなって、墓も移された。

前野家は、良沢の祖父前野東庵から十一代目の北海道大学農学部教授前野正久氏がついでいたが、氏は昭和三十九年に病歿し、夫人の文さんが墓を守っている。小説を書き終えた後、私は慶安寺に赴き、文さんに会って墓に案内していただいた。

墓は幅が広く、風格があった。碑面には三つの戒名が並んで刻まれていた。中央に妻の珉子の静寿院蘭室妙桂大姉、それをはさんで左側に良沢の楽山堂蘭化天風居士、右側に息子の達の葆光堂蘭溪天秀居士。さらに墓石の側面に良沢が「ターヘル・アナトミア」翻訳中に死亡した長女の戒名も刻まれていた。

幼くして父を病いで失い、母に去られた良沢が家庭を得、死後、他家に嫁いだ次女峰子をのぞく家族全員とともに一基の墓石に身を寄せ合っていることを知って、私も安堵に似たものを感じた。

（岩波書店刊「日本思想大系／近世色道論」月報　昭和51年8月）

「ふぉん・しいほると」ノート（一）

――史実と作り話

上杉謙信が武田信玄を襲って斬りかかったという話を否定する史料が、発見された由である。斬りかかったのは謙信ではなく、謙信の家臣だという。その記事がのせられていた新聞に、地元の人の談話として、以前に調査に来られた海音寺潮五郎氏が、謙信と信玄が直接闘うなどということはあり得ぬのだが……と言われたということも紹介されていた。

海音寺氏の言葉は、上杉、武田の戦いに全くといっていいほど知識のない私たちの、その挿話に対する疑念を代弁してくれている。信玄と謙信が単独で対決するなどということはあり得べからざることと、だれもが思っていたはずである。

史実といわれているものの中には、無数の作り話がふくまれているのだろう。現在、私は、「ふぉん・しいほるとの娘」という小説を書き、シーボルトに関する資料を読みあさっているが、その中にも作り話としか思えぬものがかなりある。

一例をあげると、国禁にふれてシーボルトが国外に永久退去を命じられ、オランダ船「コルネリウス・ハウトマン号」に乗って長崎をはなれる折のことだが、同船が港口の小瀬戸付近にさしかかると、漁師をよそおったシーボルトの弟子である高良斎、二宮敬作が、愛人其扇（本名タキ）、愛児イネとともに漁船で近づき、シーボルトもボートをおろして別離を惜しんだとされている。

これは定説化した挿話で、私自身もそれをイネの小伝に採り入れたことがあるが、高良斎が出国直前のシーボルトにあてた書簡で、それが作り話であることが断定できる。その書簡によると、シーボルトがオランダ船で長崎をはなれる日は警戒厳重で港内に小舟を出すなどということは不可能であり、翌日、良斎らが小舟で港内を横切って小瀬戸に渡り、陸上からひそかに小瀬戸付近で風待ちするオランダ船上のシーボルトを見送ったことがあきらかにされている。

また、シーボルトの愛人である遊女其扇が、遊女ではなかったという説も根強い。其扇は肥後侯の侍女または豪商の小間使で、シーボルトの眼にとまり、妻にと望まれたという。出島には遊女しか入ることができなかったので、遊女其扇として出島に出入りするようになったというのである。これなども其扇を美化しようとした説であり、作り話であることは疑いない。

私は、医学史について関心をいだいているが、医家の伝記に類したものには、とかく讃美に終始したものが多い。豊富な資料をもりこんだ著述の中にも、一般道徳からみてあきらかにその医家の人間的マイナス点と思われる要素がそのまま見過ごされているか、または逆に妙な理屈づけをして長所であるかのように讃美の材料にしている傾向すらある。

「ターヘル・アナトミア」の翻訳事業に関与した杉田玄白なども、その生き方をたどると、名声、地位に対してかなり強い欲望を持った人物であることが知れ、それがかれの生き方の原動力にもなっていたと解される。このような玄白の人間臭さが私などには興味深いのだが、玄白の伝記の中には、そうした性格の叙述を故意に避け、逆に玄白が金銭に無頓着であったなどという話も添えられている。

作り話は、いかに巧妙に作られたものでもどことなく偽りの要素が感じられる。が、厳然たる事実の中にも、作り話のような事実も存在するのである。

北海道の札幌医大で心臓移植がおこなわれた時、私は心臓提供者になった大学生について調査した。その大学生は小樽の蘭島海岸で遊泳中におぼれ、砂浜にあげられた時、すでに心音がきけず呼吸も停止していた。

かれは救急車で小樽市にはこばれたが、途中、消防士がかれの体に馬乗りになり、強圧人工呼吸をつづけていた。しかし、大学生の体にはなんの反応もあらわれず、車内に絶望的な空気がひろがった。

一つの思いがけぬ奇蹟が起った。救急車が、小型車を追い越し、見通しのきかない角を曲がった時、間近に対向車が進んでくるのを発見、運転手は急ブレーキをかけた。その時、大学生に人工呼吸をつづけていた消防士は、たまたま大学生の腹部に両掌をあてて胸部の方へ押し上げる姿勢をとっていた。急ブレーキの衝動で、消防士は前のめりになり、自然に大学生の胸部を強く押しあげる結果になった。その圧力で、大学生は息をふき返した。つまり、小型車を追い越し、見通しのきかぬ角を曲がった折に対向車を見いだして急ブレーキをかけた救急車の動きが、大学生を蘇生させ、それが日本初の心臓移植にもつながっていったのである。

偶然の積み重ねによる大学生の蘇生は、作り話めいている。が、これは事実であり、事実は時にこのようないたずらをするらしい。

史実の中の作り話と思えるものも、事実、または事実に近似したものがあるにちがいない。史実に対するには、そのような事実がまぎれこんでいるかも知れぬという意識を常に持ちつづけることが必要なのだろう。

(「読売新聞」夕刊　昭和51年4月19日)

「ふぉん・しいほると」ノート(二)
——イネの異性関係

シーボルトの娘イネを主人公にした小説を書いてみたいと思ったのは、十年ほど前である。江戸時代に女医となったイネという女性に興味をいだいたからだが、イネが江戸末期から明治維新後までの日本の激動期を生きたことに関心を持った。私は、イネを通して欧米列強の脅威にさらされた時代の日本を書いてみたかったのである。

イネが生れ育った長崎は、私の好きな町である。十二年前、「戦艦武蔵」という小説の調査に訪れてから、年に二、三回は訪れ、その都度イネに関する資料集めをつづけた。その後、イネが医学修業をした宇和島市や岡山市にも数回赴き、文献の蒐集をした。

そうした時期をへて「サンデー毎日」に「ふぉん・しいほるとの娘」と題して稿を起し、二年四ヵ月にわたって連載し、ようやく筆をおくことができた。二千二百枚を越える長篇で、私にとって最も長い作品になった。当時、シーボルトは幕府関係の文書に、しぼると、ししほると、しほると、しいほるとなどと記されていたので、その中からしいほるとを選び、題名を「ふぉん・しいほるとの娘」とした。

私は、自分の出来る範囲内で調査をし、可能なかぎり史実をゆがめぬように筆を進めることを念願とした。史実をふまえた上で、イネの生きる姿を追いたいと願い、それは或る程度果せたと思っている。

資料調査の上で、気づいたことの一部を記してみる。

まず、シーボルト像について述べてみたい。かれは文政六年（一八二三）に来日し、六年後に国禁にふれ国外に永久追放されている。いわゆるシーボルト事件の糾明をうけ、罪状があきらかになって日本を追われたのである。

シーボルトは日本の洋学の父とされ、日本が西欧文明を摂取する上で大きな功績があったと高く評価されている。そして、シーボルト事件は、鎖国を固守する幕府の頑迷固陋な政策の犠牲に供された悲劇とされている。

たしかに、シーボルトの日本に対する学術的功績がきわめて高いことは、動かしがたい事実である。が、シーボルト事件を悲劇と呼ぶのは、早計にすぎるように思える。当時、シーボルトを露探としてスパイ視する空気が一部にあったが、そのような解釈も決して無理からぬ事情がひそんでいた。

シーボルトがオランダ政府から日本に派遣された使命は、日本の国情調査であった。むろんシーボルトは日本に対する強い好奇心をいだいていて、その使命を果すのに好適な人物であった、と言える。

かれは、オランダ商館長に随行して江戸へも旅しているが、その折のことを記した「江戸参府紀行」を読むと、かれを単なる一研究者とする解釈には頭をかしげたくなる。鎖国政策のきびしさを十分に知っていながら、かれは役人の眼をぬすんで、関門海峡をはじめ多くの海域の水深を丹念に測り、地勢を記録し、蝦夷、樺太、朝鮮のみならず幕吏を買収して江戸城内の絵図まで手に入れている。そして、それらを毎年長崎に入港してくるオランダ船で本国に送りつづけた。このような行為を単なる一研究者の情熱によるものと考えるのは、むしろ不自然である。

幕府がかれの行動に疑念をいだいたのは当然のことであり、オランダとの国際関係を考慮に入れながら的確に事件糾明にあたった動きをみると、幕府には有能な官僚が多くいたことが知れる。……シーボルト事件を幕府の政策の犠牲とする解釈は、シーボルトを美化する余りのことだ、と私は思う。

シーボルトは、追放されてから三十年後、開国された日本に再びやってくる。私は、小説の中でシーボルトがしおという小間使と肉体関係を持ったと書いたが、それについては「毎日新聞」八月十九日夕刊に「シーボルトとしお」と題して記したので略すが、しおはシーボルトのもとを離れてから伊東清吉という薬種商の男に嫁してイトと改名し、大正十五年に九十三歳で死亡している。

イネの異性関係についてはさまざまな説があるが、資料を調べたかぎりでは石井宗謙と接触があったこと以外、確実な資料は見当らない。村田蔵六（大村益次郎）とイネのことについては、宇和島の伊達家によって編まれた「鶴鳴余韻」という歴代藩主の事蹟を記した上・中・下三篇の書物に、イネが師事した蔵六の家に起居したが、周囲の者の口がうるさくなったので他に移った旨が記され、それが蔵六、イネの関係説の根拠になっているようである。が、「鶴鳴余韻」は決して史実に正確なものではないことが地元の郷土史家によって指摘されていてその部分の叙述も信を置くことはできぬし、他の確実な資料から察すると、その頃すでに蔵六の家には妻の琴が故郷から呼ばれて同居していた確率が高く、蔵六がイネと結ばれる環境にはないと推定される。それに、宇和島藩主伊達宗城は著名な医師シーボルトの娘であるイネを好遇し、その身辺を気づかっていて、他藩から招いた蔵六が、イネとそのような関係をもったとは思えない。

イネは高子という一女を生んだが、シーボルトの弟子石井宗謙との間にもうけた子である。二人の関係について、「イネは宗謙に嫁し……」と書かれている書物が多いが、嫁したのではなく、宗謙にはシゲという妻がいて、イネは強引に関係を求められ、高子を孕ったのである。そのことについては、大正十二年に、高子が長崎の代表的な史家である故古賀十二郎に語った記録が残されている。それによると、船中で強姦されて妊娠し、其後は一度も関係がなかったとされている。

宗謙の家督をついだ石井信義も、妻シゲの子ではなく宗謙とムロという女性との間に出来た子である。高子が古賀に語った記録に「(信義は) ナカナカ学問ノアツタ人デ、ヨク事ガワカツテヰマシタ」と記されているが、信義は後に明治医学界の重鎮になり、イネを福沢諭吉に紹介するなどイネ母娘のために心をくだき、その交流は情のこもったものであった。

維新後、イネは福沢の推挙もあって明治天皇の第一子生誕の折に宮内省に招かれ、御用掛を命じられて功労金百円を下賜されている。このことについても宮内省で確認したが、産科医としてのイネがいかに高く評価されていたかが知れる。

イネについての調査を終えた私のとらえたイネ像は、意志の強い高潔な女性という一語につきる。異国人を父に持ち、女に学問は不要というより害があるとされていた江戸時代に、積極的に医学の修業にはげんだイネの労苦は想像を絶するものがあったろう。美貌であった故に誘惑も多かったはずだが、かたく身を持し母を守り子を育ててすぐれた女医の道を進みつづけたことは、驚嘆のほかはない。

（「サンデー毎日」昭和52年11月6日号）

「ふぉん・しいほると」ノート（二）

――シーボルトとしいおその他

長崎に行き、しいおという女性について調べた。しいおのことは、世上ほとんど知られていず、現在シーボルトの娘イネのことを小説に書いている私は、シーボルトと係りのあるこの女性について可能なかぎり知りたいと思ったのである。

シーボルトは、二度来日している。一回目は文政六年（一八二三）七月にオランダ商館附医官として長崎に来て商館長に随行して江戸にも行き、国禁をおかしたことが発覚して文政十二年、再度の渡航を禁じられ、日本から放逐された。その間に、遊女其扇（本名タキ）を妻同然にし、タキはイネを産んだ。イネは、後にシーボルトの門弟であった石井宗謙の子タダ（後に高子と改名）を産み、すぐれた産科医になった。日本が開国し、シーボルトは安政六年（一八五九）七月に再び長崎へ上陸した。六十三歳であった。

シーボルトはタキ、イネ母娘、旧門人二宮敬作と再会し長崎の本蓮寺に仮寓した後、鳴滝に移り住む。そして、翌年三月に幕府の招きで江戸に赴き、外事顧問として働いたが、外国公使たちや幕府の役人との関係が芳しくなく、一年後に長崎からオランダへ退去した。

しおは、シーボルトが二度目に来日した折に仕えた召仕女である。二十五歳であった。

しおのことは、イネと父シーボルトの間に交わされた書簡にその名がみえる。イネは、後に娘タダ（高子）の夫になった三瀬周三にオランダ語文で代筆させた手紙を、鳴滝に住むシーボルトに送っている。

その一つに、

「あなた（シーボルト）がしお（Siwo）にあたえた簪《かんざし》と同じものを、娘のタダにも贈って欲しい」

といった趣旨のことが書かれている。この文面から、シーボルトがしおを可愛がっていたことが察しられる。

つづいてイネからシーボルト宛に手紙が送られているが、文面にはただならぬ気配が感じられる。その内容は、イネが、自分を軽視したしおを叱責したところ、シーボルトがしおをかばい、イネを激しく叱ったことが記されている。このことに衝撃をうけたイネが、父と衝突したのは自分がオランダ語に未熟であることから起ったことなので、オランダ語に熟達するまでは、シーボルトのもとには行かぬ、と強い調子で書き添えられている。

これに対して、シーボルトは、

「召仕女のしおは、お前に迷惑をかけたから……暇をとらせよう」

と、和解の返事をイネに送っている。

冷静で聡明なイネが、なぜ一人の召仕女のことでこのように心を乱したのか。

しおがシーボルトとどのような間柄にあったかについては、長崎の代表的史家古賀十二郎氏も当然関心をいだいていたようだ。

シーボルトは、鳴滝で山留役の下見国吉という男に植物の世話をしてもらった。シーボルトが日本に連れて来た当時十三歳のアレキサンデル・シーボルトの記に、クニさんと書かれている人物である。

大正十二年三月八日午後、古賀十二郎は六十六歳のツヤを自宅に招き、シーボルトに関する回顧談を聴いて記録し、それが現存している。ツヤは、国吉の長男喜八の妻で、シーボルトの身辺のことも知っていた。そのツヤの談話の中に、

「一、シーボルトの妾となりましたものに、お栄と云ふのがありました。後、田川（名は角太郎）といふ宅へ嫁入りました」

とあって、「角太郎宅は石屋で、長崎の桜馬場、今、車立場の在る処に該当いたします」と付記されている。

このお栄については、旧長崎新聞の記者大庭耀氏が、

「文久の初年頃、彼（シーボルト）は四人の愛人を有していた。一人はお栄と呼ぶ二十歳位の美人であった」

と記し、それを「シーボルト先生　その生涯及び功業」の著者であるシーボルト研

究の第一人者呉秀三氏が追記に引用し、自ら調査に当たり、その女性はお栄ではなく伊東イトという当時生存していた老婆であるとして調査もしたらしいが、その結果については呉氏の著書になんの記述もない。しかし、お栄、イトを同一人とした呉氏の推測はあやまりで、伊東イトはお栄と別人であり、イト女こそイネの心を乱したしおである。

長崎県立図書館第二代目館長、増田廉吉氏（故人）が昭和十二年十月号「科学ペン」誌の「シーボルトと日本文化特輯」に、入沢達吉、富士川游、武藤長蔵の三氏とともに寄稿し、「シーボルト先生と長崎地種」を書いている。この末尾に、伊東イト女が生前に長崎図書館を訪れ、シーボルトのもとに召仕として勤め、肉体関係もあったことを告げ、同時にシーボルトから「直接貰ったと称する双眼鏡、鳥類図譜、切子水差、植木鉢等の遺品を図書館に寄贈」したと記している。

イト女については、長崎大学のドイツ語教授であった小沢敏夫氏（故人）も、蘭学資料研究会研究報告一四二号に「シーボルトとシオドン」中で、しおが伊東イト女であることをあきらかにしている。

しおは、シーボルトのもとを離れて後、長崎の大黒町で淡路屋という薬種商を営んでいた伊東清吉に嫁している。小沢氏は、市役所の戸籍簿によってたしかめたと書いているが、結婚したのは万延元年十二月二十五日とも記している。しおは天保五年九月一日生れで、明治五年イトと改名し、大正十五年九月二十七日九十三歳で死去して本蓮寺に葬られたとある。戒名は宝雲院妙糸日彩大師。本蓮寺を調べてみたが、イト女の墓は合葬されて消え、寺に保管されていた過去帳も原爆投下時に持ち出されたが焼失している。

　しおには、マツという私生児がいて、明治十四年三月四日に二十二歳（数え年）で死んだことが、本蓮寺の過去帳にみられる。逆算してみると生れたのは安政七年で、シーボルトが再来日した年の翌年に当たる。小沢氏は、マツが混血児であったことから、マツがシーボルトとの間に生れた子であったことを匂わしているが、しおには他に関係した外国人がいた形跡はなく、出産の時期からみても小沢氏の指摘は正しいと思う。さらに氏は、「しおのほかに二、三の女性」がいて、「これにも子供が生れたが夭折したらしい」と書いている。

　これらの地元の研究者の調査記録によって、シーボルトが再び来日した折、少なくともしお——イト女と親密な関係をむすんだことが知れる。

　著名な時計師からくり儀右衛門の子孫である長崎在住の郷土史家平石義男氏は、昭和二十四、五年ごろ明治三十三年六月二十日生れの山本テイさんから、イト女につい

ての話をきいたという。テイさんは淡路屋の隣家で生れたが、
「淡路屋に百婆さんがいて、シーボルトさんのオテカケさんだったと言っていた」と、平石さんに話してくれたという。百婆さんとは高齢の女性という意味で、九十三歳まで生きたイト女をさすことはあきらかである。イト女が長崎の図書館に寄贈したと称される物のうち、切子水差、植木鉢は原爆で破壊され、鳥類図譜は県立図書館に、双眼鏡は県立美術博物館に丁重に保存されている。

しおの調査で、少し気がかりな事実があった。しお（イト）の嫁ぎ先は薬種商淡路屋であるが、その所在地は町の境界の変化で、大黒町であったこともあれば恵美須町であったこともある。

幕末に活躍したイギリス人商人グラバーは、淡路屋つるという日本婦人と結婚している。淡路屋は長崎に一軒しかなかった由で、しかもつるの出身は恵美須町の淡路屋になっている。つるが淡路屋主人伊東清吉の血縁の者、または養女であるのか、とも思える。

しかし、これは憶測の域を出ず、シーボルトとグラバーが結びつくなど、余りにも突飛すぎる。いたずらな憶測は史実をゆがめる因になり、私は、しおのことを知ることができただけで満足している。

（「毎日新聞」夕刊　昭和52年8月19日）

「漂流」ノート
――長平と元日本人

小学生時代、南洋一郎の海洋物語を愛読した。ヴェルヌの「十五少年漂流記」、デフォーの「ロビンソン・クルーソー」、スティーヴンソンの「宝島」なども熱心に読んだ。さらに中学生時代も末になった頃には、バルザックの「海辺の悲劇」という短篇を見出し、何度も読み返した。

これらの作品で私は海に親しんだが、現実の私が知っていたのは、潮干狩に行く千葉県稲毛の海と、友だちに誘われて満員の京成電車で行った谷津の海であった。それらの海は広大な水たまりのような浅い海で、長い間歩いていっても海水が膝ほどしかなく、時折り腰あたりまで漬かる所はあったが少し行くとまた膝頭があらわれてしまう。遠くに海らしい白い波のひらめきがみえたが、その位置まではかなりの距離があって、途中から引返してくるのが常であった。

先祖の墓が静岡県下にあるので、両親に連れられて年に三、四回墓参に行き、途中、海岸線を走る列車から海を見た。私は、温い色をした伊豆の海で泳いでみたかったが、墓参の帰途、両親は、修善寺、長岡、湯河原などの温泉宿に泊ることをならわしにしていて、海岸につれて行ってくれることはなかった。

それでも、中学二年生の夏には、兄が千葉県の保田に小さな家を買ったので、半月近く海岸ですごした。しかし、私には波の寄せる海が恐しく、背が立たなくなるとすぐに砂浜に引返した。プールでしか泳いだことのない私には、絶えず揺れ動く海が不安であった。

その海岸で、沖合を駆逐艦がゆっくりと動いてゆくのを見た。それは、私が眼にした最初で最後の軍艦であった。

海を背景にした小説を好んで読んだのは、海に縁のない東京の町なかで生れ育った私の海への憧れによるものかも知れない。その後、海への関心は、徐々に日本の海に限定され、外国の海をえがいた小説には興味をいだかなくなった。愛読したゴンチャロフの「日本渡航記」なども、日本の海、海上からみた日本の陸影が描写されている部分にひかれただけだと言ってもいい。

そうした私にとって、江戸期の漂流者の記録は、海への関心を十分にみたしてくれるものであった。それらは、大半が漂流者からの聞き書きであるが、さりげない記述に、潮の匂い、舟べりに附着した海草や貝殻、風のうなり、砕け散る波頭などを感じとった。

それらの史実を読み漁るようになったのは十年ほど前からだが、殊に鳥島に漂着した二例の船頭、水主の記録に興味をもった。その頃、鳥島は無人島で、流刑地であった八丈島からはるか南方に位置し、帰還は及ばぬ岩だらけの孤島であった。

前者は、遠江ノ国新居の船に乗っていた者たちで、享保四年（一七一九）、九十九里浜沖で破船し、翌年正月に鳥島に漂着した。十二人が島で生活したが九名がつぎつぎに死亡し、三名が二十年後に島へ漂着した江戸堀江町の船の船乗りたちとともに、伝馬舟に乗って八丈島へたどりつき、帰国することができたのである。

後者は、天明五年（一七八五）に土州手結崎沖で遭難した土佐ノ国赤岡浦の船の水主たちであった。かれらは、破壊された船に身を託し、黒潮に押し流されて翌年二月に鳥島に漂着した。四名の水主たちのうち三名が島で死亡、長平という水主のみが生きつづけた。その後、肥前の船が、ついで薩州の船が島に漂着、それらの船に乗っていた者たちと磯に寄せる流木を集めて小舟を作り、八丈島へたどりついた。長平の在島期は十二年余であった。

私は、後者の漂流記録をえらんで小説「漂流」の筆を起したが、それは、長平がただ一人無人島で生きたことに創作意欲をそそられたという単純な理由による。記録には、泣く泣く過した旨が書かれているだけだが、長平の心情を描いてみたいという強い願いをいだいた。

長平の漂流生活については、「土佐国群書類従」八十・下に記され、石井研堂著「漂流奇談全集」の「鳥島物語」「無人島談話」、さらに近藤富蔵著「八丈実記」にも書きとめられているが、史料としては僅少と言っていいだろう。しかし、その凝集された文章に想像力が刺激され、記述をふまえながら自由に書くことができた。

長平にかぎらず江戸期の漂流者たちの記録を読んでいる間、私は戦後、敗戦も知らず、または信じようとせず南の島々で生き、そして帰還した元日本兵のことをしきりに連想した。

かれらが故国へ帰ることをしなかった理由は、第三者のうかがい知るところではないが、俘虜となることを避けようとした者もいたにちがいないし、現地人に殺されることを恐れた者もいたはずである。いずれにしても、かれらは、戦争と密接な関係をもつ障壁にさえぎられて帰国できなかったのである。

江戸の漂流者たちにも、帰国できぬ障害があった。それは直接的には海であり、舟をもたぬかれらは渡海する手段もなかった。それに、鎖国政策をとる幕府は、キリスト教の国内への導入を恐れ、帰還した漂流者を厳しく検索した。殊に異国で生活を送った者は、罪人同様に扱った。そのような苛酷な処置をおそれて、故国へ帰ることを断念した者も多い。

千石船は構造的に遠洋航海に適さぬ船で、荒天にもろく、破船になることが多かった。それに航海に必要な器具も幼稚で、陸影を見失えば航行もおぼつかなくなる。それらは異国と接触をおそれた幕府の政策意図によるもので、船は、黒潮にのせられて遠く大海に吹き流されたのである。

長平は、土佐ノ国赤岡浦から出帆した船で室戸岬方向の田野浦に米をはこび、帰途、手結浦に入港する予定を立てたが、大西北風に遭い、押しもどされて室戸岬から遠くはずれ、漂流の憂目にあった。

私は、高知市に赴き、郷土史研究家の高知大学教授山本大《たけし》氏の案内で、赤岡、手結附近を歩き、当時の時代背景と海岸に点在する浦々の港としての機能等を調査した。手結をのぞいては、高知から室戸岬までの間に港らしいものはなく、多くの遭難事故が頻発したが、そうした事情は海岸線をたどる私にも十分に理解でき、陽光にかがやく海が無気味にみえた。

その後、徳島市方向から室戸岬をへて田野町に赴き、同町に一泊した。長平たちが何故、田野へ御蔵米をはこんだかが疑問であったが、天明の飢饉で米の枯渇した田野地方へのお救米をはこんだことがあきらかになった。田野町には、本陣の建物もあり、遊女屋の家並も残っている。江戸時代の匂いがそのままただよっている興味深い町であった。

長平の船が遭難した海に面した浜に住む老漁師の家を訪れ、海の状態をたずねた。複雑に逆流するという潮の動きに空恐しさを感じ、漁師たちの間でかつぎと称する強引な嫁盗みの風習も耳にして、いかにも土佐らしいとも思った。

「あれも、かついだんだよ」

老漁師は、縁で日なたぼっこをしている老いた妻に眼を向けた。

長平が無人島（鳥島）から生還した地である八丈島へも赴いた。寄木細工のような小舟でたどりついた八重根湊にも行ったが、浜をおおうラグビーのボールのような両端の丸い石が奇異に思えた。

私は、「八丈実記」の中の記述を思い起した。それによると、長平は無人島で死亡した三人の同僚の遺骨を八丈島に持ち帰り、宗福寺境内に埋葬したが、「……十五貫目計《ばかり》ノ丸石一百五十浜辺ヨリ拾町程ノ間ヲハコビアゲ」て墓所を作ったと記されている。浜にひろがる球状の石が丸石であることはあきらかで、長平が実在感のあるものとして強く意識された。

鳥島は、明治三十五年八月に大噴火を起して住民百二十五名が全員死亡し、昭和十四年八月にも噴火したため島が居住に不適当と判断され東京府知事の放棄命令によって無人島になった。戦時中は海軍気象部の気象班員らが在島し、戦後も中央気象台の測候所員が常駐したが、噴火のおそれがあるので測候所も廃止され、無人の島になっている。

私は、昭和十四年の噴火時まで鳥島に在住し八丈島に引揚げた老人や測候所員に、島の地形、地質、磯の状態、棲息するあほう鳥をはじめとした生物、植物、気象状況などを丹念にきいて歩いた。また鳥島附近に出漁する八丈島の飛魚漁漁船の漁師たちにも、島周辺の海の状態、さらに鳥島から八丈島への海上の状況について質問した。かれらは、多くの写真類、島の地図、海図などを提供してくれた。

すでに書いたように、長平は、つづいて漂着した船の船頭、水主たちとともに磯に寄せられた流木を組合せて三十石ほどの小舟を作り、生還したが、どのように舟を造ったかも重要な課題であった。この点については、江戸時代の和船研究家である水産庁漁船研究室の石井謙治氏に二度にわたってお教えを乞うた。

長平は、故郷に帰ってから各地の有力者に招かれて体験談を披露し、金品を受けている。また漂流者の中には、帰郷後妻が再婚していることを知って悲嘆にくれた者も多い。それらは、戦後、かなりの歳月が経過してから帰国した元日本兵の境遇と酷似している。長い漂流史からみれば、元日本兵たちも一種の漂流者であったのだろう。


（「波」昭和51年5月号）

「北天の星」ノート（一）

——江戸時代の抵抗者

私は、現在一人の人物に関心をいだいている。それは、江戸後期に下北半島に生れた五郎治という男である。

かれは、貧しい農家の子として生れ、流浪の民として北海道に渡り、エトロフ島の番人小頭になる。やがてロシア艦にとらえられシベリアに送られるが、その間種痘術をおぼえ、帰国後北海道の松前で日本で初の種痘をおこなう。文政七年（一八二四）のことである。

日本に種痘術の知識がつたえられたのは享和三年（一八〇三）で、その後、長崎を中心にオランダ商館所属の外人医官や日本のすぐれた医家たちが、種痘苗を日本に輸入することに尽力した。その中には、シーボルトなどもまじっていたが、かれらの努力もむなしく失敗の連続であった。

かれらがようやく種痘苗の輸入に成功したのは嘉永二年（一八四九）で、それは長崎から京都、大坂、福井、江戸へと全国にうけつがれ、各地の悲惨な天然痘の流行を阻止することに貢献した。

ここで注目しなければならぬことは、学識などとはおよそ縁のない五郎治が、秀れた医師たちの真剣な努力を無視するように、長崎で種痘のおこなわれた二十五年も前に、すでに種痘を実施していたという皮肉な事実である。

しかし、私が五郎治に関心を寄せたのは、かれが日本で初の種痘をおこなったからでは決してない。意外なことにかれが伝えた種痘術は、わずかに秋田藩内に移入された形跡があるだけで、全国にはひろまらなかった。その理由として考えられることは、五郎治という男の余りにも人間臭の強い特異な性格がもたらした結果だということである。つまり私は、五郎治の人間そのものに執筆意欲をそそられているのである。

私は、最近「解体新書」の訳業につとめた前野良沢を主人公にした小説を上梓したが、江戸時代の医家の生き方に興味をもつようになった動機は、数年前心臓移植を素材に小説を書く折必然的に日本の医学史にふれたという単純な理由による。が、その後江戸時代の医家の生き方をさぐっているうちに、秀れた医家たちが常にあらゆる種類の権威に対して抵抗していた者たちであることを知った。

前野良沢も杉田玄白も洋書禁令におびえたし、医家ではない五郎治ですら庶民の間に深く根を張った生活思想の激しい反発を受け、さらには鎖国政策のきびしい拘束の中で押しつぶされてゆく。

著名な眼科医土生玄碩は、シーボルト事件に連座して医家としての地位を追われ、山脇東洋は腑分けを悲願としながらも為政者の政治的配慮から容易に希望をかなえられず、漸く腑分けを実見しその結果を著書にまとめて発表すると、他の医家たちの激しい非難にさらされた。

かれらが、そのような圧力にもめげず自分の意志をつらぬこうとしたのは、人命を救いたいという医家としての願いによるものである。それらの医家の中には、その行為が名誉と富につながることを自覚していた者も多いが医家としての責任を果たしたいという念願から発したものであることに変わりはない。

医学上の新たな試みは、いつの時代でも治療上の欠陥による危険と第三者からのきびしい批判を受けるのが常である。しかし、医学は、そのような試みを反復することによって進歩してきたことは疑いない。

種痘術を開発したジェンナーは、「天そのもの——神の意志にすら戦いを挑むもの」として非難され、「神の掟はその施術を禁ずる」と宣告された。また日本にそれが導入された頃も「種痘は妖術」として為政者、医家、庶民の激しい批判を浴びた。

江戸時代の進取的な医家たちの最大の敵は、幕府の鎖国政策であった。退嬰的な医家や庶民たちの無知も外来知識の流入が断たれていたことから発したものと言ってよく、それは幕官のきびしい監視とともに医家たちを苦しめた。そうした堪えがたい社会的背景のもとで、医家としての信念をつらぬこうとしたかれらの姿は、美しい。

自由に考え、それを発表し、正しい評価を得て実行に移す。それが人間の最大の喜びであり、人間の存在意義もそこにある。江戸時代の進取的な医家にはそうした自由を享受することはなく、痛々しい努力をはらわねばならなかった。

私が江戸時代の医家たちに関心をいだいているのは、抑圧された時代の良識ある抵抗者であったからである。

（「東京新聞」昭和49年8月28日）

「北天の星」ノート（二）
──チウといふ也

少年時代から漂流記に興味をもっていたが、半年ほど前から五郎治という人物を主人公にした小説を新聞に連載しはじめた。

五郎治は漂流者ではなく、江戸末期に千島のエトロフ島に来攻したロシア艦の乗組員に捕えられ、五年間シベリアで抑留生活を余儀なくされた人物である。

小説の背景をさぐるためと、自分自身の興味から各種の異国への漂流者に関する資料を蒐集しているが、それらを読んでいると、初めて接した異国人に対する江戸時代の日本人の驚きがいきいきと描かれていて、かれらの新鮮な眼が対象を鋭く観察していることに驚く。

かれらは、多くの異国語をおぼえて帰国しているが、それは耳から直接吸収したものだけに、味わい深いものが数限りなくある。

アメリカ彦蔵と呼ばれた人物のことを知っている人は多いと思う。嘉永三年（一八五〇）、十三歳の彦蔵は、父とともに住吉丸に乗船し江戸へ向うが、途中で船が難破、アメリカ船に救けられサンフランシスコに着く。

その折、小舟でアメリカの役人が三人船にやってくるが、回想録に、

「我等が側《かたはら》に三人来りて手を握り『ハワイヤ』といふ」

と書かれている。彦蔵は、その言葉が「可愛《かわい》や」という日本語に似ていて嬉しい気持がしたと記している。

その後も彦蔵たちは、折にふれてアメリカ人たちから「ハワイヤ」という言葉を耳にする。ようやく彦蔵たちは、それが「如何くら（暮）すかといふ英語」であることを知る。ハワイヤは、How are you なのだ。彦蔵は、人が会う時にハワイヤという言葉を使い、別れる時には、「互に手を握りグーバイといふ」とも書きとめている。グッドバイよりグーバイの方が発音としては実際の響きに近い。

異国漂流者は異国語の単語を帰国した後に書き記しているが、傑作も多く眼につ

く。

　戴……サンキョウなどという記述をみると、ほほえましくなる。物を戴《いただ》く時、サンキョーと礼を言う。漂流者は、それを「ありがとう」という感謝の意味ではなく、「頂戴します」という意味に解したのだ。頂戴することが直接感謝の意につながっているあらわれにも思え、漂流者の礼儀正しい心情がうかがえる。

　目……アイ。口……マウス。耳……イヤなどと正確に記されている。娘をゲエル、姉妹をセシタ、腰をヘップと書いてあるが、ガール、シスター、ヒップよりも実際の発音に近いのではあるまいか。金曜日がフライデ、日曜日をサンデは常識だが、土曜日をサッテデと書きとめているのには感心した。サタデイより語感を巧みにとらえている。水は、ワラとある。

　風俗その他の記録も、興味深い。パンは、江戸時代の日本人には珍奇な食物として映じたようだ。かれらは、それを麦餅、又は焼餅と訳している。五郎治は「異境雑話」という著述を残しているが、その中でパンの製法を正確に紹介している。その概要は、

「麦を荒びきにした粉を、味噌こしのようなものでふるい、ぬるま湯を桶に入れ、その中に麦の粉を適当に入れ、塩を少々おとす。一夜おいて翌朝粉を加え、それをこね

て一つ一貫匁（三・七五キロ）ほどの餅にする。それをペーチカの中へ十個から二十個も入れて蒸焼きにし、食事の時に小刀で切って食う」

と、観察はこまかい。

安芸（広島県）の久蔵という人の漂流記には、

「（ロシアでは）獣肉をかまぼこにも仕《つかまつ》り……」

と書いてある。ハムのことである。ハムがかまぼこのようにみえたわけだが、久蔵にとってはまことに不思議な食物にみえたのだろう。

フォーク、ナイフ、スプーンを使う食事方法も、漂流者には珍しいことであった。大黒屋光太夫の談話を桂川甫周《ほしゅう》が記録した「北槎聞略」には飲食の情況が詳しく書かれているが、この観察も鋭い。食卓上に「一人毎に七八寸計《ばかり》なる浅き皿と深き皿と二枚かさね、大麦と小麦の大さ饅頭程なる焼餅（パンのこと）おの〳〵一塊置《ひとつおき》、其上にチャプタとて、白布の方二尺四五寸計《ばかり》なる手巾《てぬぐひ》を小さく菱形にたゝみかけ、皿の向《むかう》の方《かた》に小刀を横におき、右の方に匙、左の方に了を置《おく》、酒盞《さかづき》を添《そへ》てならべ置《おく》」と、詳細をきわめている。この一文の中で、了という文字があるが、そこには「くまで」というふり仮名が添えられている。フォークのことである。落葉などを掃く熊手に似ているることから「くまで」と訳しているのだが、「箸のごとくに用るもの也」と註釈もついている。

異国人の生活は、漂流者にとって驚きの連続であった。或る漂流者は、異国人たちの生活は笑い声と泣声が同じだけで他のことはすべてが日本とちがうと述べている。「北槎聞略」には、珍しい情景として、「夫婦連（れで）行《あるく》には必ず臂《ひぢ》を聯《つらね》て行《ゆく》」と書いてある。江戸時代では、夫婦が腕を組んで歩くことなどなかったし、それを好奇の眼で見つめている。神を拝む時のロシア人の動作も、よく観察している。「……大指と食指、中指を撮合《つまみあわ》せ、ヲスポジポミルイと唱へながら、額、胸、右の肩、左の肩を押すなり」と、礼拝の順序をつたえている。

接吻は、漂流者たちを大いに驚かせた。記録には、接吻を「口をなめ合う」とか「口を吸い合う」などと記されているが、五郎治は、接吻の図まで描き、「……途中にて久しき人に逢たる節口を吸ふ也。……老若男女に限らず、知合の者、遠方より来る時、又行《ゆく》時、口を吸ふて別るゝ也。……双方より口を寄せてチウといふ也」と、接吻の音まで書きとめている。

江戸時代、日本にも親嘴《しんし》といわれる行為があった。接吻のことである。江戸の吉原では、おさしみといった。想像を逞しくさせる言葉である。が、それらは閨房内の行為であり、白昼、公然と、しかもロシアでは男同士の接吻もあるので、日本人は呆然とその情景をながめていたのだろう。

アメリカ人のボクシングなども、珍しい闘技にみえた。「長瀬村人漂流談」には、アメリカ人は「当身《あてみ》の稽古するよし。柔術、躰術とも異にして、厚き手袋をかけ、拳にて突く」と記している。日本人がアメリカ人と喧嘩をして眼を殴られ、負けたなどという記録もある。

ただしロシアでは、五郎治の記録その他でみる限り、日本人の方がロシア人より喧嘩は強いとされている。安芸の久蔵の漂流記では、

「(ロシアの国の男は六、七尺の背丈があるが) 力は日本人とは大に劣り、日本の達者な者一人に、彼国の人四、五人参り候とも (負けない)」

などと威勢のよいことが書かれている。久蔵は、僧籍にもあったいわば教養もある人物でその陳述は冷静であり、それだけにこの叙述は面白い。

漂流者たちは、遊廓にも強い関心をいだき、或る者は登楼もしている。安い遊女を買うと性病になることはいずれの国でも同じだとして、

「安物を買候時は、必 (ず) 病をうつされ候由」

などと書かれている。登楼はしたが遊女と寝ることもなく帰ってきたような叙述が多いが、幕府への報告書であるので、偽りの陳述をしたものだと思う。

石鹸なども、不思議なものに思えたようだ。五郎治は、ロシア語で石鹸をメイラというと紹介し、ロシア人すべてが朝、洗顔の時に、手にメイラをすりつけて水を掌に受け、顔や手を洗うと書いている。

メイラの効用として、肌を美しくし、面瘡をなおし、陰茎、肛門の痛みをやわらげるとある。さらに産婦の陰門にメイラを塗ると、児がすべり出るように産むことができるとも述べている。それにつぐ叙述に、

「(石鹸を) 温《ぬる》み湯にて解《とき》て、水鉄砲にて尻穴より込入《こみいれ》、熱気を払也《はらふ》」

とある。発熱した病人に石鹸水の灌腸をすることをさしているのだが、注入器を水鉄砲とは面白い。

アメリカでおこなわれはじめていた写真撮影も、漂流者には驚異であった。少々長いが、「長瀬村人漂流談」から紹介してみる。

「アメリカには、人の生姿《いき》を鏡に移して売るもの有《あり》。……其移しざまは、水晶の玉(レンズ) を覗目鏡《のぞきめがね》の如く台にかけ置《おき》、移さんといふ人の前へす (据) ゑ、玉に姿の移るの時、赤がねのよく磨きたる板を玉のうしろへ立 (て)、玉よりすけて板に姿の移る時、ありありと一人の姿留《とどま》る也。彼国にては皆我姿を写し持 (ち) 居れりとぞ。又、舟に乗歩行ものは、夫婦互ひに生姿取かはし……」

と、一生懸命の描写である。

異国に漂着した者たちの中には、一生帰国できなかった者も多い。それは、幕府の鎖国政策によるものであるが、ロシアに漂着した者たちのように、ロシア政府の求めで日本語伝授者としてとどめおかれた者もいる。

漂流記を読んでいると、それら異国に残されて死亡した人の哀れな境涯が思われ、胸が痛む。

（「オール読物」昭和50年3月号）

「北天の星」ノート（三）

——丁髷《ちょんまげ》とスキー

現在、関心をいだいていることの一つに、スキーがある。スキーを楽しむというのではなく、その歴史に対しての関心である。

スキーが初めて日本に紹介されたのは、明治四十四年来日したオーストリア武官レルヒ少佐によるとされている。レルヒ少佐は、新潟県高田市の第十三師団に赴き、スキーを教えたのである。当時のスキーは、ストックが一本で、その長さは六尺（一・八二メートル）もあり、船をこぐ棹のように雪面を突いてスキーを進めたのである。

スキーの歴史にふれた書物には、レルヒ少佐の来日が日本のスキー史の始まりであると記されている。それに異義を唱えるわけではないが、少し気がかりなことがある。

現在、私は、新聞に五郎治という江戸時代に生きた男を主人公にした小説を連載している。かれは、エトロフ島の番人小頭であったが、文化四年（一八〇七）、来攻したロシア艦に捕えられ、左兵衛という番人とともにシベリアに連行される。その後、五年間シベリアで過ごし、帰国したが、その間に種痘術を修得し北海道南部で種痘をおこなった。日本で初めて実施された種痘であった。

五郎治は、異国からの帰国者のすべてがそうであるように幕府の厳しい取調べを受け、それに対する陳述記録が残されている。捕われたいきさつ、シベリアでの放浪生活、そして帰国に至るまでの経過が、詳細に述べられている。

その記録の中に、ツングース人と雪中を旅した折のことが記されているが、そこには左のような注目すべき文字がみえる。

「（雪中の旅には）……五尺余りの板にて製したるカンチキ履行事《はきゆく》なれば……」

五郎治は、カンチキと言っているが、五尺（一・五メートル強）余の長さのスキーであることは疑いの余地がない。五郎治と左兵衛は初めてスキーをはいたわけだが、おそらく何度も滑って倒れたのだろう、老いたツングース人の方が速く、「……右の年寄に追附《おひつく》事不レ叶、程《ほど》なく見失ひ……」と、記している。

五郎治のはいたこのスキーは、どのような形態をしたものかを探るため、作家の瓜生卓造さんに電話でたずねてみた。瓜生さんは、「スキー三国志」という著作もあるスキー通で、私の質問に長文の手紙で回答して下さった。それによると、五郎治の記述した五尺余の長さのカンチキとは、五郎治が旅した地方一帯で使用されているスキーと長さが一致し、ツングース族が使用していたという。

幅は、十五センチ〜二十センチと広く、スキーの裏にアザラシの皮がはってある。ストックは、一本だという。このことについては、「世界のスキー発達史」中の福岡孝行氏記の「スキーの誕生」によってもたしかめることができた。

江戸時代にロシアへ漂着した者は多く、帰国者は幕府に陳述書をとられ、また有識者によってその見聞記が編まれているが、それらの記録をあさってみても、スキーをはいたという記録は、五郎治の陳述書以外には見当たらない。黒龍江下流地域を探険した間宮林蔵の「北蝦夷図説」中に、スキーをつけたツングース人らしき男の図が描かれているが、林蔵自身がスキーをはいたとは記されていない。

五郎治が、日本に帰ってからスキーを作ってそれをはき、滑ってみせた、と推測するのは大胆すぎるだろうか。松前に住んでいた五郎治が、種痘のみならずスキーも日本に初めて伝えたと考えても不思議はないように思えるのだが……。

しかし、これは今のところ確証がなく、あくまで推測の域を出ない。五郎治研究者は極めて数少なく、厳密に言えば、現存者としては松木明氏と阿部龍夫氏の二人であるが、両氏とも、スキーと五郎治との関係についてはふれていない。

少なくとも記録上、日本で初めてスキーをはいたのは明治四十四年にレルヒ少佐に教わった陸軍将兵ではなく、それよりも百年も前にシベリアの雪中を旅した五郎治と左兵衛であるのは確実である。

（「月刊エコノミスト」昭和50年5月号）

「北天の星」ノート(四)

——川尻浦の久蔵

日本に種痘が公式に移入されたのは嘉永二年(一八四九)である。鍋島藩主の命をうけた同藩藩医楢林宗建が、オランダ商館医官モーニッケの協力を得てバダビヤから長崎に運びこんだ痘苗を使用し、三男の建三郎に接種して成功したのである。その後、つぎつぎに接種をおこない、唐通詞潁川四郎八の孫に植えた痘から得たかさぶた八粒が、京都の医家日野鼎哉に送られ、それから大坂、福井、江戸などに伝えられ全国にひろがっていった。

しかし、非公式には、それより二十五年前に、蝦夷の松前、箱館で五郎治という男が、多くの者に種痘をおこなった。五郎治は、エトロフ島番人小頭で、来攻したロシア武装船に捕えられ、ロシアに抑留された。その間に、かれは、ロシア人医師について種痘の方法を習得し、松前に送還された後、種痘をおこなったのである。

その種痘がなぜ全国にひろがらなかったかと言うと、かれはそれを生活の糧とし、他の医師に伝えることを拒みつづけ、その死とともに種痘が絶えてしまったからである。

以上が、日本の種痘導入史であるが、五郎治よりもさらに十年以前に種痘を手がけようとした人物がいた。安芸国川尻浦（広島県川尻町）の久蔵であった。

久蔵は水主で、文化七年（一八一〇）摂津国御影村の加納屋十兵衛船――歓喜丸（十六人乗り、沖船頭平助）に乗っていたが、紀州沖で船が難破し、漂流した。そして、翌年閏二月七日にカムチャツカ半島に漂着、その地で沖船頭の平助ら九人が凍死した。

残りの七人はオホーツクに送られ、文化九年、日本領クナシリ島に送還されることになったが、久蔵のみ残された。寒気に脚部の血管をおかされ、片足の切断手術を受けたからであった。

翌文化十年九月十六日、かれは箱館に送られ、きびしい訊問を受け二ヵ月間入牢させられた後、江戸、大坂をへて翌年の五月十三日、故郷の川尻浦に帰りついた。

久蔵については、川尻町に資料が残されている。「魯斉亜国漂流聞書」で、同浦の庄屋小三郎と与頭四郎右衛門が聴取し郡役所に提出したものである。

その写本に、久蔵がロシアから持ち帰った品物が列記されている。

一、ギヤマン徳利壱対但二つ　イギリス産

一、メリヤス足袋壱つ　ヲロシヤ産

一、ツムキ風呂敷壱つ　産不明

などで、その中に注目すべき品名が記されている。

一、ヒイドロ五枚　ヲロシヤ産　但し此ヒイドロの内に疱瘡之種入置御座候

疱瘡（天然痘）の種とは痘苗のことで、ヒ（ビ）イドロの容器に入れて持ち帰ってきたのである。

この記述に、説明が付されている。

「此疱瘡種と申品は、魯西亜国にて、此種を以て、未だ疱瘡不仕小児へ、疱瘡を植、宜敷所斗《ばか》り江、少々疱瘡を出し、夫切《それき》りにて軽く相すみ候由。猶又、自然と出候疱瘡重り候得者、軽く相凌ぎ候。療治方も見習戻り候趣きに御座候。……」

この一文を見ると、久蔵が庄屋と与頭に申し述べた種痘法の説明は正確で、その方法を習得してきたことが知れる。

さらに、日本でまだおこなわれていないこの療法を、久蔵が家伝として実行したい

ので、役所で許可を得たいとも記されている。

その後、かれは芸州侯松平安芸守の前で種痘の説明をしている。疱瘡の種をぬるま湯でとき、腕に小刀で傷をつけてそこに塗れば、一生疱瘡にかからぬと述べた。さらに、それがイギリス（の医師ジェンナーの手）で開発され、ヨーロッパをはじめ各国にひろがっていることも伝えた。

しかし、座に並ぶ藩士たちには信じがたいことで、一笑に付されてしまった。もしも、その折に藩が久蔵の願いを受入れ、また持ち帰った痘苗が効力を発揮したとしたら、芸州藩は、長崎で種痘が成功する三十五年も前に、日本最初の種痘のおこなわれた地になったのである。

嘉永二年、長崎に公式に導入された種痘法が芸州藩につたえられ、藩医三宅春齢が領内の普及につとめた。春齢は、たまたま、三十五年前に久蔵が種痘法について藩主に説明したことを耳にし、また郡役所に残されていた久蔵の聞書中に、痘苗を持ち帰ったことが記載されているのを眼にして、自著「補憾録」中にその旨を書きとめ、久蔵の不運を嘆いている。

異国からの帰還者である久蔵は、船に乗ることも他国に行くことも厳禁され、不自由な生涯を送った。生活は困窮をきわめ、長崎で種痘が成功してから四年後の嘉永六年、六十七歳で死んだ。妻帯はしたが子に恵まれず、その墓の所在もあきらかではない。

（「歴史と人物」昭和53年11月号）

「赤い人」ノート
――北海道開拓と囚人

五年前の秋、北海道へ赴いた。朝日新聞に連載されていた「流域紀行」の石狩川編を私が担当し、紀行文を書くためであった。

石狩川河口から源流までたどることにし、河口の石狩町に行き、さらに車で五十キロ上流の月形町に向った。初めて訪れる町であったが、明治年間、北海道初の集治監が置かれた地であるという知識は持っていた。

町には、当時の集治監の庁舎がそのまま遺され、町はずれには囚人墓地があった。墓地といっても墓標もない空地で、埋葬した遺体の位置をしめす土の盛り上りがつらなっている。石碑が一基ぽつんと立っていて、そこには「樺戸監獄死亡者供養塔」という文字が刻まれていた。囚人の開墾した田は監獄たんぼと称され、本監通りという名の道もある。私は、祖父が看守だったという町役場の熊谷正吉氏の案内をうけて町の中を歩いている間に、明治の歴史がそのまま遺されている地にふみこんだような不思議な感慨をいだいた。

その町への訪れは、私にとって出遭いともいうべきものであった。その後、私は数度町に足を運び、そこに設置された集治監が、明治という時代を象徴する性格をもっていることを知るようになった。

明治維新という大内乱を経て新政府が樹立された後、政府部内の対立によって佐賀の乱、神風連の乱、萩の乱、西南戦役が続発し、それらの争乱で賊徒として捕えられた者は四万三千名にも及び、また世情の混乱で犯罪者が激増し、政府は収容施設の不足に悩んだ。獄舎は不備で、その上囚人が多数押し込まれたため、年間千名以上の破獄事件が頻発し、明治十三年には脱獄者が千六百二十名にも達した。

これらの囚人を収容するため、政府は大規模な集治監の新設に迫られ、設置場所が検討された。その結果、人跡も皆無に近い北海道石狩川沿いの地――現月形町が選ばれたが、それには、特殊な意味があった。

新政府にとって最も重要な政策の一つは北海道開拓であった。未開にひとしいその広大な地は多くの資源に恵まれ、またロシアと接する国防上重要な地でもあった。新政府は、その政策を推し進めるため補助金を支出して移民奨励をおこなったが、移民政策ははかどらず政府の財政をいちじるしく圧迫した。

そうした情勢の下で、政府は多数の囚人を北海道に送りこむことによって、その労役を開拓事業に利用することを思いついた。国費をついやすことなく囚人を駆使することができ、しかも苛酷な労働を強いることもできる。政府から派遣された北海道視察使金子堅太郎は、復命書で、もしも囚人が重労働に堪えきれず死亡すれば、囚人数の減少による監獄費の支出減となり、国家予算にも好結果をあたえると苛酷なことを述べている。この復命書はそのまま受け入れられたが、囚人を開拓事業の主要な労働力とし、その死をむしろ好ましいものとする考え方は、その後も明治政府のゆるぎない姿勢になった。

初め労役は開墾が主であったが、北海道開拓の基礎は道路開削にあるとされ、囚人たちは、原始林をひらき峰を越え谷を渉《わた》って、幹線道路の開通工事に従事した。

さらに、政府部内の意見によって開拓事業に民間大資本が投入され、それらの経営する鉱山に囚人たちが使役された。かれらの労働の成果はいちじるしく、それに伴って囚人の死は激増した。

月形村（当時）は、集治監の設置によって、道内で函館とともに一等郵便局が置かれたほど北海道屈指の大きな町に発展した。それは、囚人の存在が北海道にとってきわめて重要なものになっていたことをしめしている。

新政府の基礎がかたまると、藩閥政治の打破と国民の意志を政治に反映すべきだという自由民権運動が起り、それらの逮捕者も北海道の集治監に続々と送られてきた。大津事件の津田三蔵も押送され、徴兵忌避者たちも収監された。

戦争も、囚人と無関係ではなかった。日露戦争が起ると、元網走分監長有馬四郎助は、北海道の囚人を戦場で軍夫として使役する案を政府に提出した。最前線への物資輸送はきわめて危険で、人馬の損失がいちじるしく、囚人を代行させようというのである。が、この案は、囚人の逃亡の公算が大きいという理由で不採用になった。

囚人の過重な労役は、一種の死刑に似たものでもあった。厳冬の寒気、粗末な食物がかれらの肉体をむしばみ、生きて出獄できた者はきわめて少なかった。

明治年間、北海道の開拓事業は、これら囚人の手によって強力に推し進められた。つまり、設置された集治監の歴史は、北海道開拓史そのものと言っても過言ではない。現在、道内に通じる主要幹線道路は、囚人の死と背中合わせの労働によって開かれたものである。

明治政府の北海道集治監の囚人対策は、政府の富国強兵策をそのまま反映したもので、集治監の歴史は、明治という時代そのものの象徴とも言える。

囚人の死者はおびただしく、月形町に残された墓地に埋葬されている千四十六体の遺体中、遺族に引き取られたのは二十四体に過ぎない。医療方法も粗末で、死因の八十三パーセント強が心臓麻痺で片づけられ、他に百十三体が逃走にともなう銃・斬殺、溺死、餓死、事故死、自殺となっている。

現在、月形町では、当時の庁舎を博物館として豊富な資料を展示し、史書の編纂につとめている。墓地には新たに墓標が建てられ、慰霊祭もおこなわれている。国家の利益のための労働を強いられ死亡していった多数の囚人の悲運に胸がしめつけられるが、かれらの苦闘の跡を、一つの歴史として遺そうと地道な努力をつづけている町の人々に、かれらもわずかな慰めを感じているかも知れない。

（「朝日新聞」昭和53年1月5日）

「羆」ノート
——人間と土

六年前の晩秋に北海道の留萌へ行った時、苫前町まで足を伸ばす気になった。

その頃、私は、「羆」という短篇を書き、道内の羆射ちの猟師に会ったり、羆の生態について調べていたが、その間に苫前町の六線沢という十五戸の小村落で、六人の男女が羆に襲われ殺されたことを知った。大正四年のことで、事件後、人々は羆に再び襲われることを恐れて土地を捨てたときいていたが、留萌で、当時の生存者二名が苫前町にいることを耳にし足を向ける気になったのである。

苫前町古丹別支所で、生存者である辻亀蔵氏と池田亀次郎氏に会った。生存者と言っても、事件があった頃、両氏ともまだ七歳であった。

しかし、大きな出来事であっただけに両氏の記憶は鮮やかで、しかも少年の眼、耳を通した事件当時の回想は、生色にみちていた。

辻氏の何気なくもらした言葉が、私には印象的だった。

羆は、最初の日に、少年と主婦を殺しているが、辻氏は、

「その夜は通夜で、米の飯を食べることができて嬉しかった」

と言った。

その開拓村落では、米飯を食べるのは正月と盆に限られ、それ以外は雑穀と芋類しか口にしない。が、通夜には米飯が炊かれ、その思いがけぬ食物に少年であった辻氏は喜んだのである。

死者が出たことによって米の飯を食べられたことに喜びを感じる少年。その話に、私は人間の営みというものの厳しい姿を見た思いであった。

事件後、人々はその地を捨てたが、終戦直後に外地からの引揚者たちが家族とともに入植した。かれらは、やがて、その地に羆事件が起ったことを知って去ったが、一家族だけはふみとどまり、現在でも農耕に従事しているという。

私は、この家族の存在に興味をいだいた。

空襲がつづいていた頃、私は東京の一郭で、爆弾の落下音におびえながら日を過ごした。敵機の飛来しない地方に逃げたいと思いながらも、生れ育った土地と家からは

なれられぬ自分が苛立たしかった。土地が自分にかたくからみついてはなれぬのを感じた。家が焼夷弾で焼けた時の深い安堵は、土地から自由にはなれられることができる解放感故であった。

私は、稀な獣害事件のあったその地にふみとどまっている家族に、空襲下の都会からはなれられなかった自分をふくむ人々と共通した人間の本性を感じた。

辻氏の家の傍に小さな石橋があり、それを渡った渓流沿いの地が羆の横行した六線沢である。現在でも、その附近には羆が姿をあらわすという。私には、その橋を渡る勇気がなかった。生存者の回想をきいた私は、恐怖で足がすくんでいた。

その後、旭川営林局の農林技官木村盛武氏が、事件を調査したことがあることを知って、記録をお借りした。私は、それを重要資料として筆を進めた。

事件は、現実に起ったことである。が、私は、その事実をこまかく砕き、自己のものとして咀嚼し、自らの内部ではぐくむことにつとめた。事実を突きぬけた場で、作品を構築したいと願いつづけた。

私が「羆嵐」で書きたかったのは、土である。人間と土との関係が書ければ、私の創作意図は達せられる。それが果せたか否かは、私にはわからない。

執筆中、私は羆に襲われて食い殺される夢をしばしば見て、眼をさました。そのこ

とを朝になって息子や娘に言うと、

「子供みたいな夢をみて……」

と、かれらは笑った。

羆の夢を見ることは、最近になってようやく少なくなっている。

(「新刊ニュース」昭和52年7月号)

「鳥の浜」ノート
——鳥と毬藻

私の胸に、時折り鳥の群れる光景が鮮明にうかび上ることがある。それは、地下鉄の満員電車に乗って中吊り広告を見上げている時や、小さなバーで女や酔客のにぎやかな声につつまれながら酒を飲んでいる時などに、唐突に訪れてくる。

荒波が絶えずしぶきを撒き散らして押し寄せている北海道の海浜の小村落。そこには、海に突き出た岬が切り立った断崖の岩肌を露出させ、その根に数十戸の漁師の家々が、シケのあと磯に打ち寄せられた漂流物のように寄りかたまっている。

その小村落で、私は、三年前の夏、鳥の群を見た。

北海道増毛町大別苅——

大別苅は、町村合併で増毛町に併合されたが、町からかなりはなれて孤立していることからも小村落と言うにふさわしい。

初めて訪れた私の眼に映ったのは、荒々しい断崖と低い漁師の家々と、そして鳥の群れであった。鳥は、いたる所にいた。海岸に立つ番小屋の周辺にも路上にも、家々の屋根にもいた。空を見上げると、鳥は高く低く飛び交い、岬の頂きにも羽を憩うている鳥の群れがみえた。

私は、路上を歩く鳥を見つめ、さらに視線をのばして屋根や頭上の空を見上げた。村落に鳥が棲みついているのではなく、鳥の集団の中に人が棲みついている、と私には思えた。と同時に、波の寄せる海と断崖につつまれた袋小路の奥のようなこの狭い土地に、人間が無理にわりこんで村落を営んでいるようにも感じられた。

しかし、その強引さも、この地の自然の営みを変えさせるまでには至らなかったようだ。海は絶えず荒い波をたたきつけ、岬の断崖は人々の生活圏を限定させ、鳥の群も人間の生活を無視したように群れている。

　鳥の姿を眼で追う私に、案内してくれた土地の人は、

「これでも鳥は少なくなりました。鰊漁《にしんりょう》でにぎわっていた二十年前までは、頭や肩にとまったり、子供の眼を嘴《くちばし》で突いたりしたほどたくさんいました」

　と、言った。

　鳥は、岸に寄せられる魚介類を餌にしているというが、人間の生活とは無縁に生きつづけているようだった。鳥は、なんとなく人間に似てみえた。ゆっくりと足踏みをするようにはねる動きには、鳥類の警戒心にみちた機敏さはなく、その啼き声も野鳥の鋭いそれとは程遠い。傍若無人という言葉通り、鳥は人を恐れず村に棲みついている。

　その折りの旅以後、私の胸には、鳥の群れる村落の情景が前ぶれなく訪れるようになり、それに伴って、その地で起った終戦直後の一事件がよみがえってくるのが常であった。

　終戦の日から一週間後の昭和二十年八月二十二日午前四時頃、大別苅の沖合を「小笠原丸」という一、三九七総トンの逓信省所属の海底線布設船が南下、航行中であった。

終戦の日、「小笠原丸」は、利尻島方面の海底電線修理工事の準備で北海道の稚内に入港していた。戦時中の船舶の損耗ははげしく、制式海底線布設船として残されていたのは、「小笠原丸」一隻のみになっていた。

同船は、内地の基地である横浜におもむく予定になっていたが、宗谷海峡をへだてた樺太へ急ぐようにという指令を受けた。

すでに八月九日にソ連が参戦し、樺太に進駐してくることが予想され、避難民が南端の大泊に続々と集ってきて、引揚船の入港を待っていたのだ。

同船は、その緊急指令にしたがって、八月十七日夜稚内を出港、翌朝大泊に入港した。そして、同港にひしめく約千五百名の老幼婦女子を乗せ稚内に送りとどけた。が、同船は再び大泊に引返し、殺到する避難民を収容して、八月二十日午後十一時大泊港岸壁をはなれた。その日の早朝、ソ連軍が樺太西海岸の真岡に上陸していたので、大泊港は騒然としていた。

「小笠原丸」は翌日午前十一時に稚内に入港したが、列車の便が大混乱を起していたので、小樽港にむかう同船に便乗することを希望する者が多かった。

翠川信遠船長は、下船をうながしたが、約六百名の避難民は応ぜず、やむなくその日の午後四時頃、稚内を出港した。

戦争も終結していたので、「小笠原丸」は電光を煌々とともして南下した。途中、小雨が降り出し、デッキに寝ころがっていた避難民たちは、争って船内にもぐりこんだ。至る所に人間と荷物が充満し、船内は立錐の余地もなくなっていた。

午前四時二十分頃、水中聴音機係の警備隊員が、突然接近する魚雷音をとらえた。すでに戦争は終り、アメリカ軍も潜水艦の戦闘行動を完全に停止したと発表していた。そうした中で、魚雷の接近音は理解しがたいことであった。

船は急速回頭し、魚雷をはずしたが、再び魚雷音が近づき、船尾の右舷に命中、火柱と水柱が大轟音とともにふき上った。

沈没は瞬間的で、船は、尾部から海中に吸いこまれていった。

小雨をさけて避難民たちは船内に入りこんでいたので、ほとんどすべてが船内にとじこめられたまま海中にのみこまれ、約六百名の避難民中ボートや救命筏《いかだ》に乗ることができたのは、男五、女十一、少年三のわずか十九名のみであった。また船員は、船橋、甲板その他で勤務していた者が多かったため、九十九名中四十三名が死をまぬがれた。

かれらは、ボートで大別苅の海岸にたどりついて、村に救助を乞い、村人たちは漁船を出して救命筏にしがみついて漂流していた者たちを救出した。

大別苅の漁師たちは、小船で海上一帯を捜索したが生存者はなく、日没までに二十九体の遺体と約百五十個の荷物を拾い上げたのみであった。

雷撃した潜水艦が諸情況を考えてソ連海軍所属のものだという声が高かったが、それを確証できるものはない。ただ避難民と乗員約七百名を乗せた「小笠原丸」が撃沈されたという事実が、厳として残されているだけなのだ。

私が三年前の夏、大別苅を訪れたのは、その事件を小説に書くためで、題名は、「烏の浜」と名づけた。


烏の群れる村落――増毛町大別苅の光景は、「小笠原丸」沈没事件と重り合って、私の内部に色濃い印象としてきざみつけられている。

沈没日の海上捜索で生存者はなく二十九体の遺体のみが発見されたということは、船が、乗船者のほとんどを密閉した容器の中につめこんだように、急速に海中へ沈下していったことをしめしている。そして、その二日後に九体、六日後に二体、十三日後に一体、十四日後に二体、十五日後に四体、十六日後に二体の遺体漂着がみられた。

それを最後に海岸への遺体の漂着は絶え、その後は、漁網の中に魚類とまじった遺体がみられたが、それらは性別不明の腐爛したものばかりで、遺体数は総計五十七体であった。

また潮流にのって遠く稚内方面に漂着した遺体もあったが、その記録は増毛町役場に残されている。

一　本籍、住所、氏名不詳　女　十二歳位
二　人相　全身腐爛
三　着衣　パンツ、其ノ他ナシ
四　時及場所　九月六日稚内町抜海海岸ニ漂着

一　本籍、住所、氏名不詳　女　三歳位
二　人相　腐爛判明セズ
三　着衣　嬰児用腰巻一、附近ニ札幌市南一条東七丁目上松太一様方ト書キタル札アリ
四　時及場所　九月八日稚内町字坂ノ下海岸ニ漂着

これらの記録をみても、荒い潮流にながされている間に、衣服ははがれ、遺体は腐蝕されてしまっていたのである。

私は、北海道へ行く度に大別苅に行ってみたいとしきりに思った。海岸から西北方約五浬《かいり》の「小笠原丸」沈没位置の海を、再び眼にしてみたいという願望が、北海道の地をふむ度に、つのった。

今年の一月中旬、札幌に所用があって旅をすることになったが、私は、この機会に鳥の群と海を見ようと決意し、コースを変更して前々日に羽田を発《た》ち、旭川までYS11で飛んだ。旭川にも、小説の資料を入手する用事があったのである。

旭川は、雪に埋もれ、零下二十度近い寒気につつまれていた。人々の吐く息は白く、私の顔も手も凍りついたように冷たくなったが、その冷気は爽かなものに感じられた。

翌朝早く旭川を車で出発した私は、果てしなくひろがる雪をながめながら、不意に或ることに気づいた。車窓の外を流れる雪から判断して、大別苅にもかなりの雪が積っているにちがいない。地表がすべて厚い雪におおわれた大別苅に、果して鳥の群がいるか、不安になった。

鳥は、海岸に打ち寄せられる魚介類を餌にしているという。雪は、それらをもおおいかくしているはずで、鳥の群は餌のなくなったその地をはなれ、他の地に移動しているにちがいなかった。

私は、自分の迂闊さに呆れた。小説の題を「鳥の浜」としたように、その小村落は鳥と切りはなして考えることはできない。「小笠原丸」の沈没が、鳥の群れる浜の沖合であったことが、暗示的にも感じられ、さらに遺体がその浜に漂着したことも、私の想像を豊かなものにしていた。

鳥は、海岸に打ち上げられた遺体をながめ、村人たちの遺体収容活動も眼にしたにちがいない。おそらく葬列には、鳥がしわがれた啼声をあげてむらがり舞っていただろう。

車が山道にかかり、峠の頂きに近づいた頃、雪が霏々《ひひ》と舞いはじめた。窓は湿気で白っぽくくもり、フロントガラスのクリーナーが描く扇型のガラス面に、乱れ舞う雪片がみえるだけになった。

峠を越え、車が道を下りはじめても降雪はおとろえず、一層激しさを増した。増毛町の標識が、扇型のガラス面に浮かび、後方に流れて消えた。町は深い雪に埋もれ、激しい降雪の中にひっそりと静まりかえっていた。

町役場に入ると、三年前の夏に小説の取材に協力してくれた役場の人たちが、迎え入れてくれた。私が、大別苅に鳥はいるかとたずねると、かれらは、

「さあ」

と、頭をかしげ、

「鳥はいなくてもウミネコならいる」

と、答えた。

失望感が、深まった。ウミネコは、海面にひらめく魚をねらうので、雪が地表をおおっても餌の摂取には事欠かない。が、地上に餌を求める鳥は、降雪とともに姿を消しているにちがいなかった。しかし、ここまで来たかぎり、「小笠原丸」沈没位置の海だけでも見たいと思った。はげしい降雪にけむる海を見るだけでも、旅の目的の一端は果せる。

役場の人たちの案内で、私は、車で大別苅にむかった。右手に日本海がひろがった。波は荒く、雪が風にあおられて舞い、北の海は荒涼としていた。積雪はさらに増し、除雪車が太い首で粉雪を吸いこみ海方向に撒き散らしている。車は、うねりくねった海沿いの雪道を進みつづけた。

やがて、車は大別苅の村の中に入り、細い路をたどって海岸に出ると、停止した。

私は、ドアを開けて車外に出た。その瞬間、私は、黒色の大柄な野鳥を眼にして立ちつくした。鳥は、いた。雪におおわれた路上にも、屋根の上にも、浜にも鳥はいた。もやわれた漁船のマストにとまった鳥は、横なぐりに吹きつける風雪に全身の羽毛をなびかせて首をちぢめていた。空地の雪の上には、十数羽の鳥がたむろしていた。その鳥たちの羽毛もはげしく風にふかれ、粉雪が附着しては飛び散っていた。

前方に、見覚えのある岩山がそびえ立っていた。土地の人たちは、ローソク岩と俗称しているが、それは高々と雪空にそびえ立つ塔のようにみえ、その頂きにも中腹の松の枝にも鳥が何羽もはりついていた。

頭上に鳥の啼き声がして、眼をあげると、風に乗った鳥が驚くような速さで村の裏手につらなる丘陵の方へ群れをなして流れてゆく。その丘の樹木にも、点々と黒い色がみえた。

鳥は、なにを餌に生きているのだろう。漁師が漁からもどってきた時、魚をかすめとってついばむのか、それとも捨てられる魚の臓腑を餌にしているのか。いずれともわからなかったが、私は、鳥の群れの逞しい生活力を感じた。

私は、深い雪の中を歩むと、小さな堤防の上にあがった。とたんに雪片が頬にたたきつけ、強風で息があえいだ。眼前に、白波を随所に立たせた海がひろがっていた。

私は、増毛町大別苅西方約五浬と記録されている「小笠原丸」沈没位置の方向に眼を向けた。

私は、無性に煙草がすいたくなった。強風でライターの火はつかぬはずだったが、掌でおおうと煙草に赤く火が点じた。しかし、煙草を一服すうと、巻紙が茶色く変化して灰はとび散り、私は、煙草を捨てた。

鳥が一羽、頭のすぐ上で羽を動かしていた。風の吹く方向に進もうとしている鳥は、ただ羽をあおっているだけで動かない。そのうちに、頭を逆方向にひねると、鳥は早い速度で体をななめに流れていった。

手も顔も、冷たく凍りついたように感覚が失われた。体は、風でゆらいだ。私は、海の一点に眼を向けつづけた。そこには、六百余の遺体が海の柩のように「小笠原丸」の船体とともに沈んでいる。沈没時からすでに三十年近くが経過しているが、その出来事は土地の人の記憶に残されているにすぎない。そして、村に葬列が湧く度に、記憶する人々の数も減少して、やがてその存在も消え去ってしまうだろう。

黒いものが頭上をかすめすぎて、近くの杭の頂きにとまった。私のオーバーは、雪片におおわれ、額に附着した雪がとけて首筋にしたたり落ちた。

私は、堤防からおりた。車にもどると、急な温気が顔をこわばらせた。私は、顔を掌で強くこすった。

車が細い路をぬけ出ると、食料品店の前でとまった。休憩してゆこうという役場の人のすすめで、私は店内に入り、ストーブのおかれた広い座敷にあがった。

四十歳ぐらいの逞しい体つきをした男が、ストーブの傍であぐらをかき、漁網の手入れをし、六十年配の整った顔立ちをした婦人が、流し場に立っていた。婦人は櫛引《くしびき》キヨといい、男は息子で、漁師であった。

「小笠原丸」沈没事件について、キヨさんは、克明に記憶していた。

昭和二十年八月二十二日午前四時二十分頃と言えば、まだ夜は明けず、村は目ざめてはいなかった。

「ヨンズ（四時）すぎ頃だったかね、ガチーンと沖の方から物凄い音がしたの」

キヨさんは、茶を私に差し出しながら言った。

家族はその轟音ではね起き、当時健在であったキヨさんの夫は、浜に走った。キヨさんは、いぶかしみながらも朝食の準備をはじめ、長女に「豆腐を買ってこいや」と籠を持たせて家から出した。が、長女がすぐに駈けもどってくると、

「母さん、大変だわ。沖にボートが何艘《なんぞ》も流れてる」

と、叫んだ。

キヨさんは、驚いて家の外に飛び出した。すでに、夜は白々と明けはじめていた。

「そこに岩が見えてるでしょう。その上手《かみて》あたりに、ボートが流れてるの見えてったの」

キヨさんは、ガラス窓の外を指さした。海岸から数百メートルはなれた海面に、白い波の飛沫をあげている岩が見えた。

ボートに乗った人たちは、ほとんど半裸で、頭に赤い鉢巻をしめている者もいる。村人の中には、爆発音につづいて沖合から機銃の発射音が二度、三度起ったのを耳にしていた者もあったので、近づいてくるボートに極度の警戒心をいだいた。キヨさんも、駈けもどってきた夫に、

「家から出るな」

と言われ、家の中に入った。

「そのうちに、浜からみんながワーッワーッと泣いてきたんだわ。シナ人（中国人）が攻めてきたと言うの」

キヨさんは、眉をしかめた。

このことについて、私は、三年前の夏、「小笠原丸」の船員と増毛町の関係者双方からの証言を得ていた。

ボートが浜につくと、船員の一人がおびえきった漁師に近づき、避難民をのせた「小笠原丸」が沈没したので、至急救助船を出して欲しいと依頼した。が、船員は、海上を漂流していたので寒さで口もこわばり、言語が不明瞭だった。それに、船員は

長崎出身者であったので、その訛が漁師たちに奇異なものとして感じられた。

漁師たちの耳に、「オガサワラ」と「ヒナンミン」という言葉だけがとらえられた。恐怖心で冷静さを欠いていた漁師たちは、「ヒナンミン」を「シナミン」と解し、小笠原島から来たシナ人という言葉として受けとった。

「ワーワーと泣いてきた」というのは、そのように誤解した人々が浜から逃げ出してきたのだ。

村は、騒然となった。山中へ逃げる家族もあれば、防空壕へもぐりこむ者もあった。キヨさんも子供たちとともに防空壕へ入ったが、食料をとりに一人で家へ駈けもどった。

「その時は、腰がファクファクふるえて、歩くのも歩けねくなったの」

と、キヨさんは笑った。

村から沿岸警備隊詰所を通じて増毛町役場に電話で、

「大別苅に支那軍が上陸してきた」

と、報告され、町長は、同町の全警備隊員に緊急出動命令を発した。

しかし、やがてオガサワラは小笠原丸、シナミンは避難民であることが判明した。

その折のことについて、キヨさんは、

「近くの仲良い友だちが、あんね、あんね、なもシナ人でないと。樺太の避難民の人だと。したから婦人会の人出ねばねから……と言われて、ほっとしたのよ」

と、言う。

キヨさんたちは、浜に集って行った。浜では藁を燃やし、生存者に煖をとらせたり水を吐かせたりしていた。村の婦人たちは、衣類を家々から持ち寄り、乏しい食物をあたえて介抱した。

一人の若い女は睡魔におそわれているらしく、眼を閉じる。それを船員が声をかけて、頬を激しくたたいていた。

「子供とはぐれた女の人が、沖を見ながら泣いて、泣いてね。まじ、すごいことだったの」

キヨさんの眼が、うるんだ。

キヨさんは、さらに「小笠原丸」以外に二隻の引揚船が難にあったことを口にした。

その一隻は、特別砲艦「第二新興丸」（二、七〇〇トン）で、「小笠原丸」が沈没してから約一時間後、増毛に近い留萌沖で雷撃を受け、大損傷を受けた。同艦の左舷方向に二隻の潜水艦が浮上、機銃掃射してきたので、砲撃で応戦しながら、辛うじて留萌港に入港した。同艦には、樺太からの避難民約三千四百名が乗っていたが、潜水艦による攻撃で約四百名が死亡した。

また、それから四時間余たった頃、「第二新興丸」の後を追うように航行していた引揚船「泰東丸」(二、〇〇〇トン)の船尾方向に一隻の潜水艦が浮上、無装備の同船は白旗をかかげたが、砲撃を浴びせかけられ、同船は沈没した。船には、約七百八十名の避難民が乗船していて、その中の六百六十七名が死亡したのである。

「戦争が終っても、安心できないねとみんなで言い合ったの」

キヨさんは、顔をしかめ、不安そうに窓から海の方に眼を向けた。

魚網のつくろいをしていたキヨさんの息子の鉄郎さんが、強い土地訛の言葉で、「小笠原丸」沈没位置のことを話しはじめた。

漁師であるかれは、船体が沈んでいる位置を熟知している。水深は四十尋《ひろ》というから七十余メートルの海底である。

船体は、魚の棲みつく恰好の場所になっていて、鉄郎さんの表現によると「魚のアパート」になっているという。ソイ、アブラメ、タコなどが群れ、潮がよどむらしくサバ、ホッケなども多い。

網をかけると、船の構造物にひっかかってしまうが、魚が豊富なので網をかける漁師が絶えない。

「いや、網がびっしりからんでいて、それはすごいもんだ」

と、鉄郎さんは言う。

時には、網に船の鉄片がかかって上ってきたこともある。その附近には、客をのせた釣り船が集り、休日などは、殊ににぎわうとも言う。遺骨のぎっしりとつまった沈船が、恰好の釣り場になっているという話に、私は時間の流れの不気味さを感じた。

散乱した遺骨は、海草や貝殻におおわれ、地肌もかくれているかも知れない。その附近を、鱗を光らせた魚の群れが游泳している。深い海底には、静寂がみち、骨は自然への同化をつづけている。やがて船体も海水に侵蝕されて、海底の砂にとけこんで消えてゆくにちがいない。

「鳥がたくさんいるので驚きました」

私は、話題を変えた。

「こんなもんじゃない、まっとまっと、たくさんいたったの」

キヨさんが、答えた。

鳥の数は現在の数倍もいて、子供の手にした食物をかすめとったり、頭を突いたりした。それが、終戦直後、突然鳥が大量死した。原因は、不明だという。

キヨさんの家を辞して、外に出た。降雪は一層激しく、駐車している車のガラス窓も白くおおわれている。

雪道に、一羽の鳥がいた。鳥は、両趾《りようあし》をそろえ悠長な動きで雪の上をはねている。その姿には、人間の生活をすべて知りつくしたような不遜な落着きが感じられる。「小笠原丸」沈没事件とそれにともなう村の騒ぎも、鳥には、人間の営みの一つとしてとらえられたにすぎないのではないか、とさえ想像される。

私には、その地を去りがたい感情が起っていた。雪の上にたむろしている鳥、風にふかれて粉雪を浴びながら杭の頂きにとまっている鳥、雪空を飛び交う鳥。それらの中で、沖を見つめて日をすごしたい衝動に駆られた。

町役場の人にうながされて、私は車の中に身を入れた。車が走り出し、家並がきれると左方に海がみえた。

私は、掌で窓ガラスの曇りをぬぐった。降雪にほの白くかすんだ水平線が、灰色の空にとけこむように接している。その海には、漁師が魚のアパートと口にした「小笠原丸」の朽ちかけた船体が、遺骨とともに沈んでいる。それは、魚が群れ、海草が生い繁り、貝殻のこびりついた集団墓地なのだ。

大別苅をはなれがたいと感じたのは、その地が墓地の一部であるためかも知れない。その村には、氏名不詳・性別不明の漂着遺体の無縁墓が三十基、海にむかって立っている。その地に棲みつく鳥の群れも、村が墓場の一部である印象を濃くさせている。

車の前方に、おびただしい鳥影が海岸にとびかっているのがみえた。それは、ウミネコの群れであった。

大別苅をはなれると同時に、鳥の姿はみられなくなった。鳥は、後方に遠去かったあの小村落のみに棲みついている。

車は、増毛の町の中に入っていった。

「小笠原丸」生存者六十二名は、町の四つの寺と病院に収容され、やがて故郷へ帰るために駅へと列を作って歩いていった。「鳥の浜」取材中に会った生存者の一人は、私に、

「両側に漂着した衣類がつらなって干されていました。その間を通ってゆくのが辛く、涙がこぼれて仕方がなかった」

と、回想した。船が沈没後、大別苅の漁師たちが海上で拾い上げた百五十個に達する荷物は、増毛町役場に保管された。中身はほとんどが衣類で、婦人会の人々が水洗いし、町並の電柱から電柱にわたしたロープにかけて干したのだ。

雪道の両側に、電柱が等間隔にならんでいる。そこに多量の衣類が果てしなくつらなって垂れている情景が、鮮明に思い描かれた。

「救助された避難民の中に、みごもった女の人がまじっていましてね」

役場の人が、助手台からふりむいて言った。

私は、電柱の列から眼をはなした。

「その人が昨年、海を見に来ました。大学生の子供を連れて……」

「みごもっていた胎児ですか」

私は、たずねた。

「いえ、助かった時は臨月で、胎児は流産したんです。連れてきた大学生は、その後に生れた子供ですよ。大別苅の浜で、長い間立って沖を見つめていました」

かれは、車の震動に身をゆらせながら言った。

ふと私は、忘れかけていたことを思い出した。それは、三年前の夏、調査に訪れた折に耳にしたことであった。

「小笠原丸」沈没後、遺体は魚網にかかったりしたが、それも翌年三月頃までで、その後遺体の発見は絶えた。しかし、七年後、大別苅の海岸に奇妙なものが打ち上げられているのを、村人の一人が見出した。

それは、大きな毬藻のように海草におおわれたもので、海草をとりのぞくと骨の肌があらわれた。検視した結果、子供のものらしい肋骨であったという。

村人は、私に、毬藻という表現を使って説明したように記憶しているが、もしかすると、それは私の記憶ちがいかも知れぬ。村の風土の中で生れ育った村人は、漂着した子供の骨が、海草におおわれたことのみを私に告げたのではなかったのか。毬藻を連想したのは、私の他所者的感覚で、村人の口にしたものではなかったのだろう。

私は、大別苅の沖に、海の集団墓地の存在を感じたが、村人たちにとってそこは魚のアパートにすぎない。鳥の群れも、かれらには父祖の代から棲みつく変哲もない鳥類にすぎず、そびえ立つ岬の絶壁も、沖に出る漁師の指標の意味しかないのだろう。

毬藻という表現から、風景というものの性格の一端をうかがい知ったように思った。風景は、その土地の人にとっては単なる生活の場で、それを風景と感じとるのは、他所者の意識なのだろう。換言すれば、風景は、他所者が勝手に形づくるものにちがいない。

鳥を見、海を見たいと私が願ったことも他所者の願いであり、旅も他所者故に企てたものなのだ。

二度もへんぴな浜を訪れ、吹きつける風と降雪の中で海を見つめていた私を、案内をしてくれた役場の人がいぶかしそうな笑いをふくんだ眼で車の中からうかがってい たことに、私も気づいていた。かれらは、風景をそこに見てはいないのだ。

私は、再び町並に立ちならぶ電柱の列に眼を向けた。下端まで雪に埋もれた電柱も、私には風景の一部にみえた。


（「野性時代」昭和49年6月号）

「関東大震災」ノート（一）

——赤い鯉のぼり

私は、東京の山手環状線沿いにある日暮里町で生れた。

関東大震災当時は東京府下北豊島郡日暮里町谷中本で、公式記録によると家屋倒壊数は全壊四百八十二、半壊六百九十九とあり、かなり被害を受けたことが知れる。

昭和二年生れの私は、もちろん大地震を知らないが、幼時から両親や兄たちから地震の話をしばしばきかされた。そして、震災記念日の九月一日には、夕食に必ずスイトンを食べさせられ、それが家の行事にもなっていた。大地震発生後、食糧が枯渇したので被災者たちはスイトンを常食とした。つまり両親は、大地震の記憶を新たにするため家族にスイトンを食べさせたのである。

私が「関東大震災」を書いたのは、地震に対する恐怖というよりは大正という時代を象徴する災害と考えたからである。一種の秩序をもっていた明治時代の内蔵していたさまざまな要素が、大正時代に入ると、それぞれの欠陥をしめしはじめる。その醜い姿が関東大震災の発生によって、一挙に表面化した。つまり関東大震災は、大正時代の日本の姿を、そのまま露呈する作用をしたのである。

私は、記録を蒐集すると同時に体験者と会うことをはじめた。しかし、私が今まで手がけた戦争を背景とした小説の証言者とはちがって、体験者は数限りなくいることがいちじるしい特徴だった。

例えば私の長兄、次兄も体験者であり、垣根越しの家の御主人も吏員として死体処理を指揮したと言うように、震災に遭遇しさまざまなことを見聞した人々は無数にいる。

証言の蒐集を企てた私は、その数の多さにむしろ当惑した。

その結果、私は原則として証言者を最も惨状をきわめた本所被服廠跡と吉原弁天池の生存者にかぎった。

本所被服廠跡には推定約四万名の人々が避難し、突然起った大旋風と火災で約三万八千名の人々が焼死した。つまり約二千名が辛うじて死をまぬがれたわけだが、私はその中の十名の方々と会うことが出来た。

その一人は、東京都庁の管理職の地位にある佐久間稔氏であった。

当時、佐久間氏は九歳で、父母、妹とともに二万坪にも達する広大な空地の被服廠跡に避難し、大旋風に遭遇した。氏の証言によると、親子四人は、旋風に巻き上げられ二メートルもある塀をとびこえて隣接の旧安田邸の庭の池に落下し、辛うじて死をまぬがれたという。

さらに私は、生存者を求めて被服廠跡にある東京都慰霊協会に赴き、常任理事の井上武男氏に会った。そして、井上氏の口から一二九会という組織が存在していることを知った。それは、生存者たちのささやかな集まりで、大正十二年九月の年月と被服廠跡の地名を使い、一二九《ヒフク》会と名づけられたのだという。

井上氏の斡旋で、生存者たちが、その一人である小櫃政男氏の自宅に集ってくれた。出席者は、小櫃氏をはじめ内馬場一郎、大和久まつ、西条久代の四名の方々であった。

内馬場、大和久、西条の三氏は、自宅または勤務先から被服廠跡に避難し難にあったが、当時十四歳の小櫃氏のみは、浅草の洋画専門の日本館で西部劇活動写真を見ている時に地震に遭遇した。

映画街の地震がどのようなものであったかに関心をいだいたが、小櫃氏の回想談は生々しかった。

地震発生と同時に、館の二階客席から客が二人も三人も落ちてきたという。激しい震動で二階席の手すりにもたれていた客が落ちてきたのだ。客は総立ちになったが、ゆれるスクリーンでは原野に馬を走らせているカウボーイの姿が伸縮してうつっていたという。おそらく映写技師は、機械もとめずに館外へとび出してしまったのだろう。

その後、小櫃氏は、友人と被服廠跡へ避難したが、生存者たちの口にする大旋風と火災のすさまじさは私の想像をはるかに越えていた。

かれらは口々に、大旋風の襲来とともに荷車につながれた馬車、大八車をはじめ人の体が宙に舞い上がるのを眼にしたという。そして、かれらも例外なく巻き上げられ、その瞬間意識を失った。かれらは、例外なく死体の山の中に埋もれたが、意識を恢復後奇跡的にも這い出すことができたのだ。西条久代さんは、死体を処理する人の鳶口を腿に突き立てられて曳き出されたが、その傷痕も見せてくれた。

それら四氏の証言を得た後、井上氏から生存者山岡清真氏の原稿用紙六十七枚にも及ぶ回想記を読ませていただいた。それは、当時二十歳だった山岡氏が、記憶を克明にたどって書きとめたものであった。

率直に言って氏の文章はたどたどしいが、その内容は生々しい表現にみちていた。例えば、銭湯で窓ガラスが割れ、傷ついた女の人が血に赤く染まった浴衣を身につけて出てくる姿を、「まるで赤い五月の鯉のぼりのような恰好で家の方へ帰って行きました」といったような鮮やかな描写もある。私は、山岡氏の諒解を得て文章を整理し、「関東大震災」に収録した。

この記録にある被服廠跡の大旋風発生時の光景はすさまじい。山岡氏も巻き上げられたが、家財も自転車も舞い上がる。さらに風に押されて赤熱したトタン塀に多数の人々が吸い寄せられ、「キリストが十字架にかけられたように」両腕をひろげ、一瞬に炎に化してゆく。そうした中を山岡氏は、炎に追われて逃げまどうのだが、その光景は、体験者でなくては描写できぬものであった。

吉原弁天池の惨事については、芸妓であった松木やすさんから話をきいた。

やすさんは、体の調子が悪く臥っていたが、幇間《ほうかん》の松迺家喜代作氏の案内で訪れた私を、快く部屋に招じ入れてくれた。

地震発生後起った火災に追われて多くの女たちが池にとびこみ、二百坪ほどの池は娼婦たちの体でおおわれ四百九十名が焼死又は水死した。

やすさんの口からもれる弁天池の光景に、私は息をのんだ。やすさんも火熱にたえきれず池にとびこもうとしたが、人がひしめき合っているので池のふちに近づけなかった。それが幸いして、やすさんは友人の芸妓とともに火をかいくぐって上野の山に逃げることができたのである。

吉原から上野までは、急いで歩けば三十分ほどだが、やすさんの記憶によると四時間以上はかかったという。避難場所は近くても、災害時には予想以上に時間がかかることを示す好例である。

辞する時、やすさんは病床の上で折目正しい優美な挨拶をした。

（「サンデー毎日」昭和48年9月9日号）

「関東大震災」ノート（二）
——その歴史的意味

終戦前まで、人々は、関東大震災を過去を想起する折の一つの時代的な区切りとして使用していた。「震災前のことだが」とか「震災後一年たって」といったように……。それは、あたかも私たちが昭和二十年の終戦時を回顧の目安に使うのと同様である。明治維新を経験した人たちは、御維新前、後といっていた。このように過去百余年の間に、庶民が過去をかえりみる重要な区切りとして多用していたのは、明治維新、関東大震災、太平洋戦争終結の三つであるといっても過言ではない。

むろん、関東大震災が使用されたのは、地震と、それに続く大火がおびただしい人命を奪い、家屋を倒壊・焼失させた自然災害の記憶が強烈に人々の胸に焼きついていたからである。と同時に、庶民はそれが単なる災害にとどまらず、歴史の連結された鎖の一つの重要な環であったことを、漠としたものではあったが感じとっていたからではないだろうか。

関東大震災には、流言による朝鮮人虐殺と社会主義運動者の殺害が付随して発生した。それらは、災害時の混乱がもたらした悲惨な事件には違いないが、決して偶発的なものではなく、歴史の流れの中で起るべくして起った事件と解することができる。端的に言えば、明治維新以来、大正時代後期に至って加速度的に蓄積されてきていた様々な矛盾が、この大災害によって一挙に露呈したとみられる。しかも、それは極めて具体的な形をとった露出であり、その象徴的な事件が朝鮮人、社会主義者の殺害であったと思う。

日露戦争前から、日本はロシアに対する脅威を阻止し領土の安全を確保するため、朝鮮を支配下におく政策を積極的に推し進めた。日本政府は、明治三十七年、朝鮮王室との間に日韓議定書を手交し、それは日韓協約の締結、統監府の設置へと進んだ。それによって、日本は朝鮮を保護国化することに成功し、軍事、経済、外交を確実に掌握した。安重根による伊藤博文の暗殺に象徴される朝鮮人の反抗をも排除して、明治四十三年には韓国併合に関する条約の調印を果たし、朝鮮を日本の領土の一部にした。

その後、朝鮮総督には常に陸軍大将が任じられ、軍事力を背景にした武断政治によって、朝鮮人の参政権、言論・集会の自由を封じた。経済的にも日本は朝鮮市場を独占し、朝鮮を日本への米の供給地とするために農業振興をはかり、その手初めに土地の調査を実施したが、それは農民から耕地を奪う結果にもなった。朝鮮の封建社会では、土地の所有者はほとんど国王、貴族、官僚で、農民は、それらの地を習慣的に占有し耕作に従事していたが、土地調査事業によって土地は国王らの所有として確認され、売買の対象になり、農民は新たに定められた所有地に高い小作料を払わねばならなくなり、彼らの生活は困窮した。また、日本商品の積極的な進出によって、朝鮮の家内工業的企業も極度な圧迫をうけ、土地を捨てて流亡する者が続出した。

彼らは、生活の資を得られず、労働者となって日本へ流れ込んできた。彼らは、概してすぐれた労働力を示したが、その報酬は低く、生活は貧しかった。

関東大震災の発生時、日本人は朝鮮人にどのような感情を抱いていただろうか。征服者としての優越感を抱く反面、朝鮮人労働者が平静な表情をみせてはいるが、胸中には激しい憤りと憎しみをひそませていることにも気づいていたはずだ。朝鮮人の反日運動も起っていて、日本人はそうした感情を無理からぬことと同情しながらも、被圧迫民族の当然の受難として見過ごそうとする傾向があった。

大地震の起った日の夜七時頃、横浜市内で突然起った「朝鮮人放火ス」の説は、驚くほどの速さで東京市内に伝わり、翌日には関東六県に達し、たちまち全国に拡がっていった。その内容は、放火から強盗、強姦、殺人へと殺伐なものに変化していった。庶民の中には、自警団組織が生れ、日本刀をはじめ凶器を手に朝鮮人を殺傷し、朝鮮人に間違えられた日本人、中国人も殺された。このいまわしい殺害事件を誘発させた流言は、なぜ起ったのか。

常識的に考えれば、日本人に反感をもつ少数の朝鮮人が災害の混乱に乗じて放火等の行為を行い、それが誇張されて全国的な規模に拡まったに違いないと想像された。しかし、驚いたことにその後の調査でそれに類する事実のないことが確認され、当時の法務府特別審査局の部外秘資料「関東大震災の治安回顧」にも一例の記載もない。ということは、流言が全く事実無根のものであり、それを軽率にも信じ込んだ多くの日本人が朝鮮人を殺害したことになる。流言というものの恐しさ、殺害に加わった人間の異常性に戦慄をおぼえると同時に、この不幸な事件が日本歴史の大きな汚点となったことを知る。

流言を信じ殺害までおかした日本人の行為は、一言にして言えば朝鮮人に対する一種の負い目によるものであったと思う。日韓併合によって領土を奪い、しかも彼らの生活を圧迫してきた日本人は、朝鮮人に罪の意識に似たものを感じていたはずである。そして、朝鮮人の胸にひそむ憎悪、憤りの激しさを思い、恐怖も抱いていたに違いなく、そうした感情が大震災の発生した混乱時に、にわかに人々の意識の表面に現われ、それが流言になり朝鮮人虐殺という行為に結びついていったのだろう。

朝鮮人殺害事件は、明治以後推し進められてきた日本の大陸に対する軍事的政策の矛盾の、具体的な露出であったと考えられる。

社会主義者の殺害についても、同様のことが言える。

明治時代の自由民権運動は、素朴な形の社会運動として各種の騒乱事件を起したが、明治四十三年の大逆事件を契機にきびしい監視を受け、鎮圧された。が、大正七年、漁民の主婦たちの手で起された米騒動によって、社会主義運動は再び燃え立った。その背景には、ロシア革命、第一次大戦後のドイツの革命、さらには世界的風潮にまで高まったデモクラシーの影響があった。

政府は、社会主義運動を禁圧してきたが、大地震発生時に、災害を利用して社会主義者が民衆を扇動し、反政府運動を引き起す恐れがあると判断した。ロシアと同様の赤色革命による国体の崩壊すら予想し、内務省は社会主義運動者を保護という名目で検束し、軍も社会主義者に対する警戒を強めた。

地震発生直後、朝鮮人放火説とともに社会主義者の放火説も一部に流れたが、朝鮮人に関する流言が急激に膨れ上がったのとは対比的に、社会主義者に関する流言はいつの間にか消えてしまっていた。それは、社会主義運動の勢いが決して強くはなく、政府、軍が警戒し恐れていたほどには、庶民の関心が低かったことを示している。特別審査局資料によると、一般人の社会主義者に対する暴行事件は、二例がみられるだけである。

しかし、警察と軍は、ひそかに社会主義者の殺害を企て、実行に移した。その一は、いわゆる亀戸事件で、加害者は警察の要請で出動した騎兵第十三連隊の将兵であり、殺害されたのは南葛飾労働組合員、砂町本島の自警団員らであった。彼らは、公安を害する恐れのある社会主義者として検束され、不穏な行動があったという理由で、殺害されたのである。

その二は、大杉栄らの殺害事件である。この事件も、亀戸事件と同じように内務省と軍は世人に知られることを恐れ、事実をひたすら隠すことに努めた。が、やがて報道機関に察知され、九月二十四日、陸軍省は大杉栄事件について、

「陸軍憲兵大尉甘粕正彦ニ、左ノ犯罪アルコトヲ聞知シ、捜査予審ヲ終リ、本日公訴ヲ提起シタリ。

甘粕憲兵大尉ハ、本月十六日夜大杉栄ホカ二名ノ者ヲ同行シ、是ヲ死ニ致ラシメタリ。

右犯行ノ動機ハ、甘粕大尉ガ平素ヨリ社会主義者ノ行動ヲ国家ニ有害ナリト思惟《シキ》シアリタル折柄、今回ノ大震災ニ際シ、無政府主義者ノ巨頭ナル大杉栄等ノ震災後未ダ整ハザルニ乗ジ、如何ナル不逞《フテイ》行為ニ出ヅルヤモ計リ難キヲ憂ヒ、自ラ国家ノ蠹毒《トドク》ヲ芟除《センジョ》セムトシタルニ在ルガ如シ」

と、発表せざるを得なかった。

甘粕大尉は、部下とともに大杉栄、内妻伊藤野枝、さらに大杉の甥である六歳の橘宗一を大手町の憲兵司令部に連行、三人を殺害したのである。陸軍省発表文中「犯行ノ動機ハ……」に続く文章は、当時の政府関係者の社会主義者に対する考え方をはっきりと示している。社会主義者は「国家ニ有害」の存在であり、大震災の混乱に乗じて「不逞行為ニ出ヅル」恐れが十分にあると判断され、社会主義者は「国家ノ蠹毒」であった。

朝鮮人殺害事件が日本の一般人による行為であるのと対照的に、社会主義者の殺害は、軍・警察によって引き起こされた。それは、急激に台頭してきた社会主義運動に、必要以上の警戒心を抱き、それが極端な行為になって表われたのである。甘粕大尉らは軍法会議に付せられ、有識人や新聞人はきびしい批判の論調を発表し、一般人も六歳の男児を殺害した甘粕の行為を非難した。

しかし、その反面、甘粕の行為を容認する動きも起っていた。それは、社会主義者と激しく対立する集団のみではなく一般人を含めたもので、甘粕を愛国者とたたえる者も多かった。

一般庶民にとって、社会主義は共産主義と同義語であり、社会主義者たちは、血の粛正によって革命に成功した共産主義国ロシアに忠誠を誓い、天皇を中心とした日本の国家体制を根底からくつがえそうとする不穏な集団として危険視する風潮があった。そうした考え方から、甘粕の行為もやむを得ぬものだという声が高まり、法廷には、四谷区民の五万人が署名した甘粕大尉減刑嘆願書が提出されたりした。このような一般人の動きも、社会主義運動が一般人の眼にどのように映じていたかを鮮明に示すものと言える。

関東大地震で発生した朝鮮人、社会主義者殺害事件は、朝鮮人、社会主義者に対して為政者、軍人、庶民が抱いていた感情の、極端な形での表出であった。その根底には、朝鮮併合とそれに伴う諸問題、高まりをみせはじめた社会主義運動に対する政府関係者の対応策の拙劣さと苦悩がみられ、それらは政治、経済、軍事等の歪んだ姿を映し出したものとも言える。

震災の混乱時に表われた日本人のさまざまな行為、それらは、この島国で生れ育った日本人そのものの反映でもある。関東大震災は、明治維新後、大正時代に入って深化し複雑化した様々な矛盾が、あたかも化膿部分から膿が一時にほとばしり出たように流れ出た歴史的意味をもつ災害だ、と思う。

(朝日新聞社「大地震展」昭和52年8月)

社会と〈私〉

ほのぼのとした人の死

　五月十六日の朝、新聞をひろげると、野村尚吾さんの死が報じられていた。元気そうだった野村さんの死が、不意の死に思えた。年齢は六十四歳となっていたが、私には、若死と感じられた。六十代の人の死は、今や若死と言える。作家、評論家の死は、例外なく業半ばの死という性格をもつ。作品を執筆中か否かは別にして、何事かをやりかけていた途中の死であるはずだ。道が、或る個所で、ぷっつりと断たれるのである。

　現実に、そんな道を二度見たことがある。一つは那須の山中を歩いていた時、幅二メートルほどの道が崖の上で終っていて、立ち往生した。地崩れで、道が谷に落下していたのである。もう一度は、津軽半島を旅した時、漁村を歩いていた私は、海方向に伸びた道が、そのまま海の中に入りこんで消えているのを見た。おそらく地盤沈下によって、道が海中に没してしまったのだろう。断たれた道は、無気味である。道は常にどこかに伸びていて、他の道へと通じている。袋小路は、密集した家屋への出入りを便にするために設けられたもので、道という概念からははずれている。

六十四歳の野村さんの死を若死だと感じたのは、野村さんが作家であり、その死が業半ばの死であるからなのだ。野村さんは、小説新潮賞、毎日出版文化賞を受賞され、昨年秋には「浮標燈」という意欲的な長篇小説を発表した。「伝記谷崎潤一郎」とともに、野村さんは、なにかを目指して自分独自の道を進んでいたのである。口惜しい死であったのだろう、と思う。

私は、野村さんと格別親しい間柄ではなく、このような一文を書く資格はないかも知れない。が、野村さんの自宅でおこなわれた葬儀でお焼香をさせていただき、そして、その後野村さんのことを思い出すたびに、野村さんから無形の教えをいただいたように思え、僭越であることを承知の上であえて筆をとったのである。

野村さんと知り合ったのは、丹羽文雄先生の主宰しておられた文芸雑誌「文学者」を通じてである。知り合ったという表現は不適当で、合評会に出席された野村さんの顔を遠くから見、私が自費出版をした短篇集をお送りしたことによって、野村さんが私の名を知ったのである。それから二十年近くたつが、私と野村さんとの間柄は、少しも深まることはなかった。ただ一度、有楽町の国電のガードに近い登山家の集るという焼鳥屋で、数人で酒を飲んだ程度である。

野村さんの記憶は、道を歩いている野村さんにつきると言ってもいい。会がはねて外に出ると、野村さんは少々猫背気味の姿勢で駅の方に歩いてゆく。私は足を早めて追いつき、挨拶し、野村さんと並んで歩く。野村さんは、ぼそぼそっと話し、かすかに笑ったりする。やがて駅につき、別れる。そんなことが何度かくり返されたので、私が野村さんと話し合ったのは、夕方、人の往き来の多い歩道を歩いている時だけにかぎられていたような感じがするのである。

野村さんは、私の知るかぎりおだやかな人であった。作家であり、編集者であったが、そのいずれでもあり、いずれでもなかったような、一つの枠に入れることのできない人であった。私は、野村さんが文学についての話をしたのをきいたことはない。どのような話をされたか、正直に言って記憶にない。が、それでいて、話の内容の温みだけは胸の中にしみついている。

ただ一つ、記憶にはっきりと残っている言葉がある。それは、「勤めに出ることは容易だが、勤めをやめることはきわめて難しい」という一語である。

その頃、私は、二度目の会社勤めをしていて、傍ら小説を書いていた。ようやく文筆で生活する自信めいたものもでき、ひそかに会社をやめる機会をねらっていた。野村さんは、毎日新聞社の社員で、同時に作家でもあり、立場が同じことから私が野村さんに、そのことについて話した。その折に、「勤めに出ることは……」という言葉を口にされたのだ。

会社勤めをしていると、歳月をへるにつれて船底に附着する貝殻や海草のように、責任をもたねばならぬ仕事が次々と背に負わされてくる。会社をやめるということは、それらの仕事を一時に放棄することであり、上司、同僚、部下への背信にもつながる。会社に生涯を託し、満員電車に乗って出勤し、働いている社員の中で、自分一人だけが、小説を書くという全く個人的な理由で会社をやめることはできにくい。それを、野村さんは身にしみて知っておられたのだ。

しかし、私は、不埒にもそれをやった。上司にも同僚、部下にも引きとめられたが、私はただ平謝りしながら、かれらの手を冷くふり払ったのだ。それを野村さんに、なにかの折に報告した時、「よくやめられたなあ、辛かったろうね」と言って、私の顔をみつめていた。

私は、野村さんも会社をやめて創作のみに専念したいのだな、と思った。が、私の場合とちがって野村さんは会社に三十年も在社し、責任をもたされた仕事の量は多かったはずで、それを投げうつことはできない立場にあったにちがいない。

野村さんは、私にほのぼのとした印象を残して逝ってしまわれたが、直接的ではなくとも、私に大きなものをあたえて下さったような気がする。書くこととは？　といった直接的なものではないが、それと同様のものを、私に教えて下さったように思う。

葬儀は、野村さんの死らしい実のこもったもので、私も死を迎えた時には、このような葬儀で送られたいと思った。葬儀委員長の丹羽文雄先生の御挨拶も野村さんに対する愛情がにじみ出ていて、私は、不意に嗚咽しそうになった。

ほのぼのとした、つつましい一人の作家が、逝った。


（「野性時代」昭和50年8月号）

御焼香

車谷さんに初めてお眼にかかったのは、昭和三十四年の早春である。

前年に「文学者」に「鉄橋」という小説を発表させてもらったが、それが芥川賞候補作になった。その回は受賞作がなく、文芸雑誌「文学界」の編集部は高見順氏をかこんで候補作家の座談会を企画し、誌上に発表した。私もその一人として出席し、当時「文学界」編集長の車谷さん、編集部員の岡富久子さんに初めて会ったのである。

私は気が臆して、座談会ではほとんど発言せず、「君も少しは話をしなさい」と高見氏に言われたりした。

会が終った後、候補作家の一人が車谷さんに頼みごとをしているのが耳に入った。かれは役所勤めをしていたが、作品が候補作に選ばれたので、役所をやめて上京してきた。つまり文学一筋にやることにきめたので、今後、作品を見て欲しい、と言っていた。

　勇気のある人だ、と私は思った。同人雑誌に小説を書きつづけてきた私は、小説が芥川賞候補作に選ばれたぐらいで生活できる収入を得られるなどとは思ってもいなかった。車谷さんに作品を見て欲しいと言っている候補作家もそのことは知っているはずだが、勤めをやめて上京してきたというのは、生活のことなど考えずに文学に取り組もうというのだ。

「飢えることを気にしているようでは、いい小説は書けぬ」という年長の同人誌作家もいたが、私には同調できかねた。少しぐらいの貧しさならどうということもないが──事実、私は小さな協同組合の事務局に勤務する薄給の身であった──、無収入になることは、恐しかった。わずかでも書物を買い、時には旅行もできるような定収入を確保しておきたかった。飢えにさらされなければ小説は書けぬなどという言葉に、私はなにか嘘めいたものを感じていた。

　そうした考え方をしていた私は、その候補作家を自分とは異った世界に住む人だ、と思った。職も捨てて背水の陣をしくということは勇ましくみえるが、その根底には文学に対しての甘えがひそんでいる、とも思った。

私は、車谷さんの顔をうかがった。車谷さんは、おだやかな表情をしてうなずいているだけであった。たとえ頼まれても、それを受けいれることなどできるはずもない。多くの小説を書く人間にふれ、その生きてゆく姿をながめてきた老練な編集者の顔を、私はそこに見たように思った。

それから四年後、初めて自費出版の創作集が世に出たので、車谷さんにお送りすると、巻紙に筆で書かれたお手紙をいただき、恐縮した。そこには、自信を失わず書きつづけるようにという温かい励しの言葉が記されていた。

その後、自著をお送りする度に巻紙のお手紙をくださる。作品に対する批評がつづられている時もあった。

車谷さんは、気持の温かい人であった。文藝春秋の受付の近くで担当の編集者を待っていると、車谷さんが通られた。車谷さんは、私の肩を抱くようにして喫茶ロビーの方に連れて行って下さる。その折の車谷さんは心優しい兄のように感じられた。

或る時は、これといった理由もなく酒亭に連れて行って下さり、御馳走になったこともある。仕事の話などせず、世間話をするだけなのだが、それが実に楽しい。話の中に物故作家、評論家の思い出などがさしはさまれ、文学にたずさわる者の姿勢について考えさせられることが多かった。

車谷さんが「わが俳句交遊記」で芸術選奨文部大臣賞を受けられた時、お祝いを申し述べたが、それを記念して多くの作家たちが色紙に俳句を書き展示するので、出品するようにというお誘いを受けた。色紙まで用意して下さったが、私は最後まで尻ごみしたままであった。申訳ないことをしたと思っている。

車谷さんの死は、新聞で知った。病臥しておられるということも耳にしていなかったので、驚きは大きかった。

せめて御焼香をと思ったが、新聞には通夜も告別式もしないと書かれていた。私は当惑した。今までお世話になってきた御礼を御霊前で告げたかったのに、その機会がないのである。

交際範囲の広い車谷さんにとって、私との交際などまことにとるに足りないものであったのだろう。本誌の編集部から車谷さんについて随想を……と依頼されたが、私は書く資格のない身であることを知っている。それなのに、筆をとる気になったのは、とりとめもない随想でもそれが御焼香の代りにでもなれば、という気持からである。果して車谷さんに私の感謝の意が通じるかどうか自信はないが……。

（「俳句」昭和53年7月号）

駈けつけてはならぬ人

年が明けてから、私個人に妙なことばかりつづいて起っている。

一月中旬、世話になっている編集者A氏の依頼で北海道へ講演旅行に行ったが、会場のあるT市に赴くと、意外にも突然の事情で中止になっていた。主催者側は講演料を受けとってくれと言い、私は固辞したが、同行したA氏が受けるようにすすめたので、頂戴する仕儀となった。講演もせず謝礼を受けたとは幸運じゃないか、と友人に慰められたが、私はなんとなく落着かない。少なくとも講演が中止になったなどとは、実に奇怪なことなのではないだろうか。

これ以外にもさまざまなことが相ついで起ったが、二月十四日の朝には、全く今年は変だとしか思えないような記事を眼にした。

私は、毎朝七時頃に起きると新聞を寝床の中で読む。その日、社会面をひらいた私は、文藝春秋の社長池島信平氏が急逝したことを知った。名編集者であり歴史に造詣の深い池島氏の死に私は驚き、眼をこらして記事を読んでゆくうちに、末尾に近い個所に自分の氏名が出ているのを発見し、愕然とした。池島氏の死は前日の夜で、弔問客が氏の家にかけつけたが、私もその一人だと書かれている。正直のところ、私は当惑した。たしかに私は、池島氏を知っている。知っているとは言っても、二、三度声をかけられた程度で、死を知って駈けつけるような間柄ではない。池島氏は、親しげに声をかけてくれた気さくな方で、「文藝春秋」で連載していた私の小説の最終回を賞めて下さったという話もきいたし、駈けつけたい気持も私にはあった。

しかし、人間には、駈けつけてよい人、駈けつけてはならぬ人がいる。駈けつけてよい人は、肉親、親族そして親しい友人にかぎられる。友人の中には、故人と密接な関係にある先輩、後輩もふくまれるだろう。私の場合、そのいずれにもあてはまらない。つまり私は、駈けつけてはならぬ部類に入る。

死の直後、駈けつけてはならぬ人の弔意をしめすために、通夜、葬儀が設けられている。が、通夜の客と葬儀に参列すべき人の間にも区別がある。通夜に赴くことのできる人は、死の直後駈けつけてよい人をふくめて、やはり故人と親しい間柄にあった人にかぎられる。そして、一般の弔問者は、葬儀に参列すればよい。と言うよりは、葬儀にしか参列できぬのである。

池島氏の死を知った私は、通夜に行かず葬儀に赴いた。通夜に足を向けることができる立場にないことを知っていたからだ。

葬儀は文藝春秋の社屋でおこなわれたが、長々とつづいた焼香者の列の中には、著名な作家、評論家、編集者の顔がみえた。焼香を終えるまで長時間立っていたが、その人々も自分の立場をよく知っておられる方たちなのだ。

しきたりというものは、人間の智恵が作り出したものである。人の死の直後の弔問、通夜、葬儀と三段階にわけた仕組みなど、人間の心理、感情を十分に知りつくしたものと思う。そして、百箇日とそれにつづく一回忌、三回忌等の法事も、遺族と親しい友人の悲しみを徐々にいやしてゆく方法なのである。

しきたりを古いと言って蔑むことは、愚かしい。葬儀に喪服をつけず派手な服装をして列席すれば、その人間がいかに故人に対する深い悲しみをいだいていても、遺族たちはそうとは認めない。悲しみをいだく者は喪服をつけるべきだというしきたりは、遠い昔から多くの人々によって守られてきたもので、それは合理的な考え方から発しているとも言える。

合理的な考え方が、世を支配している。因習は排すべきだが、連綿とつづいてきたしきたりは、合理性がある故に持続し守られてきているのである。

年長者は年少者にしきたりを教えるべきであり、年少者は素直に耳を傾けるべきである。やがて年少者は老い、それを次の世代の者に語りつぐ。それが、人間としての生活であり、歴史なのである。

（「現代」昭和48年5月号）

ゆーっくり、ゆーっくり

老人に会ったのは、一昨年の四月三日であった。

その日、私は、妻と福井県三方《みかた》町に行き、向笠《むかさ》という村の祭りを見た。古い祭りだときいていたが、古式そのままののびやかないい祭りであった。神社に通じる道の両側に、古びた烏帽子《えぼし》、直垂《ひたたれ》をつけた村の男たちが土の上に坐り、御神体の行列を待っている。

行列がくるまで休みましょう、と町長の小堀源次郎氏に誘われ、道沿いの家に入った。座敷の炬燵にあたっていたのが、その老人であった。

私は、老人の顔に見惚れた。翁の面に似ているが、それよりもはるかににこやかである。老人が笑うと、私も自然に笑ってしまう。なんという笑顔らしい笑顔だろう、と私は老人の顔を見つめつづけた。小学校訓導でありましたと老人は言ったが、心の美しさが顔にあふれている。

夫人らしい人が、私たちの前に料理を並べはじめた。私たちはあわてたが、老人は、祭りにくる予定の親戚の者のために料理を用意して待っていたが、来ないので食べて欲しいという。遠慮しては却って老人を淋しがらせるかも知れぬと思い、私は箸をとった。

私たちが、家の前の道を気にしていると、

「まだ来ません、神さんは、ゆーっくり、ゆーっくりおいでになられるから、腰をお据えになって……」

と言って、お酒もすすめてくれた。

しばらくすると、行列がやってきたと言うので、私たちは家の前に出た。老人の言葉通り、行列に加わっている男たちは、一歩足をふみ出しては長い間とまり、やがて反対の足をふみ出すという悠長な行列の動きであった。それが時代ばなれしていて、実にいい。

老人は嬉しそうに行列に眼を向けていた。

その古い祭りと老人の笑顔が重なり合い、今年も祭りを見に行って老人に会いたいと思っていた。

二月初め、小堀町長からの電話で、老人が一月下旬早朝、死亡したことを知った。家が火災になり、眠りからさめた老人が玄関の敷居近くまで這い出したが、煙にまかれて焼死したという。私は暗澹とした気持になった。再びあの美しい笑顔を眼にできぬのかと思うと悲しかった。

焼けた老人の家の前を、今年も、御神体の行列がゆーっくり、ゆーっくり通ることだろう。

（「オール読物」昭和52年5月号）

駄作だが

過去の記憶をたどってみると、私は学校の先生に好感をもたれたことがきわめて少なかったように思う。原因は、むろん先生たちの側にあったのではなく、私の側にあったことはまちがいない。友人とのつき合いは人並であったが、先生に親しく近づくようなことはしなかった。陰気で内攻的で、一言にして言えば、可愛気のない生徒であり学生であったのだろう。

そうした中で、私を、「この茶目っ気なやつめ」といった笑いをふくんだ眼でながめてくれていた先生がいた。それは、予備校の教師であった三井章敬先生であった。

昭和二十年三月、私は中学校を卒業した。上級学校に進学を希望していたが、最終学年の四ヵ月間を病欠した私は、内申書による入試制度なのでどこの学校へも入ることができず、やむなく兄の経営する木造船工場で働いた。

やがて終戦を迎え、次兄の経営する軽金属工場に移ったが、上級学校へ進みたい願いから神田御茶ノ水駅近くにある正修英語学校という予備校に通いはじめた。

十月初旬の頃で、敗戦後の混乱は激しく、古びた木造の予備校には二十名足らずの学生しかいなかった。私は、働いていた頃のままの作業衣を着ていたが、他の者は陸士、海兵からの復員者が多く、階級章などをはずした軍服を身につけていた。そうした中で数学の小柄な教師のみが背広に蝶ネクタイをはめていたのが印象的であった。

それが、三井先生であった。

先生は、明るい微笑を絶やさない人であったが、後になって先生が逆境にたえてきた人であったことを知った。

先生の生家は、父の破産によって困窮し、第三高等学校理科甲類に入学してからも弟妹の養育を課せられた苦学生のきびしい生活を味わった。東大医学部に進学したが、学費滞納で大学から除籍されかけたこともあったという。

そうした先生が、どのような過程をへて予備校の数学教師になったのか、私は知らない。仄聞するところによると、先生は大学の数学科を志望していたが、卒業後経済的に恵まれる医学部に不本意にも進んだといういきさつがあった由で、弟妹が成長した後、数学の世界にもどったのかも知れない。

私は、数学が不得手であったが、上級学校への進学のために熱心に先生の授業をうけた。しかし、私には数学の授業よりも先生が教壇で話す文学の話に興味をもった。荒廃した世相の中で、先生の口にする短篇小説の一節や詩などが、乏しい食物で辛うじて空腹感をいやしていた私には、旱天の慈雨にもひとしいものであった。先生は歌人で、敬愛している先輩歌人の短歌を紹介してくれることもしばしばだった。

私は、旧制の学習院高等科文科甲類に合格したが、その面接試験で三井先生に一つの罪をおかした。

「君の趣味は？」

と試験官に問われた私は、読書、旅行と答え、それに短歌とつけ加えた。どんな短歌を作るのだね？　ときかれた私は、戸惑った末、先生の作った短歌の一つを口にした。試験官は、私の顔を見つめ、

「なかなかいいね」

と、言ったが、私は、

「いいえ、それほどでもありません」

と、低い声で答えた。

私が試験場を出て友人にそれを話すと、友人たちは大笑いし、それを先生に告げてしまった。二、三日後教室に出ると、私の姿を認めた先生は、

「吉村っていう奴はひどい奴でな、私の短歌を自分の短歌のようにして面接試験で披露したのだ。試験官がほめたら、駄作ですよと答えたそうだ」

と、小太りの体をゆすって笑った。

その後、私は四年間の病床生活を送ったが、先生から見舞いの手紙をしばしばいただいた。その末尾には、駄作だが……とことわって近作の短歌が書きとめられているのが常であった。

私は、小説を書くようになってから作品集を先生に送っていたが、お眼にかかる機会はほとんどなかった。
七、八年前のことだが、先生から手紙をいただき、新宿の伊勢丹の角で会おうと書かれていた。私は、喜んで承諾の返事を書き、定刻に指定の場所に赴いた。
先生は、長女の方と二人で待っておられた。小太りだった先生は痩せていて、ひどく小さく老けこんでみえた。が、相変らずワイシャツに蝶ネクタイをはめ、眼には「この茶目っ気な奴め」という微笑がうかんでいた。

私は、先生にビヤホールで生ビールを御馳走になり、一時間ほどで別れた。

三年前の初夏、長女の方から先生が胃癌で入院しているという連絡を受けた。先生は死期の迫っていることを察しているらしく、歌集を自費出版したいという希望をもち、私に相談に乗って欲しいと言っているという。

私は、友人の出版社経営者である山下三郎に頼んで、病院に同道してもらった。

先生は、思ったよりも元気で、私たちの来訪を喜び、早目に作品をえらび出したいと言った。が、先生は、ふと思いついたように、

「駄作ばかりだけどね……」

と、可笑しそうに笑った。

三ヵ月後、先生は逝った。山下は、自ら車を駆って私と通夜に行ってくれた。

翌年二月、先生の歌集が出版された。それは、私の書架に保存されている。

(「文藝春秋」昭和49年12月号)

最下位と最高点

編集者のSさんから、電話があった。Sさんたちは月に一度句会をやっている由で、私にも出席しないかという。

思いがけぬ話で驚いたが、かれは、

「学生時代に遅刻の俳句を作ったでしょう、知っていますよ」

と、言った。

私は、忘れていたことを急に思い出した。

「書いたんですね、うちの奴が……」

と、私が言うと、Sさんは笑い、電話がきれた。

私はSさんの属している「婦人公論」をひらいてみた。危惧していた通り、妻が随筆を寄稿していてその一件が書かれていた。が、彼女も私の句は忘れたらしく、大体の内容が書かれているだけであった。

その一件は青臭い話であるだけに、書かれたことは私にとって迷惑なことであった。が、一度書かれてしまうと、腹もすわってそれなら自分から書いてやれという気持になる。私小説を書きつづけていると、自分とその周囲を一皮ずつはいでゆくうちに顧慮する感覚がその都度麻痺していって、やがて肉をさらけ出し、骨まで露出させるのと相通じている。

大学生であった私は、遅刻が多かった。その日も遅刻したので、私は、教室に入ると俳文学の教授である岩田九郎先生に遅刻の弁明として俳句をさし出した。

先生は、それを無言で見ていたが、黒板の隅にその句を書くと、また淡々とした表情で授業をつづけた。教場の学生が笑ったことと岩田先生のおだやかな笑みをふくんだ表情を私はおぼえている。

その頃、妻は短期大学の学生で、岩田先生が短大の教場で、

「大学には風流な学生がいましてね」

と、私の遅刻の句を黒板に書き、妻たちはその図々しさに呆れたという。

おそらく終戦後の食糧の乏しいさくばくとした時期であっただけに、岩田先生も私

の行為を不快と思わなかったのだろう。

その句がどのようなものであったか忘れたが、一ヵ月ほど前、大学時代の友人であるKと酒を飲んだ。Kは、恐ろしく記憶力のある男で、時折り忘れていたことを口にしては私たち友人をふるえ上らせる。かれは、私が下級生に命じてオーシャン・ウイスキーを買いにやらせ、学内の文芸部の部屋で弁当箱のふたで飲んだなどと言ったりする。

その時も、かれは、

「そうだ、お前、遅刻した時俳句を岩田先生に出したっけな。今日もまた桜の中の遅刻かな　というやつだ」

と、言った。

私は、Kの記憶力のよさにあらためて畏怖を感じたが、その句の他愛なさにも呆れた。それほど悪い句ではなかったと思いこんでいたが、Kの一言によって私の甘い思い出はたちまちにがいものになった。

三、四年前、妻は、「銀座百点」に随筆を連載していた関係で同誌の催した句会に初めて出ることになった。永井龍男、水原秋桜子、中村汀女、車谷弘氏などが作句する会で、句を作ったこともない彼女は、「困った、困った」と絶叫に近い声をあげながら出掛けて行った。

この折のことについて、たまたま句会の常連である杉森久英氏が随筆を書いているが、それによると妻の出席を杉森氏は「狂わんばかりに喜んだ」という。全くの素人である妻の出現によって、少なくとも最下位は脱出できると確信したらしい。しかし、結果は妻がビリから二番目で、杉森氏は最下位であった。

それから一年ほどたつと、今度は私に「銀座百点」から句会に出ぬかという話があった。私は、学生時代に岩田先生の指導で友人と句会をやっていたことがあって、常日頃から「おれは俳句の名人だ」と妻に言いつづけてきた。遅刻の句をみてもわかる通り、それはまことに心もとないものなのだが、結婚以来妻に高言していた手前辞退することもできず、出席の返事をしてしまった。

しかし、句会の日が迫るにつれて気分が滅入り、その当日は一種の錯乱状態におちいった。そのため定刻におくれ、会場に当てられた料亭の前の公衆電話で、遅刻してしまったので欠席にしたいと係の人に言ったが、待っているからと言われて恐る恐る伺候した。その時の萎縮感は、今でも忘れられない。大家の並居る中で、私は、絶え間なく流れる汗を拭いつづけた。

結果は、私が最下位であった。ただ永井龍男氏が、

「選び方だけは悪くない」

と慰めて下さったことが唯一の救いであった。

杉森氏はかなりの好成績で、料亭の外に出ると私に、

「時々出席なさいよ」

と、にこやかな表情で言われた。杉森氏の意図は、あきらかである。私が出席すれば、氏が最下位になることは決してないのである。

さてSさんを中心とした句会は、浅草のお酉様に近い料理屋でおこなわれた。出席の快諾をしたのは、第六感で素人の集りだと察したからである。

兼題は「湯豆腐」と「屛風」で、席題は、「春雨」「日向ぼっこ」であった。集った俳人（？）たちは、私の予測通り二、三人をのぞいては俳人らしい風格に乏しく、冗談をしきりに言い合う。私も、

「屛風はむずかしい題だな。落語の、『貞婦は屛風にまみえず』という文句がちらついて、句ができない」

などと部屋の空気を乱すことに努めた。

その日の成績は、九人中私が思いがけなく最高点であったが、残念ながら私の句を天に推す人が一人もなく、次点の人が最高位になった。

Sさんは、句会のことを随筆にでも書いた場合には原稿料の一割を句会に寄付してもらう規則になっている、と言った。が「文学者」はむろん原稿料はなく、私には一銭も支払う義務はない。

（「文学者」昭和48年5月号）

名刺

私は東京の日暮里町で生れたが、三十七年ぶりに母校の第四日暮里小学校の同窓会に行った。開校六十年を記念した催しで、体育館が会場にあてられていた。

空襲で町が焼払われたため卒業生は離散したが、どこで耳にしたのか会場には二百名以上の人々が集っていた。小学校四年生から卒業までの担任であられた伊藤繁先生をはじめ当時の先生たちも出席されていて、会場はにぎわった。

女子組の担任で私たち男子生徒に音楽を教えて下さった女性教師の久保田ゑ志先生

も出席していて、私はなつかしさで先生に近づいた。静岡県出身の先生は七十歳を越えておられるはずだが、当時と余り変らず若くみえる。

私が名を告げると、先生は、

「おぼえているわ」

と、にこやかな表情で言った。そして、私が差し出した名刺に視線を落すと、名刺を見つめ、裏返した。

私の名刺には、氏名、住所、電話番号しかなく、当然肩書は印刷されていない。先生は、現在の私の職業を知ろうとして名刺を裏返したのである。

「おいくつになられました?」

先生は、私にたずねた。

五十歳です、と私は答えた。

先生は再び名刺を見つめると、

「お仕事はないの?」

と、気づかわしげに言った。

私は、絶句した。先生は、私が無職であるらしいと察し、教え子であった私の境遇を心配してくれているのである。

小説を書いています、暮しも一応立っていますと言えば、先生も安心してくれるはずだが、私の口から言葉はでない。自ら小説家とは口にできないのである。小説家という名に価いするか否かは他人がきめることで、自分がきめるものではない。

今まで私は、名刺を何度裏返されたか知れない。小説家の名を知っているのはその世界に棲む人間か文学愛好家にかぎられ、著名な流行作家の名さえ知らぬ人も驚くほど多い。むろん私など取材先でペンネームは？　ときかれたことは数知れない。久保田先生が私の名を知らぬのは当然すぎることで、無職と思いこみ同情の眼を向けて下さったのに、私は胸が熱くなるのを感じ、返事もできなかったのである。

名刺とは、元来職業を相手にしめす物である。肩書きのない私の名刺は、名刺ではないのであろう。肩書きが列記され、それでも足りず裏面にもぎっしり印刷されている名刺をもらうことがある。退屈まぎれに読んでみたら「名刺交換会会長」という肩書きもまじっていた。肩書きが所せまいまでに印刷された名刺を、定期的にもよおす会合の席で交換するのだろうか。妙なことに情熱を持っている人がいるものだ、と薄気味悪くさえ感じた。政治家の差し出す名刺は、ほとんどが大型で、字も大きい。

必要があって、政治家の名刺を名刺帳に保存しておいたことがあるが、規格はずれのその名刺は、枠の中に入らない。やむを得ずハサミで上下左右を切ってさしこんだ。政治家の氏名がひどく窮屈そうにみえ、可笑しくてならなかった。

外国式に文字が横に印刷された名刺をもらうこともある。名刺帳にさしこむと、他の名刺がみな立っているのに、その名刺だけが寝ているようで落着かない。文字を読む時も、必然的に顔を傾けることになる。そのような横書きの名刺は、主として女性が愛用しているようだが、なんとなく人に甘えているようで好きではない。


（「室内」昭和53年1月号）

赤い旗

足利市に住む兄の家へ、弟の車に乗って行った。

その途中、すさまじい光景を見た。大型トラックが歩道に横倒しになり、コンクリート製の電柱を二本なぎ倒している。車に知識のない私にも、ハンドルを切り損ねた事故などではないことがわかった。

「居眠り運転だ」

弟が、顔をゆがめて言った。

一つの記憶が、よみがえった。

十年ほど前、東京の郊外に住んでいた私は、都心に出る折に私鉄の電車を利用するのが常であった。昼間は車内もすいているので、一輛目の最前部の席に好んで坐る。前方にレールが伸び、駅が近づいてくるのを見たりするのが楽しいからだ。

その日も前方をながめていたが、何気なく小窓越しに運転席に視線を向けた私は、思わず腰を浮かせてしまった。血色のよい丸顔の二十七、八歳の運転士が坐りハンドルをつかんでいるが、眼が半ば閉じられている。激しい眠気におそわれていることはあきらかだった。

私は、景色どころではなく、運転士の顔に視線を注ぎつづけた。運転士の眼は閉じかけるが、時折り意識がもどるらしく眼を開き、前方に向ける。そのうちに、頭が垂れ、眼を閉じたままになった。

車内に人は少なく、気づいているのは私だけであった。電車に、自動車と同じような居眠り運転があるなどとは想像もしていなかったので、どのようにすべきか判断もつかない。小窓をたたけば、運転士は眼をさますだろうが、不思議にもそのようなことは頭にうかばない。だれかが気づいて、なにか適当な処置をとるのを待つという他人まかせの気持しかなかった。私は、愚かしくも薄笑いして立ったり坐ったりしていた。

駅が、近づいてきた。無人電車のようにフォームを早い速度で通過するにちがいない、と予想していたが、レールの継目に車輪の当る音と車体の震動で気づいたらしく、運転士は眼を開け、ハンドルを動かして電車を徐行させ、停めた。

乗客が降り、ドアがしまると、電車は動き出した。すぐに運転士の眼は閉じられ、頭がさがった。

また、駅が近づいてきた。運転士は充血した眼をあけ、電車を定位置にとめる。そんなことが三駅繰返された。下車したかったが、自分だけ難をのがれるのは卑劣のように思え、最後まで見とどけなければならぬ義務のようなものを感じた。

終着駅が、迫った。むろんレールはなく電車が駅に激突することを恐れたが、電車は速度をゆるめ、無事に停止した。

フォームに降りた私は、運転士が下車するのを見守っていた。運転士は、金属製のケースと危険を報す巻いた赤い旗を手に、運転席から出てくると大きな欠伸をし、控室の方に歩いていった。

（「群像」昭和53年10月号）

海外旅行

私は、もともと外国へ旅しようという気は全くなかった。それにはさまざまな理由があるが、根本的には、私の旅に対する頑な考え方によるものなのかも知れない。
戦後、外国へ旅する人が多くなったが、それが一種の流行のような形になっていることに反撥を感じている。外国から帰ってきた人は、「パリではね……」「ロンドンの地下鉄は……」などと得意気に話したりするが、外国旅行をなにか特殊な資格でも得たように話す人たちに、不快感さえおぼえる。たとえ言葉が自在に操れて外国へ行ったとしても、所詮私には、旅をした国々のことなど理解できようはずはないという信念がある。多額の金銭と時間を費してまで異国へ出掛けるよりも、私は、自分の生れたこの島国を、出来るかぎり旅してみたい。死を迎えるまでの時間は、たとえ長生きしても三、四十年しかない。そうした貴重な残された時間を外国旅行などに費すより、日本の小さな村、人影もない山路などに足を印したいのだ。

私は、生涯外国旅行などするものか、とかたく自分に言いきかせていた。が、或る長篇を書くための取材で、日本をはなれなければならない事情が起った。仕事のためには、やむを得ない。私は、不本意ながら昨年の初秋に異国への旅に出掛けた。

羽田から北極廻りでパリへ。それからロンドンにまわり、さらにアフリカ大陸をジェット機で縦断して十五時間後に南アフリカ共和国のヨハネスブルグに到着、そして翌朝の便で目的地の喜望峰に近いケープタウンにたどりついた。

南アという国は、人種隔離政策が厳重に施行されていて、白人以外の入国を極度に制限している。日本人は、経済大国の民であるということから白人並に扱われていて、非白人に対する滑稽なほどの人種差別からは除外されているが、入国を制限されていることに変りはない。むろん日本人観光客に対するビザは全く下りず、商用のため入国したい者だけに入国許可が下りる。それも厳しい事前審査があって、ケープタウンには日本領事以外に五人の商社マンが住んでいるだけであった。私の入国許可は、申請後四ヵ月近くかかったが、ケープタウンについた私を、「よく入国できた」

と日本人商社マンに不思議がられたほど奇蹟に近い出来事だったらしい。

ケープタウンは、美しい都市だった。アフリカと言えば、猛獣と黒人と密林を想像するかも知れないが、この町には、二十階建のビルディングが立ちならび、高速道路も四通八達していて、さらに背後にはテーブルマウンテェインという岩山がそびえ、花々がその周辺を彩っている。世界中でもこれほど美しい都市はあるまい、と言われているのも素直にうなずける。

ケープタウンでは、二十日近く滞在してロンドンにもどり、それから大西洋を横断してアメリカに赴き、ニューヨークその他をまわってハワイ経由で帰国した。約一ヵ月半のあわただしい海外旅行であった。

友人たちは、私の海外旅行ぎらいを知っていたが、帰国した私に、

「どうだい、意外とよかったろう」

と、薄笑いしながら言った。海外旅行づく……という言葉通り、私が考え方を変えたにちがいないと探りを入れたのだ。しかし私は、今でも余程のことがないかぎり異国へ旅をしたいとは思わない。

食事は想像していたよりはるかにうまかったし、酒も煙草も私を充分楽しませてくれた。訪れた都市の風光にも興味をいだき、さまざまな人間に会ったことも貴重だっ

たと思っている。私は、専門的に会話の勉強もしていなかったので、途中までは新聞社関係の同行者に「言葉」の方はまかせきりだったが、その間に耳なれしたのか、その後の半月ほどの一人旅では言葉にはほとんど不自由はなかった。すべてが、良いことずくめの旅であった。

そうした旅をしたのに、私が再び海外へ旅をしたいと思わないのは、初めに述べた通りこの日本に行きたい場所が多くあると思うからだ。外国旅行でさらにその感を深めたことだが、人間というものはそれぞれの生れ育った土地の土壌から生れる茸のようなものだ。土地の性格が、人間そのものを形づくっている。一つの茸である私は、自分を形成してくれたこの日本という島の性格を見きわめるために、この島国を隅から隅まで旅したいと願うのである。

一ヵ月余の異国への旅で得た最大のものは、多くの書籍、雑誌、新聞の切抜き、そしてインタビューで録音したテープの山である。つまり小説のための取材という私の仕事に関するものだけであり、パスポートの旅行目的の欄にも、TO REPORT NEWSと記載されている。

（「旅」昭和44年4月号）

「左右を見ないで渡れ」

三年近くもたつだろうか、私鉄の踏切のかたわらに立つ大きな看板を見上げて、しばらくたたずんでいたことがある。

その看板には事故防止の標語が書かれていたが、意味が逆としかとれぬような珍なるものであった。そこには、太々とした黒い文字で、

「注意せよ！　左右を見ないで渡ること！」

と、書いてある。

日本語では、「食事前には手を洗うこと」と言えば、「手を洗いなさい」という命令の表現になる。とするとこの踏切のかたわらに書かれた標語は、「左右を見ないで渡りなさい」ということになってしまう。

むろん警察では、左右を見ないで渡ることは危険だから注意せよ……と言いたいのだろうが、この文句では事故死奨励の意味にしかとれない。

おかしな標語は、まだ無数にある。

今さかんに使われている「飲んだら乗るな、乗ったら飲むな」というのも考えてみるとおかしい。「飲んだら乗るな」というのは酔っぱらい運転防止策として、まさにその通りと理解できるが、「乗ったら飲むな」という下の句は文章通りに解釈すれば、自動車に乗ったら酒を飲むな——つまり運転中には飲酒厳禁としか考えようがない。まさかハンドルをにぎりながら、一升瓶を傾ける奴もあるまいに……。

もっとも「飲んだら乗るな、乗るなら飲むな」というのもあって、こちらの方はよくわかるが、それにしても「生麦生米生卵」ではないが舌でもかみそうだ。

役所から家庭にまわされる印刷物に「くそ剤を配布します」というのがあった。便所にまく薬かなにかかと思ったらさにあらず、駆鼠剤のことであった。

駆鼠を「くそ」と読める人がいないだろうという配慮から「くそ剤」としたにちがいないが、それにしてもこれではなんのことやらわからない。いっそ「鼠退治の薬を配布します」ぐらいにしたらよさそうなものなのに。

官庁には、PRという重要な仕事があって、そのため標語やらポスター、印刷物の類が数多く巷に流されているが、以上述べた交通標語の例をあげるまでもなく、日本語に対する常識さえ欠如しているようなものがまじっている。

よく見かけるものに「最寄の交番え」という「え」の使用がある。戦後、国語は乱れに乱れて、仮名は音読みになったが、戦前の教育を受けた者は、なにからなにまで音読みと早合点して、「交番え」となった。

一説によると「え」でもいいのだそうだが、新聞、雑誌はもとより小学校一年生の教科書をひらいてみても、「へ」と書いてある。「え」と書いたら×にされるのである。この「え」の使用は官庁関係だけではなく、××医師会のポスターでも「患者の皆様え」であり、飲食関係の店頭にも「お客様え」と書かれた印刷物が堂々と張ってある。小学校低学年の生徒などは、「あれは×よ」と横目で見て笑っているにちがいない。教育上にもはなはだ肌寒い思いがする。

新聞では、一昔前、「美人女給殺さる」「美人の重役夫人殺さる」と、余程の醜女でないかぎり、殺された女は美人ということにされていたらしい。

そうした中で、「美人の首なし死体」という傑作があったが、死体に対するハナムケにもなることだし、同じ誤りでもこのくらい徹底したら話は別である。

（「週刊朝日」昭和43年9月6日号）

K氏の怒り・その他

K氏の夫人が、こんな打明け話をしてくれた。

K氏は五十歳で、ある著名な建設会社に勤めている。かれは身だしなみのよい人で、毎朝ていねいに髭をそり、頭髪の手入れをして出勤する。

ある朝、かれは突然怒り狂った。夫人が新しく買った髭そり後につける化粧液を、整髪料と間違えて頭にふりかけてしまったのである。その日から、かれの神経はすっかり乱れて、整髪料を顔につけたり、化粧の下地に使う夫人の化粧品を頭に塗ったりするようになった。

かれがこのような混乱をしめすようになったのは、化粧品の容器に印刷された英語やフランス語を理解できなかったからである。かれは、ますます怒り、化粧品類すべてに日本語を書いた紙を貼りつけることを命じた。

夫人は、その命令にしたがい、かれの使用する化粧品の容器に「顔」「頭」「髭」と書いた紙をはった。

この話を、笑うことはできない。K氏は、私大の土木学科を卒業して土木、建築の仕事に従事している技師である。読書の趣味もある常識豊かな人物である。そのかれが怒ったとすれば、怒らせる方が非常識と考えなければならぬ。

日本人には、日本語という国語がある。それなのに、企業家はやたらに外来語を使いたがる。しゃれた感じがし、新鮮な印象を消費者にあたえると思いこんでいるらしい。

しかし、日本人の中にどれほど英文や仏文を知っている人がいるかということを考えれば、外来語を商品につかう企業家は、根本的なあやまちをおかしていることに気づくはずである。

と言うよりは、企業家自身、英文も仏文の知識もなく、家庭で整髪料を顔にぬりつけて腹を立てているかも知れない。

送られてきた婦人雑誌をひらいてみると、「ナウなヘアデザイン一〇〇点とトップメークからスキンケアまで」などという文句が大きく印刷されている。このような例は、至るところでみられる。わかる人もいるのだろうが、わからない人の方がはるかに多いはずだ。

ファッションショーのスピーカーから流れ出る女性の宣伝文など、英語、フランス語が雑然と入りこんでいて、まことに奇怪な文句だと思わず噴き出してしまう。が、主催者は真面目で、それを聴く人々も真剣な眼をしているのを見ると、滑稽感よりも肌寒さを感じる。

あるテレビ局の制作部員が、拙宅に訪れてきた。医学問題で医学関係者と私との対談が企画され、その打合わせにやってきたのだ。

その制作部員の話をきいているうちに、私はうんざりしてしまった。英語が会話の中にやたらに挿入され、ききただしてみるとそれは日常使われている医学用語だそうである。なぜ英語に直して話さねばならないのか。

横文字の氾濫する日本というこの島国は、経済大国であるかも知れぬが欧米の植民地的存在でしかないにちがいない。

（「朝日新聞」昭和48年4月25日）

スミマセン

スミマセンという言葉が、日常会話によく使われている。たとえばデパートに行くと、客が「スミマセーン」と売場の娘に声をかけたりしている。「お願いします」という呼びかけの言葉として使われている。

また、スミマセンを電話の会話で使う人もいる。「スミマセン、田中ですが」とか、電話の最後に「スミマセン」という人もいる。

妙な言葉である。もともと申訳ないというおわびの言葉が、依頼やお礼の意味で使われている。その発生起源をたどると、戦争末期から終戦直後ではないかと思われる。当時は、食糧をはじめ生活必需品はなく、農家へ買出しに行っては、「スミマセンが、この衣類でお芋を……」などと言った。列車の切符販売も制限されていて、長時間並んでようやく切符を手に入れる。その時も、無愛想な駅員に、「スミマセン、××まで一枚下さい」と頼んだりした。

ともかく、なにをするにも「スミマセン」であった。それは、なにからなにまで不自由だった終戦前後の物悲しい庶民の常用語で、現在まで根強く残っているのである。

近ごろ、大商社の米その他の買占め、売惜しみをきくと、自然に江戸時代の打毀しが思い起される。民衆が大挙して豪商を襲い、家をこわし、商品を奪う。襲われるのは米穀商が多かったが、明治以後に起った同様の騒動では、経済機構の複雑化にともなって、米以外の商品を扱う商人に向けられるようになった。

関東大震災の発生直後、物資は大量に焼滅し、交通機関の破壊で地方からの物資輸送も杜絶状態になったので、物価は暴騰した。そして、それに拍車をかけたのが、災害を利用して一獲千金をねらった大商人の売惜しみであった。しかし、大震災後に打毀し騒動は起らなかった。政府がいち早く暴利取締令を発し、警察も庶民の協力を求めて暴利商人の摘発に努力したからであった。検挙されたのは、四百余の豊かな資本力をもつ卸商人たちであった。

大商社の操作による物価の騰貴は、庶民に直接打撃をあたえる。商社は加害者であり、庶民は被害者である。しかし、被害者である庶民というものは、もともと忍耐強いものである。一人一人が激しい憤りをもっていても、他人と結んで怒りをしめすことは、余程のことがない限りすることはない。憤りを爆発させた時は、手がつけられないものになる。

終戦前後は、戦火によってすべてが破壊され、物資は枯渇していた。それを十分に知っていたから、庶民は「スミマセンが……」を常用して生きることに努めた。が、物資が豊かな時代には、庶民は「スミマセンが……」などと言う必要はない。生きることに鋭敏な神経をはたらかす庶民なのだから、現代がスミマセンの時代でないことを十分に知るべきである。

（「朝日新聞」昭和48年4月4日）

食べれる、見れる

大阪の町を行くと、銭湯にゆと一字だけ染めぬかれたノレンがかかっているのを眼にする。大衆食堂の看板に、めしと書かれてもいる。

ゆとめし――。関東者の私には、この二語に大阪人の底知れぬ生活人としての逞しさを感じると同時に、その直截な省略が平然とおこなわれていることに感嘆もする。東京なら銭湯には松乃湯とか鶴乃湯などというノレンがさがり、大衆食堂には、時にフロリダなどという外国の地名を店名にした薄汚い店もある。

大阪では、銭湯や食堂の名よりも、まずその家が何を商いにしている店かをしめすため、ゆと書き、めしと書くのだろう。気取りのなさがいいし、省略というもののもつ効果も十分に発揮されている。

大阪人は、省略を日常生活の中に巧みにとり入れているらしい。たとえば市内の交通の主要な地名なども、極端な省略語で呼ばれていて、旅行者である私などは面喰う。

「ウエロクで乗り換えて……」

と言われ、思わずウエロク？　と反問する。

ウエロクとは、上六――上本町六丁目のことであると知る。天神橋六丁目は、テンロク（天六）で、なんとなくてんぷら屋の屋号かと錯覚さえする。日本橋一丁目も日本一と呼ばれている。ニホンイチではなくニッポンイチと景気がいい。

夜、タクシーを走らせていたら、パチンコ屋のネオン看板にパチという文字が光っていた。私は、さすが大阪だと感心し、ンコがなくてもパチだけで十分その店がパチンコ屋とわかるなと思った。パチという言葉のひびきもいい。しかし、翌日、昼間にその店の前を通ったら、ネオン管にはパ、チ、ン、コという四文字が並んでいた。ンとコのネオン管がきれていたことを知って、思わず苦笑した。

言葉に省略があっても差支えないし、それが巧みであれば日常生活の煩しさを少しでものぞく効果がある。しかし、妙な省略は不愉快である。

一年ぐらい前からだろうか、子供から大人まで変な言葉を使いはじめた。私が最初気になったのは、某氏と小料理屋に行った時で、蝗《いなご》を甘辛に炒ったものを食べていた私に、某氏が、

「よくそんなものを食べれますね」

と、言った。

「うまいと思いますがね」

と私が言うと、

「そうですか。私には食べれません」

と、頭をふった。

私は、落着かなくなった。食べれません……は、なんとしても困るではないか。食べられませんでなくてはならないのに、食べれませんとらを勝手に省略されては、気がぬけたようで気持がいらだつ。妙な言葉遣いをする人だと思ったが、その後、私は、食べれません式の言葉の氾濫の中で喘ぐようになった。

「よく見れる」などという言葉は、数限りなく耳にする。よく見られるを、なぜよく見れると一字省略するのか、と溜息をつく。驚いたことに、アナウンサーまで「よく見れる」を口にする。殊にスポーツ放送のアナウンサーはＮＨＫ、民放をとわず語法を無視した言葉を連発しているが、

「打者が球をよく見れる時は調子がいいと言いますが、今日の長島はそれにぴったりですね」

などと、見れるを口にしている。

これは省略ではなく、国語の基本にふれる文法上のあやまりであるだけに一刻も早くやめてもらわねば困る。「もちろん」を「モチよ」、「かもしれないね」を「カモね」、「白ける」を「シラケ」という類とは、根本的にちがうのだ。

最近、中学校に通う娘が、

「キモ」

と、折にふれていう。それは「気持が悪い」という言葉の軽い表現で、私もそれに便乗して「キモ」とふざけて言ったりする。しかし、「食べれる」「見れる」は、「キモ」などと言って簡単に顔をしかめてすませられる言葉ではない。

（「諸君」昭和49年9月号）

小説と〈私〉

私の生れた家

私の生れた家は、東京の日暮里町にあった。日暮里という町は、妙な町であった。近くに山手線の線路をへだてて広大な谷中の墓地のひろがる高台があるが、高台に近い地域は寺などもあって閑静な住宅街になっていた。それが、高台からはなれるにつれて家屋の密集する地域が多くなる。三ノ輪方向にはボロ布問屋がかたまっていたし、町工場も家屋の中にはさまっていた。それでも、そうした地域に、ひどくひっそりした住宅街があったりして、少年の私には興味深い町に思われた。

私の家は、高台に比較的近く、家屋の密集地帯との接線上にあった。父は、その町に紡績工場と製綿工場をもっていた。

家は、関東大震災以前に父が買い求めた古い建物であった。五十坪ほどの正方形をした平家で、裏に瓢簞型の池のあるせまい庭があり、六畳間の離れと四畳半の勉強部屋が庭をかこむようにして立っていた。

　母屋の居間には長火鉢がおかれ、母が銅壺《どうこ》の湯を真鍮《しんちゅう》製のヒシャクでかえたり、布で木目をふいたりしていた。父が銅壺で燗をした酒を飲んでいることも多く、いわば長火鉢のおかれた場所は、家長の座でもあった。

　家のことを思い出すと、不思議に格子作りの玄関のことが頭にうかぶ。

　小学校から帰ってくると、玄関の前にホロつきの人力車がとまり、車夫が煙管《きせる》をくわえてしゃがみこんだりしているのを眼にすることがあった。人力車は、漆塗りででもあったのだろうか黒い艶があり、そこに金色の紋がついている。それは駅前に開業していた菅井医院のもので、私は、その人力車を見ると、家のだれかが病気になっているこことに気づき、勝手もとにまわってひそかに家へ足をふみ入れたりした。

　長兄の結婚式の夜の華やかさも、記憶に残っている。玄関の横の帳場に布製の大きな鯛がおかれ、朱塗りの柳樽が所せまいまでに並べられていた。幕が家の前面に張られ、家紋のついた提灯も高くかかげられていた。

　幼い姉が死んだ折には帳場に祭壇がもうけられ、三兄の入営、四兄、五兄の出征時には、家の前に祝入営・出征の幟が林立し、町の少年団の吹奏する軍歌の旋律が家をつつんだ。そして、昭和十六年末には、中国大陸で戦死した四兄の遺骨が哀切な楽《がく》の音《ね》とともに玄関をくぐった。そして、それから二年半後には、戦局の悪化した中で、ひっそりと母の葬儀が営まれた。

また、田端寄りにあった紡績工場が全焼し、そこに長兄と住んでいた祖母が、中学生であった四兄とともに位牌を手にして裸足で避難してくる姿を眼にしたこともあった。四兄は、玄関の前で泣いていたが、祖母が、笑顔で出迎えの者を逆に慰めていたことが不思議な光景として思い出される。

そうした悲喜さまざまな記憶が家にまとわりついているが、幼時から少年期にかけて、私は子供らしい生活を楽しんだ。

物売りは、季節の象徴ともいうべきもので、家の前の路を、早朝から日没時まで独自の売り声をあげながら通りすぎてゆく。夏には、金魚売り、風鈴売り、虫売りがやってくるし、大きなリヤカーに商品を満載した雑貨屋が、麦藁帽子をぬぎ汗をふいて休憩したりしていた。

冬には味噌オデン屋、ドンドン焼き屋、シューマイ屋が通り、夜になると「鍋焼きうどーん」という声が屋台の車の音とともに近づいてきたりした。寒夜、タイコをたたきながら「只今の火事は本所深川××丁目○○方」と火の番が言って通るのを、ふとんの中できいたこともある。

町に、昆虫は多く、それが私たち少年の大きな関心の的になっていた。初夏になると、蜻蛉が、空を飛び、蟬がせまい庭の樹木や電信柱で鳴く。蝶も舞っていたし、時にはバッタも姿をみせた。

私は、駄菓子屋で買い求めたモチ竿を手によく谷中の墓地に行った。朝早く行くと、大ドロ、ヤンマ、お車、ヘビチなどと俗称されていた大型の蜻蛉が、高い樹木の枝に体をたらしてとまっている。朝露にぬれて光っている翅《はね》が美しく、私にはその昆虫が貴重な宝物のように思えた。

どういう習性によるものなのか、夕方近くなるとヤンマが空を一定方向にむらがりながら飛んだ。ヤンマの雄は尾部が美しい青色で銀と称され、雌は尾部が茶色くチャンと称されていた。おツナガリというのは交尾した蜻蛉で、おツナガリも大挙して谷中の墓地方向に飛んでゆく。

その光景はまことに壮観で、私たち少年は、大通りにモチ竿を手にして集り、ヤンマの一団がやってくるのを待ちかまえる。長い竿が有利なので、モチ竿にツナギと称する竹竿を連続させ、竿を伏してヤンマの群れの飛来を待ち、やがてそれが姿をみせると、一斉に竿を思いきり高く立てて強くふる。しなうモチ竿にヤンマがかかった時の喜びは、たとえようもなかった。

　夏には縁日があり、浴衣を着て露店のならぶ道を歩く。帰ってきてふとんに身を横たえると、足がほてってなかなか眠れない。縁日で買ってきた蛍を蚊帳の中に放ち電灯を消すと、闇の中に蛍が水々しく光り出す。その光を見つめながら眠りに入ることも多かった。

　離れの屋根に作られた物干し場へは、日に数回のぼった。私が家の中にいないと、物干し場ではないかと、廊下や庭から母や家事見習いの娘が声をかけてきたものだ。

　手すりに腰をおろして家々の屋根のつらなりをながめ空を仰いだりしていると、のびのびとした解放感をおぼえた。座ぶとんを持ち出して、その上に寝ころがっていたこともあった。

　私は、物干し場でよく凧を揚げた。凧気ちがいと母に笑われていたほど、私は凧が好きであった。

　自室の鴨居には、愛用の凧をずらりと並べていた。角凧、六角凧、奴凧、蝉凧、飛行機凧など手に入るかぎりの凧を見ては悦に入っていたが、揚げて興味があったのは角凧と六角凧であった。

　以前にも書いたことがあるが、中学校三年生になって間もない土曜日の正午過ぎに六角凧を揚げていると、西の方向から双発の飛行機が驚くほどの超低空で飛んできた。しかも、それは私の揚げている凧に直進してきているので、私は、凧が飛行機にからみつかないかと不安になり、糸を手繰った。

飛行機は、妙な形をしていた。殊に尾翼の垂直尾翼が両端につき立っているのが珍しかった。

機がさらに接近し、私は、主翼に意外にも星のマークがついているのに気づいた。それは、アメリカ空軍の標識に酷似していて、おそらく中国大陸で捕獲したアメリカ製中国機を戦意昂揚の目的で東京の上空を展示飛行させているのだと思った。

機は、凧の上方すれすれを通過した。機銃の突き出た銃座がみえ、風防の中に飛行服を身につけた飛行士の顔もみえた。機は、少し身をかしげながら桜の花で白く煙る谷中の墓地の方へ飛んでいった。

やがて私は、それが東京初空襲に成功したドウリットル陸軍中佐指揮のノースアメリカンB25十六機から成るアメリカ爆撃機隊であることを知った。超低空で東京に侵入したのは、日本機から発見されることを恐れたからであったという。

その後、戦争の激化にともなって、町は燈火管制で暗くなり、私の家でも電灯の笠に黒い布をかぶせたり、底部を円形に残してガラス面を黒く塗りつぶした奇妙な電球を使用したりするようになった。

その頃、父は、谷中の墓地に近い場所に隠居所ともいうべき家を新築させていた。すでに子宮癌で病臥していた母のために作った家で、総檜作りの数寄屋風の平家であった。建坪は六十坪ほどで、庭は広く築山も作られていた。

母はその家に移り、私と弟も母とともに起居するようになった。が、間もなく母は死亡し、私たちが留守番という形でその家にとどまった。

その家の周辺は、日暮里の町の中で最も閑静な住宅街であった。近くに寺があり、根岸とも接している。正岡子規の住んでいた家のあった場所も近く、江戸時代は、隠宅のおかれた場所でもあったという。

私は、その家で二年間をすごした。

やがて空襲がはじまるようになり、庭に防空壕が作られ、庭土を掘り起してカボチャや野菜の種がまかれた。ガラス戸には、丈夫な日本紙を短冊状に切って井桁にはりつけたりした。爆弾が落下した時、爆風でガラスが飛び散るのを防ぐための処置であった。

B29の編隊は、必ずといっていいほど町の上空を東から西に飛んだ。

快晴の空を十数条の飛行機雲をひいて、幾何学模様の編隊のアメリカ爆撃機編隊が進み、その群から時折り爆弾が微細な針のようなきらめきをみせて放たれた。その落下音はすさまじく、防空壕に飛びこんで突っ伏した私は、自分の体が四散する恐怖に身をすくめていた。

体当りする日本の戦闘機もみたし、煙をはいて錐もみ状に墜落してゆくB29の姿も眼にした。青空にぽっかり浮かぶパラシュートは、まるで浮游するタンポポのようにみえた。

食糧は枯渇し、一週間一度の野菜の配給も大根一本を数戸の家で分けるような状態になった。そうした中でも、私は弟と二人で家にふみとどまっていた。

やがて夜間空襲が本格化し、近くの町々が焼夷弾攻撃で焼きはらわれるようになった。私は、毎夜ズボンにゲートルを巻きつけたまま冷いふとんにもぐりこみ、夜気をふるわす敵機接近のサイレンで飛び起きる。そして、鉄兜をかぶり焼夷弾落下にそなえて門の外に立ちつづけ、警報解除のサイレンで再びふとんにもどる生活を繰返していた。

終戦の年の四月十三日夜、家の周囲に焼夷弾が多量に落された。私は、リュックサックをかついで家を出ると、避難地と定めていた谷中の墓地に向った。墓地は桜が満開で、その中に避難した人々が右往左往していた。

夜が明け、墓地のはずれに立った私は、町が焼きつくされているのを見た。午後になって、私は、自分の住んでいた家の焼跡に行ってみた。家は焼けトタンと白っぽく変色した瓦が堆積しているだけで、庭石には亀裂が走っていた。

私は、鉄棒を探し出して庭土を掘り起した。土の中から石油罐がつぎつぎにあらわれてきた。ふたをあけると、書籍やアルバムなどが焼けこげの跡もなくあらわれてきた。高熱の炎がたけり狂った中で、数十センチの厚さの土が、それらを守りぬいてくれたことを知った。

その日から私は町からはなれたが、終戦後、兄が隠居所のおかれた敷地にバラックに近い小さな家を建て、私と弟は再びその家に移り住んだ。

やがて私は、その家で喀血し、病臥した。手術を受けて一年近く身を横たえていたが、事情があって家を売却したため、町をはなれ、現在に至っている。

私の故郷は、日暮里の町である。

当然のことながら、町はすっかり変貌している。生れ育った古い家のあった場所は、次兄の経営する繊維会社の敷地内にふくまれ、二階建の事務所が建っている。少年時代の遊び友達であったKさん兄弟が道をへだてた家に今でも住んでいるだけで、友達に会うことも稀である。

隠居所のあった場所には、広い舗装路が走っていて、跡かたもない。私は、今でも時折り歩道に立って家のあったと思われる路面をしばらく見つめ、附近の露地に入って歩く。近くにあった善性寺という寺は残っているが、その裏手の墓地も道路にけずりとられている。

寺の前には、羽二重団子という老舗がノレンを垂らしている。少年時代、私は母に命じられてしばしば醬油焼きとつぶし餡《あん》の二種類の団子を買いにやらされた。主人夫婦は健在で、若主人夫婦も店にいる。変転きわまりない時代なのに、団子の味は私が少年時代に味わったものと変らず、その店で団子を食べていると、生家の記憶が自然によみがえってくる。姉、祖母、四兄、母、父と相ついで世を去った肉親のことが思い出され、自分が生きていることを不思議にも思ったりする。

最近、杉田玄白らとともに「解体新書」の翻訳に成功した江戸時代の蘭学者前野良沢を主人公にした長篇小説を書きあげたが、不遇だった良沢が晩年に隠棲した地が、羽二重団子の近くであることを知った。それは、少し鶯谷方面に向った所にある私にも親しみ深い御隠殿《ごいんでん》坂の下あたりで、その坂は谷中の墓地から日暮里の町におりている。坂は、山手線その他の線路で分断されているが、面影はわずかながらも残っている。

私は、久しぶりに御隠殿坂を見下す陸橋を渡って谷中の墓地に足をふみ入れた。墓地というものがほとんど変化のないことを、私は知った。少年時代、モチ竿を手に蜻蛉を求めて歩きまわった小路も変りなく、眼になじんだ墓も数限りなくある。

私は、記憶をたどって小路から小路をたどり寛永寺の門のみえる道路に出た。家は失われたが、故郷の一部は今でも往時のまま残されている。

（「小説現代」昭和49年8月号）

路上に寝る

東京の新宿コマ劇場の前に、長方形の広場がある。周囲に映画館が立ち並び、広場の中央におかれたベンチに坐っていると、谷底に身を置いているような気持になる。

数年前の夜、その広場のベンチにぼんやり腰をおろして映画館のネオンを見上げたり、通行人をながめたりしていた。日没後間もなくで、人通りが多くなりはじめていた。

眼の前の路面を見ていた私は、不意にその上に仰向けに寝てみたい誘惑に駆られた。ダスターコートを着ていたので、それを路上にひろげて身を横たえればいい、とも思った。舗装されている路面がわずかに波打っていることが好ましく、私は、そのような路の上で寝る快さを知っている。

夜間空襲で家が焼けた翌日の午後、火熱のようやく衰えた焼跡に足をふみ入れ、家のあった敷地で灰かきをした。夕闇がひろがりはじめたので、隅田川を越えた地にある長兄の家に行くため焼跡をはなれて歩き出したが、疲労が激しく国鉄のガード下まで来ると足をとめた。

私は、多くの人がガード下やその附近で寝たり坐ったりしているのを眼にして、道の上に仰向けに寝た。硬い路面が背に痛いだろうと予想していたが、意外なほど硬い感じがしない。むしろ少し波打っている路面が背になじみ、幼い頃、庭にゴザを敷いて寝ころんだ折の土の感触が思い起された。

それに、背一面にふれている大地は、果しなく大きく確かな物に感じられた。顔の近くを人が通る。私は、人の足をながめ、顔を見上げていた。炎の間をのがれて生きることができたという実感が、ようやく胸の中に湧いていた。

その折の記憶が、映画街の広場のベンチに坐っている私に、突然のようによみがえってきた。路面のわずかな起伏が、ガード下で寝た道の表面と似ていて、大地から感じられる安らぎを再び味わってみたくなった。硬い陶枕が頭に不思議となじむのに似て、路面も背になじむ。しかし、私には、路上に寝るなどという勇気はなく、しゃがむと路面を掌でふれてみた。路は、なぜかひどく温かかった。

翌日、路上に寝る代りに庭にゴザを敷いて寝ころんでみた。土、植物、塗って間もないペンキの匂いなどさまざまな匂いがする。匂いは、地表を這っているのか。背に感じられる土の凸凹が、快い。背中は豊かな順応性をもっていて、或る程度の凸凹ならそれを吸収する能力をそなえているのだろうか。

ゴザに寝ころんだ私は、空襲の翌夜、背一面にふれていた大地の確かさを感じることはできなかった。大地に対する強い信頼感は湧いてこず、ただ土を感じるだけだ。

空襲後という異常な時間であったことが、私に深い安らぎをあたえてくれたのか。

その夜の路面も、温かかった。


（「群像」昭和53年7月号）

行列

甥は大学の工学部学生になっているが、小学校に入って間もない頃、時折り体が軟体動物のようになった。立ったり坐ったりすることができず寝ころがっていて、学校にもゆかない。食事も用足しも、嫂の手を借りなくてはならなかった。そんな現象が起きるのは、近くに葬式が出た時で、甥は人間がすべて死ぬものであることに衝撃を受け、関節も筋肉も弛緩してしまうらしい。

この甥のことをヒントにして、私は、「行列」という短篇を書いたことがあるが、それは少年時代に私自身も同じようなおびえを感じていたからであった。

行列という観念は、少年であった私の胸に強く焼きつき、その後幾分淡いものになっているが今でも私に残っている。死の瞬間という門がある。その門にむかって長々とつづく人の列を、少年であった私は鮮明なものとして見た。人の列は、先頭から順番に門をくぐり死の領域に繰り入れられてゆく。老齢者もいれば、若い男女もいる。少年、少女、嬰児も並んでいるし、胎児もいる。

私を最も恐れさせたのは、新生児すらお産と同時に行列に加わることであった。出産後一年目の誕生日を人々は祝うが、嬰児にとって、それは死の門に一年近づくことでもある。行列の動きは、重々しく前方に進むことをやめないし、今後も停止することはない。そして、自分もその列の一員であり、やがて確実に死の門をくぐる定めにある。

少年の私には、父母兄弟と私をまじえた果しなく長くつづく人の列が眼に浮び、人々が小刻みに前方へ足をずらせてゆく音を耳にしていた。

私が初めて人の死に接したのは、四歳の夏であった。三歳ちがいの姉が、病死したのである。

母の悲嘆の激しさに呆気にとられたが、人のあわただしく出入りする通夜と葬儀の殷賑を興がっていた。姉の死が病院での死であっただけに、突然のような人々の訪れを幼い私は事情を呑みこめなかったのかも知れない。

つづいて四年後には、祖母が死んだ。祖母は、独立した長兄の家の離屋に住んでいたので、私は中学生であった二人の兄に連れられて長兄の家に行った。叔母が、泣きながら祖母の顔をおおった白布をとりのぞいた。青ざめた祖母の顔が、電灯の下にあらわれた。口、鼻、耳につめこまれた真綿の白さが、私の眼に映った。私の体は、硬直した。祖母が口をいっぱいに開けて頬張っている真綿の白さに、死者に対するしきたりの残忍さと恐怖を感じた。叔母が、近づいてお別れをするようにと言ったが、私は後ずさりして廊下に出てしまった。

多分同じ頃と思うが、路上で人の死を目撃した。

友人の家から自転車に乗って舗装路を家の方向に向っている途中、人だかりがしていた。前方の道路の片側にガソリン運搬車がとまっていて、太いタイヤの近くに蓆をかぶせられた物と、その傍に少年用の自転車が倒れているのを見た。

自転車は飴のように曲っていて、私は、それに乗っていた少年がトラックにひかれ、蓆の下に死体となって横たわっていることを知った。

空気が、凝固しているのを感じた。ただならぬ気配が、あたりにみち、なにか白い気泡のようなものが、蓆を中心に音を立てて割れているようにも思えた。

その泡立った白っぽい空気の中で、動くものがあった。前掛けを垂らし鉢巻をしめた長身の老人が、二人の警官に腕をとられ、体をのけぞらせながらなにか叫んでいる。私は、それが死亡した少年と濃い血縁関係にある老人だということを直感した。

　老人は蓆の傍からはなれまいとし、警官は現場から家へ連れもどそうとしている。その争いが、空気を一層凝固させ、私の耳に気泡の割れる音がさらにたかまった。

　私は、老人の顔を知っていた。それは、近くの小さな店で団扇を掌でたたきながら串にさした鳥を焼いている老人で、私も通りすがりに何度か眼にしていた。

　その事故は新聞の小さな記事にもなって、たちまち町内につたわった。そして、私も大人たちの会話から老人と少年の間柄を知ることができた。老人には既婚の一人娘がいたが結婚生活の破綻から失踪し、老人は娘の残した少年を引取って二人で暮していた。老人は、孫可愛さに自転車を買いあたえたが、それが事故を招くことになったのだという。

　私は、その後、事故のあった道を避けるようにしていたが、十日ほどしてその道を歩いて通った。道沿いの焼鳥屋は閉っていると思っていたが、そこからはタレの匂いと煙が路上に流れ出ていた。

　通りすがりに店をのぞくと、いつもと同じように、前掛けをつけ鉢巻をしめた老人が団扇を掌でたたいている。その顔は青白くやつれてみえたが、団扇をたたく仕種はいつもと変りなかった。

私は、警官に両腕をとられわめき叫んでいた老人の姿を思い起した。その老人が十日後には団扇を掌でたたく生活にもどっていることに、大人の生活をのぞきみたように思った。老人の内部には、孫の死がたしかな事実として定着し、過ぎ去った悲しい記憶にすぎなくなっているのだろう。そして、老人は月日の経過とともにその悲しみも淡くなってゆくのを知っているのだ、と思った。

大人の逞しさを、私は感じた。そして、その逞しさは人間に死が確実に訪れるものだという諦めから発しているのだとも思った。

それから一年ほどして、駅前の医院の待合室で診療の順番を待っていた時、突然医院の表扉がひらかれ、私は顔を上げた。駅員が前後して担架を支えて運びこんでくると、待合室を通りすぎて診療室のドアの中に消えていった。担架の上に横たわっている和服の女は、私の家の近くのラジオ商の主婦であった。顔は土気色をしていたが、口許に妙な笑いが浮んでいた。

再び表扉がひらいて、警官と駅員が姿をみせ、警官のみが診療室の中に入っていった。

たたきに残った駅員が、待合室で診療を待つ男の質問に、女が幼児と電車に飛込み自殺をはかり、幼児は即死したと言って、土間に眼を落した。私は、そこに割れた女下駄を見た。両方とも下駄が斧で断ち割られたようにきれいに縦に裂けていて、真新しい鼻緒がはずれていた。

待合室の空気が、一斉に泡立っているように感じた。私は、眩暈を感じて運動靴をはくと扉を押して外に出た。

主婦は軽傷を負っただけで帰宅を許され、幼児のみの葬儀がラジオ商の家でひっそりと営まれた。が、それから半月もたたぬ間に再び店の前に花輪が立った。主婦が、夫の眼を盗んで首吊り自殺をしたのだ。

空気の凝固、気泡の割れる音、それを私はただならぬ気配と感じてきたが、それは、人に突然の死が訪れた時、周囲の空気に特異な変容が起るからだと思った。

その後、兄の戦死、母につぐ父の病死に接しても、死の強引な暴力を見せつけられはしたがただならぬ気配を感じたことはなかった。

私が最も平静な気分で人の死を見たのは、終戦直前に橋の上から隅田川を見下した時であった。平静というよりは、なんの感情も胸の中には湧かなかった。

その頃東京の大半は焦土に化していて、大通りにも人の姿は少なくなっていた。私は、自転車で隅田川に架けられた橋に通じる坂をのぼった。橋の欄干から川面を見下している二、三の男の姿がみえた。私は、魚でもいるのかと思ってその近くに行き、男たちにならって欄干から顔を突き出してみた。橋脚の附近には、十体ほどの男女の遺体が寄りかたまって浮んでいた。

それらは、焼死体ではなく、衣服に焼けこげの痕もないきれいな遺体であった。恐らく炎に追われて川に身をひたし、すさまじい燃焼作用による酸素欠乏で窒息してそのまま川に漂い流れ出たものにちがいなかった。モンペをはいた臀部をはちきらせて突っ伏している若い女、鉄兜をかぶり背に手提金庫をくくりつけた男、裸足の足裏をみせている白髪の老人、嬰児を背負った中年の女などが、身を寄せ合うように浮んでいる。干潮時らしく洲も露出していて、遺体の群れは静止していた。そこには、空気の凝固も感じられず、ただ明るい陽光の氾濫とのどかな静けさがあるだけだった。遺体は、川面に浮ぶ芥と同じように、川の一風物に化してみえた。

私は、遺体に対する恐怖もただならぬ気配も感じなかった。私の肉体もそれらの遺体と同じような物質に化す可能性は多分にあったのだが、自分とは全く無縁のものとしか思えなかった。

男の一人が、退屈したように立ち去り、私も欄干からはなれた。

その後、私は橋の上を通る度に川面に浮ぶ遺体を眼にした。筏のように数個の遺体が流れ下ってゆくのを見たこともあるし、ただ一体、ゆったりと漂い流れているのを見たこともある。が、それらにも私はなんの感慨もいだかなかった。

死ということに感情が麻痺していた時代であったと解釈することは容易だが、私にはそれだけで納得できないものがある。死が日常化していた頃だとは言っても、トラックで少年が即死し、主婦が飛込み未遂をした姿を眼にすれば、私も衝撃を受け気泡の割れる音を耳にしたにちがいない。

ただならぬ気配は、肉親の相つぐ死でも、川面に浮ぶ多くの遺体に接しても感じることはなかった。死の貌はさまざまで、それを定まった枠組みの中に繰り入れようとすることは不可能なのだろう。が、私が肉親の死を素直に受け入れることができたのは、それらが行列の順番に従順にしたがって、死の門をくぐってゆくのを感じたからにちがいない。それとは対比的に、トラックにひかれた少年と嬰児を即死させて鉄路自殺をはかった主婦は、行列の順番に従わず、突然列の後方から先頭に押し出され、または自ら先頭に割り込んで死の門をくぐった。その序列の攪乱が、私にただならぬ気配を感じさせたのだろう。

それにしても、川面に浮ぶ遺体の群れになんの感慨もいだかなかったのはなぜか。かれらの死は思わぬ死であり、かれらの大半は、死の門へつづく列の後方にいたはずだ。が、私には、かれらの死が行列の秩序をかき乱したものには思えない。

おそらく戦争は、人々に新たな行列を作らせるのではあるまいか。死の門も、平常の門よりはるかに広く、多数の人間を果しなくのみこむ機能を持っている。そして、川面に浮ぶ遺体も、戦場で銃弾に斃れ、餓死したおびただしい兵士たちとともに、死の領域に身を入れていったのだろう。

幼い頃の行列の観念は、今でも私の内部に残っている。


(「海」昭和49年2月号)

動物と私

都会で生れ育った私が接してきた動物の種類と数はたかが知れているが、それでも少年時代から多くの動物を見、手にふれてきた。

庭には、稀であったが青大将などの蛇がどこかから入りこんできたし、蟇蛙《ひき》、蜥蜴《とかげ》などは庭の定住者でもあった。鼠が至る所で走り、鼬《いたち》がかすめ過ぎて物陰に姿を消す。夕方になると、おびただしい蝙蝠が家並の間を往き来しながら飛ぶ。牛は荷を乗せた車を曳いて通り、馬車が路傍に停っていて、電信柱につながれた馬が飼葉桶に頭を突き入れている情景なども日常的なものだった。

鳥類も多く、町の上を鳶が舞い、渡り鳥が列をつくって何組も飛んでゆく。隣接した町の名が鶯谷であるだけに、鶯の啼声もしきりだった。

夏休みになると、私たちは黐竿《もちざお》を手に谷中の墓地に通い、蜻蛉、蟬を採る。町の電柱にもさまざまな種類の蟬がとまり、秋が近くなると、ヤンマの群れが交尾したものをふくめて東から西へ町の上を通過してゆく。時には、庭に蛍の光が明滅した。

上野動物園が近く、黒豹が檻から逃げ出して行方不明になり、町が騒然となったこともある。不確かな記憶だが、小学校も早目に授業をやめ、家から出ぬよう指示された。結局、黒豹は、町のはずれを通る京成電車のガードの近くにひそんでいたのが発見された。体は衰弱していて難なく捕えられたが、町の人々は、黒豹が密林とちがって町なかでは餌を得るすべを知らず、そのような所で空腹を堪えていたにちがいないと言い合っていた。

夜、動物園の近くを通ると、獣類の声がきこえたりしたが、空襲がはじまる頃、猛獣類がすべて殺されたことを耳にした。

人間は動物とさまざまな形で接触するが、蜻蛉について忘れがたい記憶がある。

少年の常として私も残酷な遊びを好んだが、ヤンマに赤蜻蛉や麦藁蜻蛉を餌として食わせたり、蜻蛉の翅を切って飛ばせたりした。

その日も、麦藁蜻蛉の尾部に藁の芯を突き入れて遊んでいた。蜻蛉は十メートルほど飛ぶと地面に落ちる。それを繰返していると、近づいてきた兄が、

「殺せ、早く殺してやれ」

と、叫んだ。

兄は、顔色を変えていた。その思いがけぬ表情に、私は恐しくなって蜻蛉を手に逃げた。私にも兄の言葉の意味が理解できた。藁の芯を突き入れられた蜻蛉は激しい苦痛に襲われているはずで、それから一刻も早く解放させてやるため殺せと言ったにちがいなかった。

兄は、華奢な体つきをしていて体力も乏しく近視でもあったが、徴兵検査では第一乙種合格で入営し、中国大陸の戦場に赴いた。それから二年後、戦死したが、その状況を報せる中隊長の手紙に、私は驚きと戸惑いを感じた。

兄は軽機関銃手で、分隊長とともにクリークを部隊に先んじて渡り、対岸で掃射中

胸部を射貫かれ即死したという。それは決死隊の行為と認定され、同じように戦死した分隊長とともに二階級特進の扱いを受けていた。

貧弱な体をした兄が、なぜ強靭な体力を必要とする軽機関銃手に選ばれていたのか。決死隊に志願した動機はなんであったのか。蜻蛉を殺せと叫んだ兄は、おそらく軽機関銃手として何人かの中国兵を銃撃によって殺したのだろう。虫が家に入ってくると傷つけぬように外へ出してやっていた兄が、そのような兵になっていたことが信じられなかった。

小説に親しむようになって、志賀直哉の「城の崎にて」の蜂、鼠、蠑螈《いもり》、梶井基次郎の「交尾」の猫、河鹿の描写に鮮烈な印象を受けた。文字というものの機能が、その組み合わせによってこれほどまでに高度な表現力をもつことができるのか、と驚いた。蠑螈は蠑螈以上に蠑螈であり、猫は猫以上に猫であった。

この二つの短篇に影響を受けたとは思わぬが、振返ってみると、私は小説の中に動物を使うことが多く、それを素材にした小説を数多く書いてきたことにも気づく。その理由は、私自身にも不明だが、少年時代、蛍を蚊帳の中に放ってその光の明滅を眼にしながら眠るのを好んだり、縁日で緑色の小さな籠に入れられた廿日鼠が朱色の車をふみつづける姿を飽きずに見つめていたことなどと無関係ではないように思う。私は、動物を絶えず意識し、それらが人間の生活と密接な関係をもっていることを感じつづけてきたようだ。人間も動物の一種であり、他の動物との同居によって生きている、という考え方もいだいていた。

私が学生時代に書いた初めてとも言える小説は、「金魚」という題名であった。肺結核で病臥していた頃のことを書いた私小説であった。病勢が進み、私は、死への恐怖から自ら生命を断つことを考えて、家事をやってくれていた若い女性に薬局で睡眠薬を買ってもらうことをつづけた。それをふとんの下に貯めていたが、生きつづけてみようと考えがあらたまり、睡眠薬を枕元の金魚鉢にあけた。金魚は、たちまち腹部を横にして水面に浮く、という小説であった。

その後、小説の中にさまざまな生き物を登場させた。蝸牛《かたつむり》、廿日鼠、馬、十姉妹《じゅうしまつ》、鶏の雛、目高、ハブ、マグロ、錦鯉、野鼠、信天翁《あほうどり》など種類も多い。「鷺」「ハタハタ」「野犬狩り」「軍鶏」「羆」「鵜」「蘭鋳《らんちゅう》」「海の鼠」「鳩」「蝸牛」「羆嵐」など、素材にした動物を題にした小説もある。

新潮社出版部のすすめで、動物を素材にした短・中篇のみをまとめて昭和四十六年に「羆」、ついで昭和四十八年に「海の鼠」と題した創作集を上梓した。さらに今年の四月にも、古式捕鯨を素材にした「海の絵巻」ほか四篇を「海の絵巻」と題して上梓する予定になっている。

この一文を書きながら、私自身、余りにも動物を素材にした小説の多いことに呆れている。私は、動物について学問的知識などなく、動物好きでもない。絶えず飼いつづけてきたのは観賞魚で、初めは専ら目高、つづいてタナゴ、丹頂、キャリコ、蘭鋳、錦鯉などである。

少年時代、近所の老人が庭に浅いコンクリート造りの池を何面も持っていて蘭鋳を飼っていたが、蘭鋳を見つめる折の老人の陶然とした表情は、私に無縁のものである。観賞魚は、時折り餌をやったり初冬に越冬できるような方法をとってやればよいだけで、私の生活を煩わさせるものでないことが、飼っている唯一の理由と言ってもよい。私の指をしきりに吸ったり、水面下に沈ませた掌の上に身を横たえる錦鯉は愛らしく思えるが、それだけのことである。

私が動物に関心をいだくのは、かれらが絶対に崩すことのない生活の秩序に魅せられているからかも知れない。それは、星の運行と似ている。ハタハタは、北国の水深二、三百メートルの海底に群れていて、秋も去り初冬を迎えると雌は卵をはらみ、さらに海水が冷えを増した頃、産卵に適した海草の多い湾に殺到する。羆は、秋に多量の食物を摂取し、穴をさがしてこもり積雪期をすごして、雪どけとともに穴から這い出し山野を歩きまわるようになる。ハタハタも羆も、季節の移行とともに生活を律している。その秩序正しい生き方の忠実な反復が、私には興味深い。

人間も動物の一種として、同じような生活の秩序があるはずで、年中行事がそのあらわれのようにも思える。月、太陽の動きをもとに暦が作られ、それによって行事が繰返される。それは、人間の動物としての本能から発したものであり、動物が季節の移行に従順でなければ生存はおぼつかないように、先人も四季に行事を設定し、生活に秩序をあたえたにちがいない。それは、人間の鋭い動物的智恵であり、人類が現在まで存続してきた主要な原因の一つである、とも思う。

同じ動物を素材に二度小説に書いたことはないが、羆については例外で、長篇を一作、短篇を八作書いている。単行本として上梓したのは長篇、短篇一作ずつで、他の七作は、七人の羆専門の猟師、ハンターに取材して書き上げた小説である。

それらの猟師の話をきいている間、私を最も恐れさせたのは、羆と人間との間に会話が通じることはないという当然の事実であった。羆は、食欲をみたす餌として人間を食う。襲われた人が金品をあたえるから見のがして欲しいと懇願したとしても、羆は食う。

人間の最も重要な生命の存否の上で、会話が全く無力であることは恐しい。そうした素朴な恐怖が、私の罷に対する強い関心になっているのかも知れない。

（「波」昭和53年4月号）

古本と青春時代

私の書棚の一郭に、三十冊ほどの古ぼけた本がある。

日頃は、ほとんど用もないそれらの本の存在を忘れているが、時折、他の本をひき出す時、その横にならんでいる本に気づく。そのたびに私は、自分も真剣に青春を生きたのだなと思ったりする。

私が、自分の小遣いで無理をしながら本を買い集めるようになったのは、中学三年生の頃からだった。太平洋戦争中であったので、新刊本は少なくなり、私は金の都合もあって、もっぱら古本屋から本を買いあさっていた。

初めの頃買った本の中に「微生物を追う人々」という細菌学者の列伝があったが、それを読んだ私は細菌学者を夢み、また創元社刊の「考古学入門」を読んで将来考古学者になりたいと思ったりした。むろん小説類が大半で、やがて本箱は古本でうずまり、やむなく勉強部屋におかれたカラの箪笥の中にならべるようになった。

私は、勉強するかたわらこれらの本を読み、古本屋に売ってはまた他の本を買い代えたりしていたが、二年ほどの間にいつの間にか古本の量は一千冊を越えた。

やがて戦争が最終段階にはいり、空襲がはげしくなった。私は、それらの古本が焼けることを恐れて、庭にいくつも穴を掘り、数個の石油罐に愛読している本を二百冊ほど詰めこみ、土をかぶせた。まもなく家は、焼夷弾で焼け、私は翌日の午後になって焼け跡に行った。そして、土の下から石油罐をとり出し、本が一冊残らずぶじであることを知った。

戦争が終って、私は、また古本を買い集めるようになった。家財はすべて焼きつくされていたので、私は板を集めて本棚を作った。無器用な私が、なぜそのようなものを作ることができたのか今もって不思議でならないが、ともかく不格好ながら本棚にぎっしりと古本を並べることができた。

しかし、古本はさらに数を増して再び一千冊を越え、やがて二千冊を越えた。二十六歳の秋に結婚したが、ひとりで自炊生活していた私の持ち物は、弁当箱と釜以外に満足なものはなく、その代わりに二千冊の古本があるだけだった。

　妻は、あきれたように古本の山をながめ、

「きたない本ばかりね」

　と、言った。

しかし、その古本が、やがて私たちの生活を一時期救うことになった。勤めもなく生活が貧窮した私は、リュックサックに古本をつめこんで、古本屋街に売りに歩くようになった。本の種類によって高値で買ってくれる古本屋をえらんで入るのだが、中学生時代から古本屋めぐりをしていた私は、そうした選択には巧みだった。

　その後、残った古本は人にも譲ったりして、現在は三十冊ほどになっている。しかしそれらは、二十数年も前に乏しい小遣いから買ったものもまじっていて、ことさら愛着が深い。

　読書の習慣は、少年期、青年期に植えつけられる。本を読むことをしない人間は、人間として大きなものを失っている。そうしたことを考えると、古本にかこまれて生きた青春時代は、私にとって満足すべきものだと思っている。


（「エポック」昭和44年2月号）

わたしと書物

母は私が十七歳の夏に病死したが、母に感謝していることの一つに、読書がある。

母は、子供の躾にきびしかった。一例をあげると、坐る時足をくずすことを決して許さなかった。

中学四年生の折に友人三人と、東京郊外に住む友人の家に泊りがけで行った。その時に友人たちはあぐらをかき、私だけが正坐していた。それに気づいた友人の母が「あぐらをかいて、ゆったりしなさい」と言ってくれた。

私は、生れて初めてあぐらをかいてみたが、足が痛く、結局正坐するしかなかった。

「躾のきびしい御家庭なのね」と、友人の母が言ったことを記憶している。

そうした母が、読書についてはなにも注意しなかった。どんな本を読んでいても黙っていた。漫画、幼年倶楽部、少年倶楽部、潭海などの雑誌や講談本を読むかたわら、日之出、富士、キングなどの大人の大衆小説雑誌も読んだ。それらの大衆小説雑誌は面白く、三角寛や竹田敏彦の愛読者になった。それらの小説の文章の漢字にはふりがながついていて、それでどれほど多くの漢字と、その読み方を知ったかわからない。

当時でも、いわゆる子供の読むべき良書というものはあった。それらを母親たちは買ってきて子供にあたえる。が、そうしたたぐいの書物の大半は、子供たちに興味がない。良書とは大人が考えた良書であって、子供にはそれらを読むことがかえって苦痛であった。それらの良書を読む子供たちは、本を読む興味を失ってしまう。本ぎらいになるのである。

そうしたことを意識した上でのことかどうかわからぬが、母は私の読書を傍観していた。そのため私は、教育上好ましい良書を読む苦痛を味わうこともなく、自由に本をあさって読むことができた。

中学に入ると、家に置かれていた日本文学全集に興味をもち、岩波文庫版の古典文学や考古学関係の本なども読むようになった。書物が次第にふえて二つの本棚におさまりきらず、壁ぎわの畳に並べるようになった。小遣いの関係で、もっぱら古本を買い求めたが、新刊書が減少していたためでもあった。

そのうちに空襲が激化し、東京の街々が焼夷弾の投下で焼きはらわれるようになった。私は、庭にいくつも穴を掘り、書物を石油罐に入れて埋めた。

やがて、私の住む町にも焼夷弾がばらまかれ、家も焼けた。谷中の墓地に身を避けていた私は、翌日の午後、町の人々とともに焼跡に足をふみ入れた。庭下を掘ると、石油罐につめておいた書物はすべて無事で、焼けた庭石に腰をおろしてページをくったりした。その折、掘り出した書物のうち三十冊ほどは、今でも本棚の隅にある。

終戦後、結核で四年間療養生活を送った私は、散歩ができるようになると近くの古本屋によく足をむけた。そして、書物を寝ながら読むのを日課にした。

大学に復学し、初めて校門をくぐった日、中学時代からの友人であるKが私に近寄ってくると、

「おれは、文芸部に所属している。お前は本をよく読んでいるから小説か評論を書けるだろう。原稿が足りなくて困っているんだ」

と、言った。

私は、小説を読むことはあっても書くことなど思ってもみなかったので、かたく辞

退した。しかし、それから数日間、Kは私につきまとって、書け、書けとすすめる。その執拗さに負けて、苦しみぬいた末、「雪」という二十一枚の短篇小説を書きあげた。それは、文芸部のガリ版刷りの機関誌に掲載された。

それから現在まで二十年以上も小説を書いてきたが、その当時の読書が小説を書く上でかなり役立っているように思える。

小説を書くようになると書物の数も増し、大学を中退した頃には二千冊ほどになった。

私は、勤めに出たが、乏しい給料から書物の購入費を捻出して相変らず古本屋歩きをやめなかった。

引越し魔といわれていた私は、一年に一度の割で転居したが、書物を運ぶことが最大の難題であった。その解決方法は、書物を売ることであった。私は、引越しの度に手伝いをしてくれる大学時代の後輩と、リュックサックやボストンバッグに不用になった書物を入れて古本屋へ売りに行く。それはかなりまとまった金額になって、引越しに要する費用を払っても余るのが常であった。

現在、私は、書物に埋れて仕事をしている。書物は書斎の書棚からあふれ、新たに買い求めた三つの大型の本棚にもおさまりきれず床に積まれている。

私に、蔵書の趣味はない。小説を書くために買い入れた書物は、将来必要もなさそうだと思うと古書店に売る。数少ない書物を私が手もとに置いておくと、それを必要とする人が手にする機会が少なくなる。もし、入手できたとしても、価格は高くなる。このことは古書店の主人に言われて、なるほどと思い、出来るだけ書物を市場にもどしている。

そうしたことを定期的に繰返しているが、それでも書物の数は増してゆく。困ったことだとは思うが、書物は気持をやわらげてくれる。安息に似たものが、書物によって得られるような気がするのである。

（「読売ブッククラブ」昭和52年1月1日）

林芙美子の「骨」

物故した作家の中で、明治以後最もすぐれた女流作家を挙げよといわれれば、私は躊躇なく岡本かの子、林芙美子、平林たい子と答える。作風はそれぞれ極端に異るが、共通している点は長篇小説より短篇小説に名作を残していることだ。

私は、小説を書きはじめた頃これらの三作家の短篇小説を愛読した。平林たい子の短篇に「私は生きる」という傑作があるが、生きることについての凄じさに感動し、その詩的な文体に感嘆した。林芙美子に「骨」という作品がある。この短篇を私は少なくとも十回は読み返した記憶がある。数多くの好短篇を残した作家だが、殊に「骨」はいい。

主人公の道子は、未亡人である。夫は沖縄で戦死し、幼い娘と父と肺結核の弟（勘次）をかかえている。彼女は、生活の資を得るため終戦後の新宿の街娼になる。初めて男をひろった時の描写は、道子の性格、女というもの、生きるということの意味を的確にとらえている。

「『いくら？』と訊かれて道子はとまどひして、幾度も唇に手の甲をあてて笑つた。いくら？　と訊かれた事は道子との一夜の値段を聞かれたのだと彼女は気づくと、腰のあたりがぢいんとしびれて来た。夢中で男と歩いた。男は薬臭い匂ひをしてゐた。先輩のランちやんが教へてくれた家へ行つた、カフェーの客引きの女達の出つぱつてゐる武蔵野館の前を通つて、ムーランの小舎の前まで行くうちに道子は少しづつ勇気が出て来た」

道子は、男とわびしい旅館に行く。世帯じみた道子と生活に疲れきったような男との交情。思わず声をあげたくなるような、男と女の見事な人間描写。男が百円札を十枚渡してくれる。そのうち六枚を旅館に払い、厠へ行く。

「道子はハンドバッグから百円札を出して、四枚数へた。そして、ふっと舌をべろりと出した。涙が出さうだつた。厠の小窓を開けて冷い空気を吸つた」

この男との交情を最初に、道子は街路で男を拾うようになる。その間、彼女にとって常に念頭からはなれないのは戦死した夫の空っぽの骨箱。彼女は、男が路を歩いてくると、胸の中で「一寸、骨を頂戴よオ」とどなりたくなる。

生きる権利を主張して闘病生活を送っていた弟の勘次も死亡する。道子は、弟の遺体を焼場の三等の窯で焼いてもらい、骨壺を抱いて家路につく。案外、骨壺は重い。道子は焼場の煙突をふり返りながら、父の死はいつ頃だろうかと思うのだ。

街娼でありながら、道子は善良で可憐で、また一面には非情な女としても描かれている。それは、作者が街娼を類型的な枠にはめこまず、一人の魅力にみちた女として凝視しているからであろう。「骨」は、清潔な短篇小説である。

（「読売ブッククラブ」昭和47年9月1日）

柳多留と私

二十三歳の時に、岩波文庫の「柳多留」を読み出したが、なぜ読むようになったのかは忘れてしまった。落語が好きで、その小咄の起源を古川柳であると感じたからかも知れない。

その頃、すでに両親に死別していた私は、四人の兄の家を弟とともに転々と居候をしてまわっていた。一回転が終って二回転目に入っていたが、兄の家では甚だ迷惑だったろう。それに私は、病後で療養の身であり、殊に嫂は鬼千匹ともたとえられる小舅の扱いを苦痛に思っていただろうが、別にいやな顔もせず置いてくれた。それでも居候は居候としての遠慮があり、「居候三杯目にはそつと出し」のような気分であった。

古びた岩波文庫をひらいてみると、居候（掛人《かかりうど》）の川柳に赤エンピツで印がついたりしている。

向うから硯を遣ふ懸（掛）り人

掛人小さな声で子をしかり

前者の句の意は、硯を使うその家の者に遠慮して、逆の方から筆をのばして墨をふくませる意である。

それから間もなく健康を恢復した私は、大学へも通学するようになり、兄の家から去って小さな家で一人住いの身になった。壱人者《ひとりもの》の川柳にも、点々と赤い印がついている。

壱人者小腹がたつとくはずに居

などという川柳は、そのまま私の生活でもあった。

壱人者内へ帰るとうなり出し

という川柳を眼にした時は、おかしくて笑い出した。

古川柳は、男女に関係したものが殊に面白い。赤い印の上に青エンピツで印を加えたものもあって感嘆の度合いの強さをしめしているが、二十三歳の私が忍び笑いをしている光景を想像すると、少々薄気味悪くもある。

その手代その下女昼ハ物言ハず

この川柳には赤い印だけがついているが、

よしなあのひくいは少し出来かかり

には、青い印までついている。

「よしなあ」と弱々しげに男に言う女に、なまなましい色気を感じる。

添乳《そえぢ》して何かていしゆにかぶり振り

という川柳は、志賀直哉氏が好んでいたということを随筆で読んだ記憶があるが、この句の意は、亭主が交りをもとうと誘うのを、女房がまだ子供が寝つかぬと頭を振っていることを言っているのだろう。しかし、これは自己流の解釈かもしれない。専門家が思わぬ解説をしていて驚くことがある。しかし、概してそうした解説に、私は興味をもたない。漫然と読んで、自分勝手なわかり方をするところに古川柳を読む楽しみがあると思っている。

廓通いの川柳には、傑作が多い。

かこつけて出るよし原のあつけなさ

あぶれたは遣り手のかたをもんで遣り

などという句に笑うが、さらに、

居つづけのばかばかしくも能《よ》イ天気

には、大笑いをする。居つづけをして晴れた翌日の眩しい光に眼をしばたたく男の姿が、滑稽で可笑しい。全く「ばかばかしくも」である。

朝帰りの川柳には、「朝帰り行く時ほどの智恵は出ず」という巷間よく知られたもの以外に、

朝帰りもてたやつから噺出し

朝帰り女房がいふと御もつとも

朝帰り取あげばばにしかられる

などもある。

こんな川柳を拾い読みしていると、時代は変っても人間は変らぬものだとつくづく思う。それを知るだけでも柳多留を読む価値がある。

（「オール読物」昭和48年12月号）

暗夜行路の旅

私の書架に、前・後篇に分冊された「暗夜行路」の古びた文庫本がある。奥付には、昭和二十七年六月印刷として、三刷という文字が記されている。

昭和二十七年と言うと、私は大学生で、小説を書きはじめた頃である。黄ばんだページを繰ってみると、所々に鉛筆で印しがつけられ、一字一字文字を追って精読していることが知れる。文学を志す者の大半がそうであったように、私も志賀直哉の作品を読み、文学とはなにかを知ろうとつとめた。私に関するかぎり、それらの諸作品は梶井基次郎のすぐれた作品と同じように、文字というもの、表現方法というものについて教えられるところが多かった。そして、結局小説から受ける快い感動は、文体そのものの中にあると知った。

私は志賀直哉の作品を読みつづけたが、最後に読んだのは「新潮」七百号記念号に発表された「盲亀浮木」であった。それは小説と言うより随筆の範疇に入るものであったが、その作品にも志賀直哉の鋭い作家としての眼を見た。

その後、私は氏の作品から遠去かったが、少なからぬ影響を受けた志賀作品の存在は私の内部に厳として生きている。それだけに「暗夜行路」の舞台に使われている土地を訪れてみる気はないかという依頼を受けた時、私はなんの逡巡もなく旅仕度をはじめた。

私は、書架から古びた文庫本の「暗夜行路」を携えて東京を立った。

「暗夜行路」の主人公時任謙作は、「あとがき」でも「大体作者自身」と記しているように志賀氏そのものと考えていい。そして、謙作が作中で訪れた地も、志賀氏自身が旅し、滞在した場所である。つまり謙作の訪れた土地の印象は、志賀氏自身の印象でもあるのだ。

「暗夜行路」の前半では謙作とその家族との関係が描かれ、さらに芸者の登喜子に魅かれてやがて失望し、愛子という娘に結婚の申込みをして断わられた経過が述べられている。

かれは、死亡した祖父の愛人であった栄子と同じ家で暮しながら、鬱屈とした感情を放蕩に吐き出す。が、それにも心をいやされることなく、長篇小説を書き上げるという目的もあって旅へ出る。行先は、瀬戸内海に面した尾道で、私の旅もその地を訪れることからはじまった。

新幹線で岡山まで行き、そこから急行列車で尾道についた。尾道と言えば、林芙美子の作品が思い出される。彼女は下関の生れだが、行商人の義父と母に連れられ尾道に落着き、その地の女学校を卒業している。彼女の作品には尾道が描かれ、私は列車で尾道を通過するたびに詩情にみちた港町であるように思い描いていた。

尾道についた時任謙作は、停車場の前にある宿屋に泊まる。が、その当時と現在の駅の位置が変っているのか、その宿屋は駅から数分歩いた海岸沿いの道に面した場所にあった。

私は、藤屋という旅館に入り二階の部屋に案内された。「暗夜行路」の描写によると、宿の前に道があってその向うがすぐ海になっている。「海と云っても、前に大きな島があって、河のように思われた」と書かれているが、島は向島で、地形はまさしくその通りであった。

私が、茶を持ってきた女中に、

「この宿屋は志賀直哉の投宿した家だというが……」

と念を押すと、女中は、さあ？　と頭をかしげた。部屋を出て行ったが、しばらくして襖を開けると、

「お客さんの仰言る通りです。この部屋に泊まられたそうです」

と言って、笑った。

作品の中では、旅行案内にある宿屋と書かれていて、当時は尾道でも有名な旅館であったらしいが、どこの町にもある変哲もない小さな旅館であった。泊り客は会社の出張らしい若い男が多く、食事も階下の食堂を利用する。私は、大きな魔法櫃の中に入った飯を茶碗に入れて、かれらと食事をとった。

投宿した翌日、時任謙作は町の背後にある丘の上に建てられた千光寺を訪れている。私も、翌朝宿を出ると千光寺への道をたどった。霧雨が降っていたが雨具を必要とするほどではなく、それもやがてやんでしまった。

宿の女中は、桜の頃が素晴しいといっていたが、たしかに桜樹が多い。道の傍に九千本も桜が植えられていると書かれた看板が立っている。丘の頂き一帯は公園になっていて、遊戯具や小劇場などがある。「暗夜行路」によると森閑とした地であるように描写されているが、スピーカーから流行歌の旋律が甲高く流れていてまことに騒々しい。

その騒音に包まれて尾道市郷土美術館があり、その内部に志賀直哉先生記念室という一郭が設けられている。記念室の資料は乏しいが、「濠端の住まい」「唯々諾々」の自筆原稿や武者小路実篤氏にあてられた毛筆の手紙などが陳列されている。その中で、画家小林和作氏に贈られた自選集の署名の直哉という墨書の文字が風格にみち美しかった。

美術館を出ると、千光寺参道、文学のこみち入口という標識が眼にとまった。文学のこみちとはどういう意味か理解できかねたが、その参道に足をふみ入れ、途中に立っている展望台にのぼってみた。尾道が、一望のもとに俯瞰できた。

時任謙作も、掛茶屋で尾道の町を見下している。茶屋の所在はわからぬが、それほど場所もちがいはないはずであった。その部分の描写では、左のような文章が記されている。

「前の島を越して遠く薄雪を頂いた四国の山々が見られた。それから瀬戸海の未だ名も知らぬ大小の島々、そういう広い景色が、彼には如何にも物珍しく愉快だった。烟突に白く大阪商船の印をつけた汽船が、前の島の静かな岸を背景にして、時々湯気を吐き一寸間を措いて、ぼーっといやに底力のある汽笛を響かしながら、静かに入ってきた」

志賀氏は、別の個所で前の島に造船所があって、朝からカーン〳〵と鉄槌の音がひびいてくると書いているが、現在も向島には大小いくつかの造船所がある。鉄槌の音に代って、鋲打機の連続的な音がきこえている。

造船所にはクレーンが蟷螂の斧のような緑色の鋼材を突き立て、船台には大きな船が据えられている。そして、船体の所々で熔接の火花が、青、黄、赤などさまざまな色光を点滅させていた。島との間にある入江のような海には、フェリーボートが往来し、それの発する汽笛もきこえてきた。

展望台からおりた私は、裏参道をたどった。肌の滑らかな美しい形をした自然石がつらなっていて、道はその間を縫うように下っている。見事な枝ぶりの松が配されていて、特徴のある参道になっている。

やがて私はその参道が、文学のこみちと称されている意味を、理解することができた。石に小説の一節や、短歌、句などが刻みつけられていて、いわば文学碑のつらなる参道になっているのである。徳富蘇峰、十返舎一九、金田一京助、巌谷小波、林芙美子などの文学碑の中に志賀直哉の「暗夜行路」の一節を刻みつけた石もある。志賀氏は、その文学碑を作ることに反対したが、地元の有志の手で建てられたものだという。

参道がきれると、千光寺の本堂の前に出た。本堂は朱塗りの小さな御堂で、欄干にもたれると展望台で見た尾道の町がさらに近く見下せる。国道を車が流れ、町のざわめきが湧き上がってくる。が、不思議にも展望台で耳にした造船所の鋲打機の音は消えていた。

町の右方に警笛が起って、列車の車輪のレールを鳴らす音が近づいてくる。そして、町並から電気機関車の頭部が姿を現わすと、その後から緑、茶、オレンジ等色さまざまなコンテナをのせた貨車がつづいてくる。列車は、海ぞいにくねった線路上を長い列になって遠去かっていった。

時任謙作は、千光寺を訪れる途中で貸家を探し、中腹の小路を入った三軒長屋の一番奥にある家を借りる。

志賀氏は、大正元年尾道を訪れ、翌年七月までこの貸家に住みついていた。「暗夜行路」は「時任謙作」という私小説を発展させたものだが、氏は尾道で「時任謙作」の執筆に手をつけた。それは、夏目漱石の推挙で朝日新聞に連載予定であったが、志賀氏は作品を完成することができず、漱石に断りの手紙を出している。つまり尾道時代の志賀直哉は、作家としての重大な時期に直面していて苦しんでいたのだろう。

志賀氏の借りていた家が現存しているという話をきいた私は、千光寺から石畳の坂道を下った。道を下るにつれて、深い静寂が私を包みこんできた。町の音も不思議なほど絶え、人影もない。石畳の路が二手にわかれていて、どちらをたどってよいかわからない。私は、路の両側に立つ古びた家で路を問うてみようと思ったが、家人は留守らしく格子戸に鍵がかかっている。私はやむなく左手の路を下ったが、露地から籠を手にした老婦人が出て来たので、志賀氏の仮寓していた家の所在をたずねた。婦人は、ひどく丁重な言葉遣いでその場所を教えてくれた。

瓦屋根の家が、坂道の両側に並んでいる。格子戸も柱も古びているが、木目が美しく浮び出ていて風情がある。路も家も長い歳月そのままの姿で保存されているらしく、志賀氏の住んでいた頃とほとんど変化はないように思えた。

老婦人に教えられた角を曲った私は、細い露地をたどった。片側が苔におおわれた低い石垣で、さらにくねった路を進むと、小さな冠木門があり、その左側に三軒の棟割り長屋がひっそりと立っていた。それが志賀氏の住んでいた長屋であった。無人の家になっているらしく雨戸は三軒とも閉じられ、樋は朽ち、壁はくずれて漆喰が露出している。縁側はせまく、粗末な長屋であった。

「暗夜行路」には、この寓居の描写がある。「彼の家は表が六畳、裏が三畳、それに土間の台所、それだけの家だった」という文章につづいて、安普請であるため雨戸から風が吹きこみ、畳と畳の間から風が吹き上げると書かれている。主人公の謙作は、寒風をふせぐため雨戸に毛布を吊し、畳の間隙に雑誌を破いた紙を火箸で押し込むのだ。

このような侘しい生活をつづけてはいたが、謙作には東京と異った生活が楽しかった。そして、「彼は久し振りに落ついた気分になって、計画の長い仕事に取りかかった」と書いている。むろんこれは、志賀氏自身の感慨であった。

私は、粗末な棟割長屋を眼にしながら、志賀氏の強靱な神経と作家としての孤独を思った。経済的に恵まれた氏が、なぜこのような生活を自らに強いたのか。それは氏の文学に対する厳しい姿勢に起因するものであり、格調正しい文体もそのような生活から生れ出たものなのだろう。

私は、露地の周辺を見廻した。私の眼に老婆の顔が映った。背後の古びた家の小さな窓に、肘に顎をのせた老婆の顔がこちらに向けられている。眼がまばたきもせず、私に据えられている。

「暗夜行路」中の「隣は人のいい老夫婦で其婆さんに食事、洗濯その他の世話を頼んだ」という文章が、不意に私の胸によみがえった。が、それは六十年以上も前のことで、「其婆さん」と窓の老婆とは別人である。

私は、その凝視に堪えられず再び棟割長屋に視線を向けた。そして、しばらくしてまた振返ってみると、老婆は同じ眼で私を見つめていた。

露地を引返し、坂道を下ると町の騒音が湧き上るようにきこえてきた。線路下のガードをくぐると、そこには町並がひろがり海の輝きがその裏手に見えた。アーケードのつづく商店街を歩くと、所々に箱車がとまっていて女が魚を売っている。平たい箱の中にはタコ、蟹、エビ、カレイなどが入っていて、それらはすべて元気よくはねたり身をくねらせていた。

「彼は又町特有な何か臭いがあると思った。酢の臭いだ」と「暗夜行路」に書かれているが、尾道は、堺についで酢醸造の町としても知られている。私も丘を少しのぼった所に㋒と朱色で大きく屋号の書かれた醸造場を見出した。その家の主人の話によると、志賀氏が尾道に住んでいた頃は醸造場も十六軒あったが、現在ではわずか四軒に減少しているという。それらの醸造場では、昔ながらの米酢を醸成しているが、大量生産の可能な芋を原料とする食酢に圧迫されて売れ行きは芳しくない。暗い醸造場の中には、古びた大きな桶が荒蓆をかぶされて並んでいた。

尾道に住みついた謙作は、瀬戸内海を渡って四国に旅をしている。船は尾道を出港して鞆に寄港し、四国の多度津につくが、現在でもそのコースにフェリーボートが通っている。瀬戸内海には島が多く、その間を縫うように船は進む。志賀氏は、その光景を「島は一つ通り越すと又一つと並んでいた。島と島との間を見通せないので、只船で通っては湾曲の多い海岸を見ると余り変りなかった」と、鋭く描写している。

謙作は、多度津から汽車で金刀比羅に行き、一泊する。そして、翌朝金刀比羅神社に参詣し、神社の宝物である伊勢物語、保元、平治物語などの装幀や狩野探幽の墨絵屛風に感心する。が、この地の描写はひどく簡単である。

私も「暗夜行路」の旅にならって金刀比羅神社に赴いたが、参詣道の騒がしさには辟易した。本社に通じる石段の下に行くと、突然土産物店から中年の女が走り出てきて、私に竹の杖を押しつけた。無料で貸してくれるのだが、決して親切心からではない。石段をのぼって引き返し杖を返す時に、自分の店でなにかを買ってもらおうという商魂からなのだ。

仕方なく杖を手に石段をのぼったが、両側の店に、講釈師神田伯山演ずる「次郎長外伝」で有名になった石松代参の話にならって、森の石松の俗っぽい大きな人形が飾られていたりする。それらの店をながめながら石段をふみしめて進むうちに、参道の殺気をはらんだ土産物店の空気は、決して最近の現象ではなくかなり以前からのものではないかと思った。店の人の顔には、買う客、買わない客を敏感に見分ける表情が浮かんでいる。他の新興観光地の商人にみられるような素人じみたところがなく、鋭い逞しさが感じられる。志賀氏の作品には「不愉快」という表現が多く使われているが、氏がこの石段を顔をしかめて登った様子が想像されて、可笑しかった。

謙作は、金刀比羅神社から高松に出て栗林公園をのぞき、電車で屋島に赴いてから、松林の中の坂を屋島の頂きにのぼって行った。現在は頂上までロープウェイがあり、ドライブウェイが通じている。「暗夜行路」には坂道の途中塩田が下方に見え「塩焼きの湯気が小屋の屋根から太い棒になって夕方の穏やかな空気の中に白く立って居る」と書かれているが、現在は塩田の跡が残っているだけで塩の採取はおこなわれていない。

さらに「暗夜行路」には、屋島の頂きの閑散とした情景の描写がつづいている。絵葉書や平家蟹の干物を売る小さな店があったというが、今では展望台をかねた食堂や土産物店が並び、空地には観光バスが身を寄せ合って駐車している。学生や一般団体の観光客がせわしそうに歩きまわっていた。

謙作は、屋島の頂きにある旅館に投宿する。私もその旅館を訪れてみたいと思ったが、名がわからない。思案した末、高松市役所に電話して、漸くそれが屋島館という名であることを知った。

　私は、立看板にえがかれた略図を見てから屋島寺への道をたどった。屋島寺は四国八十四番札所で、趣きのある寺である。山門の前に通じた道は意外に静かで、両側に並ぶ土産物店はがっしりした建物で店内にも落着いた雰囲気が漂っている。想像していたよりも静かなので気分がやわらいだが、その一郭をぬけると急に騒がしい空気がみちた。瀬戸内海が下方にひろがっていて、屋島随一の眺望のきく場所らしく、高・中・小学生や団体客がむらがっている。その傍に小さなホテルが立っていたが、それが屋島館であった。

　私は、苦笑した。「暗夜行路」にあるように小豆島が見え、遠く近く多くの島々がながめられる。海上には船が浮び、宿の周辺には松もある。ただ、作品の描写にみられるような静寂はみじんもない。

　私は、索漠とした思いで鉄筋コンクリートのホテルの建物をながめていたが、折角宿の前まで来たので、ホテルの玄関に立った。

　番頭さんらしい人が出て来て、私が訪れてきた目的を口にすると、サンダルをはいて玄関の外に出た。そして、建物の裏手の方向に通じている道を案内して、二階建ての和風の家を指さした。その家は、鉄筋コンクリートのホテルの裏側に身をひそめるように立っていた。突然古い時代がひょっこり顔を出したような印象で、私はその場に立ちすくんだ。一階、二階とも数室ある長い建物で、一方の端に展望室があって、その部分のみが三階になっている。明治時代に作られた建物だそうだが、手入れが十分にしてあるらしく損われている部分もなく雅致にみちている。

番頭さんの話によると、物故した宿の先代の主人が腕の良い大工を招き、かなりの金を投じて作ったという。そして、新たに鉄筋コンクリートの旅館を建築した時も、その建物に対する愛着が強く、取りこわさずに建物を曳いて移動させたのだという。隣りは水族館になっていて、華やかな万国旗が構内につらなっている。周囲は観光地のにぎわいにみちているが、その古びた建物のみが異物のように立っている。

番頭さんに頼んで、建物の中に入った。二階への階段の手すりは太い真鍮で、よくみがきこまれている。

「今は、物置同然です」

と、番頭さんが言ったが、部屋の天井も柱も床の間も良質の材が使われ、作りも凝っている。展望室へ上る梯子は、そのまま民芸品として部屋の装飾に使用できるような素晴らしい形態をしていた。が、さすがに土台がゆるんできているのか、障子と柱の間にはすき間ができていた。

私は、尾道でみた志賀氏の仮寓していた棟割り長屋を思い出した。その長屋は原型のままの古さを保っていたが、それは尾道市が意識的に保存しようとした結果ではあるまい。長屋のあるその一郭が、時代の流れとは無縁になんの変化もなく、長屋も自然にこわされることなく残されているのだ。

尾道のその一郭とは対照的に、屋島は観光地に化している。私は、志賀氏の泊まった宿を眼にすることは決してできないだろうと諦めていたが、意外にもその宿屋は当時のままの姿で立っている。この宿屋の場合も、「暗夜行路」の一舞台として使われたからという理由で残されているわけではない。それは、ただ宿の先代の主人が、その和風の建物に愛着をもっていたからこわされなかったにすぎないのだ。

志賀氏が「暗夜行路」中に使った地が、そのまま残されていることは不思議であった。すでに六十余年もたっていることを考えると、むしろ薄気味悪くさえ感じられた。

私は、宿を出ると屋島寺の方向へ引き返した。

白衣を着たお遍路の老人が三人歩いていて、私は白髪の男の人と歩きながら話をした。老人は滋賀県長浜から十日前に来て札所廻りをしているという。

「お詣りをして歩くと、なんとも言えぬいい気分になります」

と、老人は言った。

私は、車で屋島の頂きからドライブウェイをくだった。左方に五剣山がみえたが、峰つづきの中腹は荒々しく地肌がむき出しになっている。運転手の話によると、それは採石場で、風光はひどく損われていた。

私は、空腹をおぼえて運転手にさぬきうどんのうまい店に連れて行ってくれと言った。関東者である私は、うどんなど女子供か病人の食べるものときめこんでいて、なんの関心もいだいていなかったが、昨年四国の観音寺市に行ってさぬきうどんを食べてから私の考え方は一変した。うどんはうまく、汁は美味で、さぬきうどんが決して名ばかりのものでないことを知った。

高松市内に入った車は、古風な店の前でとまった。「かな泉」という店で、自家製のうどんを出している。運転手の言葉通り、その店の天ぷらうどんはうまかった。天ぷらもいいし、なによりもうどんに腰があってうまい。私は、「金陵」という高松の地酒を飲みながら、満ち足りた気分でうどんをすすった。

ふと私は、「暗夜行路」の中に、なぜさぬきうどんのことが書かれていないのかと思った。つまらぬ疑惑だが、私は杯をかたむけながら、その疑問も決して愚かしいものではないと思いはじめていた。

「暗夜行路」には、ほとんど食物のことが出てこない。これといって趣味のない私は、旅に出ることを唯一の楽しみにしている。旅に伴う最大の興味は、訪れた地独得の食べ物を味わい、酒を飲むことである。食物なしに旅は考えられぬし、旅はなにかを食べる方便ですらある。多くの地を舞台にした「暗夜行路」の中で食物のことにふれていないことは、私にとって大きな驚きでもある。尾道は魚介類がうまいし、高松はうどんがうまいのに、それについての記述はない。

「小僧の神様」という短篇に小僧の仙吉が鮨を食う話が扱われているが、同じ鮨でも岡本かの子の「鮨」と比較すると余りにも淡泊すぎる。「小僧の神様」では鮨を味わうというより仙吉に腹一杯食べさせることで満足させている。つまり鮨は、空腹感をいやす対象として扱われているだけと言っていい。それとは対照的に、かの子の「鮨」は味そのものへの関心に終始していて、さらに「家霊」「食魔」などの作品には味覚に対するすさまじい執着がある。

岡本かの子の作品を対比させることは不当かも知れぬが、食物に恵まれた地を舞台にした「暗夜行路」に、食物の記述がないことは興味深い。もしかすると、当時の志賀氏は味覚について無関心であったのかも知れない。

尾道で生活する間に、時任謙作は、兄信行と交す書簡で自分の出生の秘密を知る。父がドイツへ留学している間に、祖父と母が関係をもち、謙作はその間に出来た不義の子だという。

謙作は懊悩しながらも、その不運に屈してはならぬと自らをはげます。そして、一年近い尾道での生活をきり上げて、東京へ帰る。

かれは、帰京してから放蕩をつづけながらも亡母を哀れに思い、父の苦悩を察し、すでにこの世にない祖父に親愛感をいだく。が、かれは惨めな気持になって、古い土地、古い寺、古い美術に接することによって心をいやそうと京都へ赴く。やがてかれは、妻となるべき直子という女性を知るが、直子を見初めるまでの経過は「暗夜行路」の中でも最も美しい個所で、それは京都という背景を無視しては成立しない。

京都を訪れたかれは、住むべき貸家探しをはじめるが、それは自然に古い寺々を見てまわることになって、加茂川沿いの宿の小さな座敷で暮らす。宿の庭から加茂川の河原に出て、その中に通じる路を散策する間に、かれは河原沿いに軒を並べた一軒の家の中に、或る日、一人の女性を見出す。若く美しい女性で、縁に土鍋をかけた七輪を置いてあおいでいる。「大柄な肥った、そして火をおこしている為めかその豊かな頬が赤く色づいている。それも健康そうな快い感じで彼に映った。彼は其人に惹きつけられた。普段何気なく美しい人を見る時とは、もっと深い何かで惹きつけられ、彼の胸は波立った。それはそれ程に其人が美しかったと云うのとも異う。彼は自分ながら初心者らしい心持になって、もうその方を見られなかった。そして少し息苦しいような幸福感に捕えられながら其前を通り過ぎた」と、その印象を書いている。秀れた描写で、謙作の波立つ感情が読む者の胸に迫ってくる。

謙作は、荒神橋の下まで行って引き返し遠くからその家をうかがう。宿へ帰ったかれは落ちつかない。幸福な気持だった。

夕方かれは、再び河原に出て荒神橋まで行き、対岸を丸太橋の方に引き返しながら灯を背にした影絵のような女の姿を遠くながめる。そうしたことを繰返しながら、かれは人を介して結婚申込みをし、その女性――直子と京都で結婚するのだ。

私は、謙作が直子を見初める加茂川の畔の地を訪れたいと思った。そして、京都駅で購入した地図をみると、すぐにその地の見当はついた。加茂川が流れていて、そこに荒神橋があり、すぐ下流に丸太橋がかかっている。謙作が泊った宿はその中間の河原に面した所に立っていて、直子のいた家もその近くにあることになる。

駅前からタクシーに乗って、運転手に丸太橋の袂でおろしてもらった。そして、河原におりた時、私はまたもその地が小説に描かれている通りのままであるのに驚いた。

「暗夜行路」中の描写では前面に加茂川が流れ、河原には所々草が生えていると書かれ、「日の当った暑そうな対岸の往来、人家、その上に何本かの煙突、そして彼方《むこう》に真正面に西日を受けた大文字から東山、もっと近く黒谷、左に吉田山、そして更に高く比叡の峰が一眸の中に眺められた」と叙述されているが、全く同じ風光で、前方の大文字には大の字が淡く描かれている。

私は、河原に沿って数軒の古風な宿が立っているのを見た。狭い庭があって、その小さな柴折戸から河原に直接出られるようになっている。宿を見ながら河原を荒神橋の方へ歩くと、しもた屋風の家が軒をならべている。その一軒に直子が七輪の火をあおいでいたことになる。作中の情景が、そのまま眼前にあることに、私は不思議な思いがした。しかし、荒神橋も丸太橋も対岸の道路も自動車がせわしなく走っていて、加茂川は薄汚れた水を流していた。

謙作は、結婚話が進む間京都の町を歩きまわり、挙式後京都で新しい生活をはじめる。やがて初めての子が生れるが、丹毒で死亡する。その後、謙作は朝鮮への旅に出るが、帰国後いまわしいことが起ったことを知る。妻の直子が、従兄と一夜かぎりではあったが不倫をおかしたことを知るのだ。

かれは、精神的苦痛をいやすため山陰の旅に出る。そして、城崎温泉へ赴く。

「城崎では彼は三木屋というのに宿った」と書かれているが、三木屋という旅館は現在もある。志賀氏は、この旅館に泊った後に名作「城の崎にて」を書いている。山の手線の電車にはねられ、その養生で城崎温泉にきたのである。氏の部屋は二階で、縁側から玄関の屋根に羽を休める蜂をみつめ、蜂の死骸をみる。が、大正十四年にその地方を襲った大地震で城崎温泉街は火災に見舞われ、三木屋も焼失して、宿は新しく建てかえられている。

志賀氏の訪れた頃、城崎温泉は宿に湯がなく、客は外の共同風呂に行く。そうした風習が現在でもつづいていて、外湯入浴券が宿泊客に渡されている。

「宿へ着くと彼は飯よりもまず湯だった。直ぐ前の御所の湯というのに行く。大理石で囲った湯槽の中は立って彼の乳まであった。強い湯の香に、彼は気分の和らぐのを覚えた」という描写にもあるように、三木屋の前には御所の湯という外湯がある。

私も入浴券を手に、道をへだてた御所の湯に入った。湯が乳まであったと書かれているが、湯槽はそれほど深くない。強い湯の香もせず、私は早々に湯から上がった。

城崎は、静かな温泉地である。宿の裏手に川が流れていて、「城の崎にて」では、その川でなに気なく投げた石が蠑螈《いもり》に当って死んでしまうことが書かれている。その死の光景は、静けさにみちていて鮮烈であり、私はその小川のほとりに立って夜の温泉街をながめた。

夕食には松葉蟹が出て、給仕してくれる女中さんと自然に魚の話になった。律義そうなその女中さんは、近くの日本海に面した竹野に住んでいて、朝早く列車で城崎まできて宿に出勤してくるという。

「朝の列車の中で魚売りのおばさんたちと乗り合わせますが、鰈《かれい》のうまい季節ですから生干しでも買って参りましょうか」

と、女中さんは言った。

私は、ぜひ買って来て欲しいと言った。迷惑かとも思ったが、土産品にしたいと思ったのだ。

約束通り、翌朝女中さんが平たい箱に入れた鰈を持ってきてくれた。形の良い生干し鰈で、三十枚近くありながら値段は八百円だった。その鰈は帰京後食べたが、肉がしまっていて脂も多く、呆れるほどのうまさだった。

朝食を終えて、私は車で謙作の旅の道すじを追って、香住の大乗寺に向った。温泉街には蟹売りの女たちがリヤカーを所々にとめていて、海岸に出ると前方を行く小型トラックに蟹を入れた籠がゆられている。松葉蟹漁は解禁になったばかりで、どこにも蟹があふれている感じであった。

大乗寺は立派な寺で、内部に入ると広い部屋に大きな火鉢が置かれている。その寺は俗に応挙寺と言われ、円山応挙と弟子の絵が重要文化財として保存されている。「暗夜行路」では、謙作が小坊主に案内されて寺の各部屋の襖などに描かれた絵を見て歩くことになっているが、私を案内してくれたのは老いた僧であった。その僧は、ひどく背が低く肉づきも薄いが思慮深い顔をしている。そして、少し不機嫌そうな表情で、絵の説明をしながら部屋から部屋を歩いた。

謙作は、大乗寺を出ると、その夜は鳥取に一泊し、汽車で上井、赤碕、御来屋を経て大山で下車する。そこから俥と徒歩で寺や宿のある場所につく。

私は、米子からタクシーでその地に向った。舗装路の両側には美しい枝ぶりの老松がつづいていて、道の前方に大山の山頂がみえる。やがて道が行きどまりになったが、そこが謙作の住みついた地であった。

私は、中流程度の宿に入ったが、紅葉も去った季節外れの時期なので泊り客はない。宿の娘さんなのか、気の優しそうな女性が食事の給仕をしてくれ、宿の人は親切で気分がいい。

しかし、米飯のまずさには驚いた。食物のことにほとんどふれていない「暗夜行路」にも、この地の米のまずさが書かれていて、その当時もそうであったのかと思うと同時に、決して自分の贅沢な感情からではないのだと思った。「暗夜行路」の中で

「予期出来なかったのは米の質が極度に悪い事だった。彼はそれまで米の質など余り気にする方ではなかったが、食うに堪えない米で我慢していると、不知減食《いつか》する結果になり身体が弱ってくるように思われた」とさえ書かれている。ぼろぼろした米飯で、艶もねばり気もない。

その夜は豪雨で、私は屋根をはげしく叩く雨の音に何度か眼をさました。が、翌朝は雨もあがっていて青空がひろがり、眼下に日本海の色も鮮かに望まれた。

謙作は、この地で蓮浄院という寺の離れを借りて滞在する。むろん志賀氏がその寺で仮住いをしたのだ。

宿を出た私は、河原に出て細い清流を石づたいに渡って石段をのぼった。石段は苔におおわれ、その上に落葉が散り敷いている。物音が絶えて、山中の静けさが樹皮の匂いとともに私の体を包みこんできた。

洞明院という藁ぶき屋根の宿坊の前に出たが、新しい建物が増築されていて指定旅館の看板が出ている。略図を手に私は森閑とした路をたどり、ようやく蓮浄院の前に出た。

蓮浄院は、藁ぶき屋根の小さい寺で、清々しいたたずまいをみせていた。宿坊のかたわらにテレビの低いアンテナが立てられていたが、そこには葉の枯れた蔓がからまっていた。

案内を乞うと、五十年輩の住職の夫人が出て来て、まだ掃除もしておりませんが、と言って土間の右手にある書院作りの小さな部屋へ案内してくれた。

私は、その部屋を見た時、直感的にその部屋が志賀氏の逗留していた頃のままであると思ったが、推測は的中した。住職の夫人は、鴨居と天井の間に紙がはられていたのを新しく板張りにしただけで、それ以外は少しも改造していないと言った。柱も廊下も拭き清められていて、指頭でこすってみると、くきくきと軽い音がする。「暗夜行路」の部屋の描写にある書院窓もあって、その大きな円形の窓に貼られた和紙を通して、おだやかな陽光が畳の上に青ずんだようにひろがっていた。

火鉢に炭を入れながら、夫人は、住職の祖母のことを口にした。祖母は数年前に九十一歳で死亡したが、大正三年に志賀氏が蓮浄院に一ヵ月ほど滞在した時のことを知っていたという。

蓮浄院には、良家の子弟などが避暑と勉学を兼ねてやってきた。志賀氏もその一人で、手から書物をはなさずしきりに書き物をしていたが、小説家とは知らなかったという。

「祖母が当時の住職の嫁であったわけですが、志賀さんはいい男さんだったと言っていました。色が浅黒く、日本人ばなれした鼻筋の通った顔立ちで、なんでも背中かどこかに傷があったそうです。でも、なんとなく偏屈なお方だと言っていました」

と夫人は言った。

志賀氏はその前年電車事故で傷を負っているので、その祖母の記憶は正しい。偏屈なお方という表現に、私は笑った。

美味しい茶をいただいて土間に下りると、住職がズボンにセーターという姿で出て来た。そして、奥の間から一通の葉書を持ってきて私に渡してくれた。それは、志賀氏から住職の祖母——池本まさのさんに宛てたものであった。

十数年前、志賀氏が松江に旅をした折、米子市長が氏に大山を再訪して欲しいと懇請した。蓮浄院でもその訪れを待ったが、結局志賀氏は大山に足を向けなかった。大山はなつかしいが、以前と変っているはずだし、それを見るのは辛いという理由だったという。

池本まさのさんは落胆したが、それから間もなく志賀氏から紬《つむぎ》の反物と四枚小ハゼの白足袋が送られてきた。葉書は、発送したことをしらせる便りだった。

「お眼にかかって四十二三年になります。

お達者で何よりです。先日松江鳥取へ参りましたが、御地にはお寄り出来ませんでした。

昨日新宿伊勢丹百貨店から粗品お送りさせました。御受取り下さい。

草々」

簡潔で美しい文章である。私は、その葉書に志賀氏の礼儀正しい性格を知った。

大山は変貌しているが、蓮浄院は大正初年のままの姿を保っている。「暗夜行路」に、謙作は「よく阿弥陀堂という三四丁登った森の中にある堂へ行った」と書かれているが、阿弥陀堂とその周辺も変化はない、と住職は言った。

私は、蓮浄院を出ると路を引き返して、阿弥陀堂に通じる石段をのぼった。石段の脇の溝は枯葉におおわれているが、その下を澄んだ水が流れている。苔と枯葉に彩られたゆるやかな石段は美しく、初冬の冷えた空気が快かった。

阿弥陀堂は、藤原時代に建てられたが大洪水で破損し、その建材を使ってこの地に移築したという。重要文化財に指定された建物で、自然物となっているかのように周囲の風光と融けこんだ落着きのあるお堂であった。

私は、縁にしばらく腰かけてから石段を下ったが、石段の両側につらなる灌木の中に可憐な色を見出して足をとめた。

「暗夜行路」中に「彼は阿弥陀堂の森の真中に黒い小豆粒のような実を一つずつ載せ

ている小さな灌木を見た。掌に大切そうにそれを一つ載せている様子が、彼には如何にも信心深く思われた」と、描写されているが、私の眼にしたものと同一であることは疑う余地がない。

低い灌木の枝先に、淡紅色の鮮やかな萼《がく》が星形状に五枚ひらいていて、その中央に濃紺色の実がのっている。志賀氏がこの地を訪れたのは大正三年夏だが、氏の眼にした灌木がそのまま残っている。

私の旅は、阿弥陀堂を訪れることで終ったが、「暗夜行路」の謙作が訪れた場所に変化が少ないことを、その灌木の実であらためて知った。（「太陽」昭和48年2月号）

男体・女体

必要があって、江戸時代中期以降の産科書を読んでいる。

当時、日本の産科学は、中国から伝えられた学説を十分に咀嚼した上に、「産論」を著した賀川玄悦にはじまる実証主義的な研鑽によって独自の展開をみせ、かなり高度な域にまで達していた。そうしたことは概念として知っていたが、実際にいくつかの産科書を読んでみて、かれらの産科に対する知識の博さ、正確さ、観察の綿密さに驚嘆に近いものを感じた。処女膜は孃膜と称されていたが、それ一つをとっても、形態、機能、異常等に関する記述は、現代の産科書にみられるものと正しく一致している。

後期に入ると、長崎を通じて西欧の医書が輸入され、その中に産科書もふくまれていた。それらを日本人医家が和訳したが、臨産にそなえて妊婦の骨盤測定を必要とすることや、鉗子に代表される器具の使用法の解説などが目新しいだけで、日本の産科学が西欧のそれに比して遜色のなかったことを知る。

私は、それらの産科書を読みながら産科医たちの情熱の激しさに圧倒された。かれらは、神秘的なものを眼を輝かせてみつめるように対象にいどんでいる。未知の世界の小さな扉を次々にひらいて、内部の構造物に眼をみはり、嘆声をもらしながら精妙な仕組みを記録してゆくかれらの心のときめきが行間ににじみ出ている。

私は、それらの産科書に接しているうちに十数年前、或る医科大学の解剖教室に附属した実験用死体の収用室に行った折のことを思い起した。友人に解剖教室の室員がいて、私は、洗い晒しのボタンも欠けた白衣を着て、医師を装って収容室に入りこんだのである。

天井も壁も床も粗い肌のコンクリートにおおわれた室内に、三メートル四方ほどの水槽状のものが四個据えられ、その中に死体が薬液にひたされていた。死体は、スルメのような色をしていて、物という感じしかなく死体のもつ薄気味悪さはなかった。

友人は、私が問いもしないのに男性の実験用死体よりも女性のそれの方がはるかに貴重で、各大学の解剖教室では競ってその入手につとめている、と言った。

私は、水槽の中の男女の死体を見つめた。それは、人体そのものであった。男と女の体が、素朴な形で横たわっている。物と化しているだけに、その本質があらわにされていた。

男の死体は、恰も材木のように単純な物であった。人体の形態をそなえただけで、素気ない。外形は整っているが、内部は空虚な感じさえする。それに比して、女の死体には豊かさがあった。胸の隆起、臀部の張りに、生殖機能に係る臓器が互に連携をとり合って体内に包蔵されているのを感じた。友人が、男性よりも女性の死体の方がはるかに貴重だといった意味を、私は理解できた。

江戸時代の産科書にみられる熱っぽい記述は、男性である医家たちの女体に対する驚きをしめすものにちがいない。「造物主百物ニ妙手ヲ下スコト太夕《ハナハ》尽セリト雖モ此一事ニ於テハ最モ驚嘆スヘシ」などの記述もみられ、かれらが女体の仕組みに感嘆しながら、それを医学的に探究しようとする姿勢が十分にうかがえる。

　女の実験用死体を、男の死体との比較で眼にした時から、私は、あらためて両性の差異を意識するようになった。男の死体は余りにも貧弱で、手足を動かすのに必要なものしか備えていないようにさえみえ、それとは対照的に女の死体は、身のびっしりとつまった蟹のように充実感にあふれていた。

　豊かな内蔵物をそなえた生き物が複雑な性格をおびるのは自然の理で、女性も例外ではなく、男の頭脳の尺度でははかりがたい存在に思える。

　不可解なものを自分なりに解き明かしてみたいという意欲から、男の小説家はしばしば女性を創作の対象にする。女性を理解しかねているのは男だけではなく、同性である女性たちも同様らしく、女性の小説家も異性である男よりも女を描く。つまり男の小説家も女の小説家も、こぞって女を描く。

　アベックが歩いてくるのを見ると、貧弱な体と高度な臓器を内におさめた二個の生き物が、肩を並べて近づいてくるように思える。女性は自らの肉体の優越性を意識し、それを一層顕示するために色彩的な衣服を身につけ、化粧をほどこしている。そして、男がその劣性を補う要素は、わずかに腕力の強さと理屈をこねまわすことの巧みさしかないように思えたりする。

死体収容室の男女の死体の記憶から、さまざまな雑念が湧く。

古今東西、女性の足をふみ入れぬ職業的領域に数学者、哲学者、作曲家等がある。それらの対象は、頭でっかちの男の所産で、論理によって構築されたものである。音楽なども壮大な建築物と似て、旋律と旋律が積み重ねられ、それをかたく結びつけるのは論理的な意識である。論理とは、単純明快さを骨子としたもので、内蔵物もこれといってない男に適した作業なのであろう。

小説家の領域では、男女流作家ともに棲息している。元来は女性に適した世界だという説を支持すれば、小説を書く男性たちは多分に女性の要素をそなえた人間ということになる。評論や劇作の分野がほとんど男性に占められているのは、それらが一種の論理によって組み立てられた構築物で、男の得手とするものであるからにちがいない。

手術を受けることを拒む率は、女性の方がはるかに高いという。三十年前、私が大学病院で肺臓の手術を受けた時にも、それを裏付ける例に接した。十七のベッドがある病棟にただ一人女性患者がいたが、彼女は外科医や夫の強いすすめに泣いてさからい、手術を受けることなく死亡した。手術を受けるために入院してきたのに、なぜそのような頑な態度をとりつづけたのか。結果的に死亡した彼女の気持が推しはかりかねたが、それは、彼女にとって最も貴重な肉体を傷つけたくないという意識が働いていたためだろうか。

小説家の自殺は男性にみられるが、女性には皆無に近い。自殺は論理の積み重ねによる到達点での真摯な行為であり、それは男性の適性に属すものにちがいない。そして、その行為の根底には、自分の変哲もない肉体への軽視があるのかも知れない。男女の死体を見た記憶は、胸に刻みつけられている。

（「新潮」昭和52年2月号）

緑色の墓標

三年前「展望」に「他人の城」という百枚ほどの小説を書いたことがあるが、主人公にした人の話が、今でも印象深く残っている。

その人は、中学生として米軍の沖縄上陸前に疎開船で鹿児島に向ったが、途中船がアメリカ潜水艦の雷撃によって沈没し漂流を余儀なくされる。幸いかれは、駆逐艦に救出され死をまぬかれて、宮崎県下の親戚の家にたどりつくことができた。そして、終戦後、米軍命令で沖縄にもどり、トラックで故郷の村に送られたが、見なれた町村の地形は砲撃で一変し、地肌が露出していたという。

その輸送中、トラックの上からかれは、所々に雑草が点々とかたまって生い繁っているのを見た。その異様なほど鮮やかな草叢の緑を見つめているうちに、やがてその場所に必ず白骨化した遺体が半ば土に埋れて横たわっているのに気づいた。死体が肥料になって草を生えさせていたのです……と、かれは言った。

事実にはそれなりの重みがあるというが、その話を耳にした時、私は、この事実は単なる事実ではなく虚構性を十分にふくむ果てしないひろがりと深さをもつ事実なのだと思った。夏の眩ゆい陽光に逞しい葉を伸ばし鮮やかな緑の葉をひろげる雑草のかたまり。それは、点在する墓標であり、私には戦火のやんだ沖縄の地が、緑の点在によって鮮明に感じとることができたように思った。

記録小説と言われるものを書いてきたが、文字によって残された記録というものには率直に言って関心は薄い。私が興味を終始いだきつづけてきたのは、体験者の口から洩れる言葉であり、記録はその裏付けの意味をもつものでしかなかった。記録は死んでいるが、回想は生きている。

戦争を背景にした記録小説について言えば、私に関するかぎりその執筆は年を追うごとに困難になってきている。それは、戦後三十年近くたっているため証言者の死が急に速度を早めているからである。少なくとも七年前に書いた「戦艦武蔵」のような小説を構成できる環境は、失われかけている。人の口から洩れる言葉に執筆意欲をいだいてきた私には、早計かも知れぬが致命的とさえ思える。

それに私は、厳然とした事実であった戦争を書く折に必然的に要求される、事実に忠実であらねばならぬという制約に息苦しさも感じてきた。そうした内的外的条件が、小説を書く私に、ワンサイクルまわったという意識をもたらした。今後どのようなものを書くか、今までと同じように人と会い話をきくことをつづけることに変りはないが、制約に拘束されることの極めて少ない事実を軸に、自由な姿勢で小説を構築してゆきたい。地肌のむき出しになった地表に夏の陽光を浴びて生い繁っていた雑草を凝視し、それを核として虚構性の濃厚な小説を書いてゆきたいと思う。

（「読売新聞」昭和48年12月3日）

小説と読者

小説などを書いていると、未知の方から手紙をいただいたり、電話をもらったりすることが多い。

幸い今まで悪意のこもったものはなく、出来るだけ手紙には返事を書き、決して居留守などという卑劣きわまりないことはせずに、電話口にも出ることにしている。が、時には大いに迷惑を受けることもある。

一昨日のことだが、朝早く電話のベルが鳴った。

私は、仕事の性格上深夜の三時頃まで仕事をし、起床は朝十時なので、親しい方には電話は十時以後にしていただきたいとお願いしている。新聞社や出版社などは、一般常識としてそうした事情は充分承知している。

その朝も漸く寝ついた私は、突然のベルに、なにか親戚か知人に異変が起きたのかととび起きて受話器をとった。

相手は未知の人で、最近私の発表した作品について感想を述べたいという。若い人ならば早朝の電話はエチケットに反するとたしなめるところだが、相手は声から察すると六十歳ぐらいの年輩者らしい。私は、寝足りない声でそれに応じたが、ふと時計をみると針はまだ五時をまわっていない。

電話はきれたが、いったん眼ざめると再び寝につくことができない。おかげで一昨日は、一日中頭がボンヤリしてしまって机に向っても仕事に手がつかなかった。電話の主は、最後に言った。「どうかいい作品を書いてください」そんな言葉まで妙に皮肉に感じられて、私は、一日中憮然とした思いだった。

昨年私は、或る作品で太宰治賞という賞をいただいたが、それが発表された後、共通した内容の手紙を十通近く受けとった。それは二十歳から二十五歳ぐらいまでの女性の手紙で、返事のできかねる代物であった。

その要旨は「もし自殺をお考えでしたら、私もお伴をさせて下さい」と言った物騒な内容だった。彼女たちが、そんな手紙を出した動機は容易に想像がつく。私の受賞作が集団自殺をとり扱っていること、賞の名が太宰治賞であるということ。この二つから彼女たちは一つの結論を生み出す。太宰治はYという女性と心中した。受賞者である私も、自殺をテーマにした小説を書いているので心中の可能性も充分あるのだろう。自分にも一寸自殺をしてみたいような気分もあるから、吉村という男に手紙でも出してみようか、むろん悪戯半分に……。といった具合であるにちがいない。

冗談を言ってもらっては困る。私は二十歳の折、大手術をして漸く生命をとりとめた過去のある男である。自殺なぞして大事な生命を無にしたくはない。生きているのを毎日ありがたいと思っている単純素朴な男なのだ。

読者には、とかく作品とその作家を結びつけようとする傾きがある。経験がなければ、小説というものは生れ出るはずはないと思いこんでいる人さえいる。小説家は、自殺や殺人や盗みの話などをよく書く。小説が作家の経験から生れるものだとしたら、作家は何度も死ななければならないし、何度も牢にぶちこまれ絞首台にも上らなければならないだろう。たとえ架空のことを描いても、それを事実よりさらに次元の高いリアリティーをもたせるのが小説家の仕事なのである。

昨年、私は、「戦艦武蔵」という小説を書いたが、この作品でも私は大いに誤解を受けた。「武蔵」建造の技術過程が長々と書かれているので、私はよく、

「どこの造船学科を出たのか」

と、質問された。私は、国文学科中退だし理数系の知識は全くないのだ。妻にしてもそのことを充分知っているはずなのに、今もってなにもわかってはいないらしい。今年初めに書斎を増築したが、彼女は設計図を示して相談に乗ってくれという。が、私は、なにがなにやらさっぱりわからない。

「だってあなたは戦艦武蔵を書いたじゃありませんか。あんな大きなフネの技術のことを書いているのにこんな簡単なものがわからないはずはないわ。面倒がって逃げようとしたってだめですよ」

私に理解しがたいのは、技術者の生んだ機械である。電子計算機などはむろんのこと、駅の自動販売機も内部がどんな仕組みになっているのか不思議でならない。落語家の米丸の「中に人がひとり入っていたりしまして……」という話に、妙に真実味をおぼえて大笑いするのだ。

（「NJC JOURNAL」昭和42年9月号）

見えない読者

少年時代、読書ほど楽しいものはないと思っていた。映画、芝居、落語を観たり聴いたりすることにも熱中したが、それらへの関心も読書以上のものではなかった。同世代の男たちのほとんどがそうであるように、「少年倶楽部」を愛読し、中学校に入ると小説をはじめさまざまな分野の書物を読むようになった。戦時中で新刊本が少なくなり、専ら古本屋歩きをして書物を買い求め、卒業時にはかなりの冊数になっていた。

戦後、肺結核のため四年近く病床生活を送り、一層読書に親しんだ。新聞を開くと自然に書籍の広告が眼に入り、代金と送料を出版元に送り、手にした書物の内容に満足したり腹を立てたりした。典型的な読者の一人であったのである。

病気も癒えて大学に再入学し、文芸部に属して部の機関誌に小説を書くようになってから、読書の仕方がかなり変った。読む書物は小説、評論が中心になり、同じ書物を繰返し読むことも多くなった。時には、大型のノートに文章を写したりした。関心のある作家、評論家が次第に限定され、それらの人たちの作品を集中的に読んだ。

偏った読者になったわけだが、依然として私は読者の側にいた。書物は私に出費を強い、決して収入をもたらしてくれるものではなかった。

十三年前、太宰治賞を受け、自分の小説が書物として書店に並べられるようになってから、私は読者の側から実作者の側に移行した。書物に親しんでいるかぎり読者の一人であることに変りはないのだが、読者と向き合っている自分を意識した。

私が不気味に思ったのは、その時から読者というものが全く見えなくなったことである。純粋な読者であった頃、私は書物を通じて著者の姿をはっきりと見た。すぐれた小説を読んで感心し、その作家の新しく発表された小説を読んで期待が裏切られたり、一層その作家に畏敬の念をいだいたりした。作者の顔、息づかい、生活などが感じとれたのである。

しかし、実作者となると同時に、読者は実在感のないものになった。それは、自分の著書が重版になったという出版社からの連絡があっても変ることはない。版が重ねられたことは、かなり多くの人々が私の著書を買い求めたことをしめしてはいるが、果してそれが事実であるのか疑わしい気持が強い。

私には、自分の著書をいったいどのような人が買うのだろうかという根強い疑念がある。純粋な読者であった頃、私は書物の代価と懐中の金銭を考え合わせ、その都度かなりの勇気をもって書物を買い求めた。そのようなことが、私の著書の場合にもあるとはどうしても思えないのである。

著書が書店に並べられた頃、書店に入ることが私には苦痛になった。純粋な読者から実作者に移行していたからである。

書店に入ると、書架に私の著書が他の多くの書物とともに並んでいる。それを眼にすると、平静さを失う。私の分身が、定価をつけられ陳列されているように思え、堪えがたい気がする。と言っても、商品のように売られていることが恥しいのではなく、逆に読者が定価に相当する金銭を支払ってまで買い求める価値が自分の著書にあるのだろうか、と思え、他の書物と同じように書架に納っていることが分不相応にも感じられるのである。

そうした自分でも想像もつかぬ感情が最高潮に達したのは、私の著書を買う人を現実に見た時である。銀座の書店に何気なく足をふみ入れた私は、自分の著書が二十

七、八歳の男の手にとられているのを見た。ワイシャツの袖をまくったサラリーマンらしい人であった。

私は、足が動かなくなった。困ったものを見た、という気持であった。男は、頁をひるがえし、装幀をながめ、奥付を見つめている。その仕種は、品物を選ぶのに似ていた。

男は、少し思案しているようだったが、私の著書を手にレジスターの所へ行くと、代金を払って出て行った。

私は、その時、初めて読者を見たと思った。私が純粋な読者であった頃、ためらいながら書物を買った時のように男は私の著書を買っていった。現実に読者というものがいて、それらの人が私の著書を買い求めていることも知った。と同時に、自分の著書がその男の期待を満すことがあるのだろうかという重苦しい気持にもなった。

実作者になってから十三年の間に、私は、その男をふくめて三人の男が自分の著書を買うのを見た。二人目は、白髪の六十年輩の人で、三人目は、あきらかに土木労務者である二十二、三歳の男であった。その都度、私は、あらためて読者というものが実在していることを感じ、果して自分の著書がかれらの意にそうものであるかどうか、不安になった。

私は、結局三人の読者の顔を見たが、それでも読者が実在感のないものであるという気持は変らない。依然として読者はみえず、薄気味悪い。小説を書く作業は、密室で贋金造りをするのに似ているが、著書が書店で売られているのは贋金が正常な貨幣とまじり合って通用しているようなものである。怪しむこともなく使っている人々を贋金造りは見ることはできないが、私にも読者は見えない。

或る日、大きな書店に入った時、異様な光景を眼にした。新人文学賞を受賞した若い作家の作品集がさかんに売れているという話をきいていたが、それを眼の前で見たのである。レジスターの傍に、すでに包装された作品集が山積みされ、客が次から次に買ってゆく。私は、書物がそのように売れるのを見たことはなく、これは大変なことだと呆れてながめていた。そのように売れているのだから、著者は、自分の作品集を買い求める人を多く眼にしているはずだが、おそらくその著者も私と同じように読者を実在感のないものとして感じているにちがいないと思った。読者は闇の中に身をひそませ、著者には見えないものなのであろう。

（「展望」昭和53年7月号）

「闇」からの手紙

読者は、実作者である私には見えぬ闇の中に身をひそませているが、時折り手紙でその存在を現わす。

初めて読者からの手紙をもらったのは、最初の短篇集を上梓した時である。同人雑誌に発表した短篇五篇をおさめ、その中の「少女架刑」という短篇を表題にした。

読者からの手紙と言っても、それは単行本の中にはさみこまれた愛読者カードで、出版社から私に届けられた。送主は伊東市に住む二十九歳の大学講師で、私の短篇集についての「御感想又は御意見」の欄に左のようなことが細字でつづられていた。

この本を買った妹（二十七歳）は、この本を読んで二週間後、突如としてこの世を去りました。すばらしい頭脳と才能をもった妹でしたが……。妹は「少女架刑」を読み何に共感したのか、私は、今、亡き妹の心をしずかに考えています。そしてまた、まだ死んだとは信じがたい妹を、かたわらに坐っているような気持で愛しているのです。

とあって、私と会って話をしてみたい、と結ばれていた。

私は返事を書いたが、さりげないお悔みの内容だった記憶しかない。私と会いたいとあったが、おそらくそれは一時的な感情によるもので、返事は送られてこないだろう、と思ったが、予測は当ってかれから手紙が来ることはなかった。

「少女架刑」は、主人公である少女が病死した瞬間からはじまる。「私」は死体であり、家が貧しいため医科大学の解剖研究室に運ばれ、実験材料に供され、やがて焼骨されて納骨堂に納められるところで終っている。大学講師は、葉書に妹の自殺と私の短篇を結びつけているが、私にはそうとは思えず、大学講師自身もかたく信じているわけでもあるまいと推測した。かれは、妹の死を悲しむ余り、たまたま妹の読んでいた短篇の作者である私に語りかけてきただけのことで、その葉書はかれの感傷の所産であるとも思った。

私がさりげないお悔みの返事を書くにとどめたのは、かれの葉書の内容が、実際には私の作品とほとんど無縁のものである、と感じたからである。読者からの手紙にはそうした一面があり、作品は鏡に類したもので、読者はそこにうつる自分の顔を見るのである。

その後、私が読者からの手紙をもらったのは、長篇「戦艦武蔵」を出版した時であった。その小説が出版された時、初版部数が二万部ときいて恐れに近いものを感じた。短篇「少女架刑」は初版三千部で結局四千五百部まで増刷し、思いがけず売れたと出版社側から言われた。その後、初めての書き下し長篇小説の出版もあったが、初版五千部でそれきり増刷もなく、かなりの返本があったときいた。

そうしたことから考えて、無名である私の書いた小説が二万部も読者の手に渡るはずはなく、それらがほとんど返品され倉庫に山積みされるにちがいない、と思った。私は、重荷を背負わされたような落着かない気持になった。

しかし、初版が店頭に並んでから三日目に再版の通知があり、一週間後には三版が増刷された。私は呆気にとられてその現象をながめていた。そのうちに、自分の小説は読みまちがえられているらしい、それでなければそれほどの部数が読者に読まれるはずがない、と思うようになった。

やがて、読者からの手紙が出版社気付で回送されてくるようになり、それらの手紙によって私の想像が的中していることを知った。手紙の半ば近くは旧海軍に属していた人々で、私の小説を郷愁に似たもので読み、また、戦時中の日本人の祖国愛が描かれていることに感動したという手紙も多かった。わずかな救いは戦争体験のない年齢層の人たちからの手紙で、戦争のはかなさむなしさ、そして人間というものの奇怪さを身にしみて感じた、と書かれていたことで、むろん私の主題は後者にあった。

小説は、読まれるという行為のもとにしか生きる場がない。が、それが作者の手もとからはなれると、読者一人一人の思いのままに扱われる。作者の意図をかぎとってくれる者もいるが、思いがけぬ解釈をする者も多い。作者にとって読みまちがえられることは悲しいが、発行部数の多寡にかかわらず、それが小説の基本的な宿命と言えるのだろう。

読者からの手紙には、小説の中で扱われている事実の誤りを指摘するものも多い。自分で何度か推敲し、編集者、校閲者の入念な眼をも通過して活字になったものであるのに、さらに誤りを見出す読者に不気味さすら感じる。そして、それらの手紙の指摘はおおむね正しく、私は、必ずお礼の返事を出すことにしている。

読者の身をひそめる闇の中に、私の方から無言の会話を送ることもある。シーボルトの娘イネを主人公にした長篇小説を連載中、シーボルトの愛人其扇に故意にルビをつけてみた。一般的に其扇はソノギとされ、それはシーボルトの書簡に Sonogi とあることから発しているが、私はソノオオギとルビをふった。長崎の代表的史家である古賀十二郎氏の研究で、実際はソノオオギであると確認されていることを知っていたからである。

闇の中から早速反応があり、二通の封書と一枚の葉書が舞いこんだ。予想通り、多くの専門書にソノギとありソノオオギは誤りである、と指摘していた。私もすぐに返書を送り、シーボルトはお滝（其扇の実名）さんをオタクサと言ったように、其扇をソノギと呼んだだけのことで、折角の御指摘ながら……と書いた。むろん、返事はこなかった。

眼に見えぬ読者を私の方から呼び出した形だが、闇の中での会話によってわずかに読者というものの存在を知ることができたが、依然として読者は為体の知れぬ恐しいものに思える。

（「展望」昭和53年8月号）

囚人の作品

三年前、法務省の方から或る依頼を受けた。全国の多くの刑務所に収容されている囚人の創作、随筆を年に一回募り、作家か評論家が入賞作品をきめ法務省関係の新聞で発表しているが、その選者を引き受けてくれぬか、という。創作は二十枚以内、随筆は十枚以内で、それぞれ二十篇ずつ新聞の編集部で選び、その中から入賞作と佳作数篇をえらんで欲しい、謝礼は予算の都合で僅少だが……といった趣旨であったと記憶している。

私は、その頃或る大学の新聞が学内で募集する学生の小説の選者をしていて、その仕事に辟易していた。生な言葉をつらねた勿体ぶった文章ばかりで、その上、てにをはが乱れ、誤字が多い。不思議なことに半ば近くが、朝ぼんやりと起き、まだ寝ていようかどうかと迷い、結局はなんのあてもなく町に出てゆくという書き出しではじまっていた。

私は、三年間その大学の教授と二人で選をしたが、常に該当作なしで、義理があったのだが、来年もう一度選者をして辞任することにきめていた。

そうした事情にあっただけに、選者になることがためらわれたが、社会奉仕という意味合いもあり、囚人の作品を読んでみたいという気持もあって承諾した。

やがて創作、随筆計四十篇が持ちこまれ読むことになったが、その日から私はそれらの作品を読むことに熱中した。文章は一様にたどたどしいが、書かれてある内容、表現に強い衝撃を受けた。

或る女囚の書いた随筆を例にあげると、まず女囚である私の刑務所内での作業から書き出されている。彼女は、囚人の衣類の洗濯をする部門に配属されていて、毎日洗われた衣類を乾燥場に運ぶことを繰返している。

その日、面会人があって出てゆくと、そこには入所後一度も会ったことのない二十歳近くになった自分の娘が立っている。「事件が起った時五歳であった娘が、こんなに成長して……」といったさりげない文章に、その女囚が十五年近くも刑務所にいることを知って、どきりとする。娘は、出所したら一緒に住もう、と明るい表情で言うが、主人公は黙って泣いている。そして、娘が去ると、再び彼女は衣類運びをつづける。

稚拙な文章だが、淡々とした表現の奥に主人公の過去の深い淵をのぞきみるような思いがした。恐らく殺人を犯した上での服役なのだろうが、それについては一切触れていない。それだけに無気味な作品になっているのである。

私は選考経過を書き、入賞、佳作の作品をえらんで法務省の人に渡した。担当者に感動したことを伝えると同時に、それらの囚人たちが出所した後、再びすぐれた作品を書くことはないだろう、とも言った。

囚人たちは、自分の生活を日常茶飯事のように書きつづっただけで、作品を創造する意識というものはうかがえない。私が感動したのは、閉塞された刑務所という特異な世界をかれらが意識的にではなく描いた点にある。それは子供の作文に感動するのと同一である。つまり囚人の作品は、創作とは本質的に異ったものなのであろう。

囚人の作品と創作との境界はきわめて微妙で、その接線に位置する創作も貴重な存在だと思う。

（「蝶」第6号）

懲りる

二ヵ月前、長篇小説「赤い人」が単行本としてC社から出版されて間もなく、同じ社で発行されている文芸誌の編集長K氏から電話があった。地方都市にある大きな書店で著書に署名する、いわゆるサイン会の企てがあるが、引受けて欲しい、という。

その小説は、K氏の雑誌に発表された関係もあって辞退するのは辛かったが、それだけは遠慮したいと答えた。理由は簡単で、たとえそのような催しに出ても、私の著書に署名を依頼する人がいそうには思えず、著書の積まれた机の前に一人坐っている自分の姿が想像されたからである。

私がそれを口にすると、書店では県内紙にその催しのことを広告するので、一人も来ないということはあり得ない、とK氏は言った。

私は、かさねて辞退する旨を伝えたが、その言葉には迫力が失われていた。C社は、私が受けた新人賞を設けている社であり、その後も雑誌にいくつか作品を発表させてもらい、単行本も十冊近く出してくれている。その半数以上は読者がつかなかったらしく重版もされず、新しく出た長篇小説も、その内容から言って増刷などおぼつかなく、社に迷惑をかける恐れが十分にあった。そうしたことから、私は、自分のできる範囲内でK氏の求めに応じなければなるまいという気持にもなっていた。

K氏と話をしている間に、私は自然にその依頼をうけることになった。最初で最後のことであり、懲りるために行ってみます、と私が言うと、懲りるためとはいいですね、とK氏は笑い、電話をきった。

引受けはしたが、その日から私の精神状態は不安定になった。机の前にぽつんと坐っている自分の姿がしきりに想像される。困ったことになった、と、私はK氏の依頼を承諾したことを悔いた。

前日になると、不安は一層つのった。夜、酒を飲んでみたが酔いは訪れない。

私は、思い切ってその地方都市に住む従兄の電話のダイヤルを廻した。電話口に、従兄が出た。私が趣旨を説明すると、従兄は笑いながら承諾してくれた。

翌朝、私はK氏と東京駅で落合い、新幹線に乗った。弱った、弱ったと私が言う度に、K氏は気楽に、気楽にと言う。従兄に電話をかけたことも、悔まれてきた。従兄は必ず来てくれるだろうが、かれ一人しか来ないかも知れないし、それは従兄の口から私の兄弟や親戚にも伝わり、折にふれて冷やかしの材料にされるだろう。

列車が目的の駅に停り、私はK氏の後から繁華街を歩いていった。書店はK氏の言う通り大きいが、時間的な関係か東京の著名な書店よりも客はまばらだ。店内では二人の画家の個展が開かれているらしく、店の入口に高座のまくりのような紙が垂れ、私のサイン会を報せる紙も並んでいた。

事務室に案内され、コーヒーを飲んだ。私がなにも言わぬのに、K氏は、何度も気楽に、と言った。

定刻になって階下におりると、机が用意され、その前に坐るように言われた。机の前に、一人の男が立っていた。従兄であった。

「三、四人はくるように頼んであるから、安心しろよ」

かれは、私を励ますように言った。

従兄が、机の上に積まれた著書を数冊買い求め、私の前に置いた。書店の人が、なれた手つきで署名し易いように本をひろげてくれる。

筆をとった私は、姓は書いたが名前が思い出せない。

「名前はなんでしたっけ」

私がたずねると、従兄は、

「冗談じゃないよ、忘れたのかい」

と、呆れたように言い、小さな紙片に達筆で姓名を書き、私の前に置いた。

私は、自分がかなり平静さを失っていることに気づいた。わずかな救いは、従兄の背後に四、五人の人が立っていることであったが、その人たちも、従兄が連れてきたのかも知れなかった。

私は紙片を傍に置いて従兄の名前を書いたが、筆がふるえる。可笑しなほどあらぬ方向に動く。背を伸し深呼吸をしてみたが、筆のふるえはとまらない。

机の前には数名の人が立っていたが、ふえもしないし減りもしない。事務室で書店の人が、サイン会になれている著者は、署名を依頼する人と談笑したりして和やかな雰囲気にする、と言った。その意味は、せわしなく署名をつづけると机の前に依頼者が一人もいなくなってしまうことをほのめかしたものらしい、と思った。

私には、むろん依頼者と言葉を交すような精神的ゆとりはなく、今に一人もいなくなってしまうのではないか、と不安になった。私は思案し、そのような事態にならぬよう、署名に時間をかけることを思いついた。

私は、一字一字ゆっくりと書きはじめた。そのため筆のふるえが、少しずつおさまってきたようだった。時折り背筋をのばしたり、坐り直したりして時間を費すことを心掛けた。

ようやく平静さがもどってきたらしく、筆が正常に動くようになった。思い通りに字が書けるようになった時、机の前は無人になっていた。

「ここらで休憩して下さい」

書店の人が言ってくれたが、依頼する人がいなくなったのだから休憩する以外になかった。

それで、私の役目は終った。机の上には、著書がまだ残っていた。

従兄が、

「それでは、また……」

と、本の包みをかかえて店を出て行った。

懲りるために行く、と私はK氏に言ったが、再び繰返したくない経験だった。私のような者がするべきことではなく、分不相応なのだ、とも思った。

帰りの列車に乗ってからも、私はうつろな気分だった。C社に対する義理を少しでも果せたことが、わずかな慰めであった。

一ヵ月後、六年前に癌で死んだ兄の法事に従兄が上京してきた。酒が入ってしばらくすると、従兄が傍に坐り、

「署名をする機会が多いのだろうが、字を習ったらどうだ。もう少しましな字を書くと思っていたのに……」

と、真剣な眼をして言った。私がふるえる筆でかれの買った本に署名した字のひどさを口にしていることはあきらかだった。

「その通りにします」

私は、恐縮して答えた。

（「文学界」昭和53年3月号）

足と煙草

昨年九月末に、煙草をやめた。病気の悪化をふせぐために、である。

　初めて左足の親指の付け根に痛みを感じたのは、一昨年の暮近くであった。その後、疼痛は、時として夜も眠れぬほどの激しさにもなり、大学病院で診察をうけると痛風だといわれ、毎日薬をのみ、食餌療法につとめる身になった。

　その後、痛みの発作は気温の上昇とともに稀になって、快方にむかっているようであった。が、私はなんとなく足の痛みが痛風によるものではないと考えるようになっていた。痛む個所と痛みの程度は痛風の特徴をそのまま示してはいるが、尿酸の検査数値は正常で、その点が私には不可解であった。

　医師が人間であるかぎり誤診はつきものである。私は、その医師を信頼していたが、疑念が増すばかりなので、三十年近く前、私に肺結核手術をしてくれた外科医の診断を乞うた。検査の結果は痛風ではなく、バージャー病という血管障害の病気で、すぐに専門医を紹介してくれた。

　バージャー病は足の血管が閉塞状態になる病気で、病状が進行すると足の先端から壊死がはじまり、最終的には足を切断しなければならなくなる。原因は一定しないが、私の場合は、急に激しい寒気に足部をさらしたためである。発病前、一ヵ月ほどの間に、北海道のオホーツク海岸、増毛海岸、旭川で雪中を歩きまわったが、その寒気に足部の血管をおかされたためだろう、と専門医は言った。

二年ほど前から江戸期の漂民の記録を読みあさっているが、アリューシャン列島、カムチャツカ、シベリア方面に漂着した者たちの中には、あきらかにバージャー病患者になった例が数多くみられる。

天明二年、破船してアリューシャン列島に漂着、カムチャツカを経てシベリアに入り、首都ペテルスブルグに至って帰国した大黒屋光太夫一行の漂流を記録した「北槎聞略」に、庄蔵という男のことが記されている。庄蔵は、寒気にふれて足痛を訴えていたが、膝から下が次第に腐り、「皮肉爛れ脱ち骨を露」わすまでになったので、「大鋸にて膝の節より截《きり》すて」たという。

かれは、不具になったことを嘆き、結局帰国を断念してロシアにとどまったのである。かれの症状は、まぎれもなくバージャー病のそれである。

安芸ノ国川尻浦の久蔵という漂民も、庄蔵と同じ病気にかかっている。かれは、文化七年十一月、「歓喜丸」という千百石積みの船に乗って大坂を出帆したが、嵐で船が難破、カムチャツカに漂着する。乗組員十六名中九名が死亡、七名が帰国した。七名の中でかれ一人だけが翌年秋まで帰国を延期させられたが、それはかれがバージャー病にかかっていたからである。

かれの体験については「魯斉亜国漂流聞書」という記録が残されているが、

「私儀、寒気に中《あた》り、右足指二ツ、左の足指不残くさり候に付、其指を医師切落療治致し呉申候」

と、その症状と手術したことが記されている。

また文化四年ロシア艦にシベリアへ拉致され、オホーツクで久蔵と会った番人五郎治の陳述書にも、

「右久蔵事漂着之砌《みぎり》雪焼にて足腐落ち……右の腐たる足半分鋸切にて引切取たる跡療治全快不致……」

とある。久蔵は、義足をつけて帰国するが、その義足を珍しがって多くの人が見物に来たという。

庄蔵、久蔵以外にも多くの漂民が足の切断手術を受けたり、治療もうけずに死亡したりしているが、それらの患者は南国で生れ育った者にかぎられている。北国生れの漂民にバージャー病にかかった者は皆無である。

これは、多分血管の寒気に対する耐性の強弱によるものなのであろう。私の家系を考えてみても曾祖父の代まで約三百年間静岡県の温暖地に定住していて、さらにその以前をたどると、関西地方、九州地方に住んでいたことがはっきりしている。南国の気温になれた私の家系の血管は寒気に弱く、北海道の冷気にもろくもおかされたのだ

ろう。

専門医は、喫煙が血管に悪影響をあたえるから禁煙をした方がいいと言った。私の喫煙量は、日に七、八十本であったが、医師の忠告に従って煙草を捨てた。

そうした私を、友人たちは意志が強いと言うが、意志云々とは別の問題である。私の病状はきわめて軽症で、医師はこのまま推移すればなんの障害もあらわれず治癒するだろうという。むろんそれは、医師の指示を忠実に守る……ということを条件としてである。その一つが禁煙という行為であり、足一本と煙草とどちらをとるかという問いに、私は煙草を捨て足をとったにすぎない。つまり、手術への恐れが禁煙につながったのであり、臆病な私の性格が禁煙を自らに課すことになったのである。

煙草を捨ててみて、初めて私は、自分の肉体、精神が煙草と密接な関係をもっていたことに気づいた。

肉体的な点では、まず消化器が悪しき意味で大変調を来し、その癖体重は徐々に増してゆく。体の所々に吹出物ができ、飲酒すると二日酔いをする。精密検査を受けようかと思ったほど、体の調子が悪かった。

頭脳は、死んでしまったようだった。原稿用紙に向っても、文字が書けない。ようやく一行書いても、それに自信がなく、次の行に進むことができない。夜は、二時間も眠ると必ず眼がさめ、朝まで起きている日がつづいた。

　一ヵ月がそのような状態で過ぎ、変調を来していた肉体も精神も徐々に平静になったが、私には旧に復したという感じがない。喫煙していた私と現在の私は異質のものだ。過去の私は、煙草を捨てたと同時にこの地上から消えてしまったようにすら思える。

　煙草と無縁になった私は、なんとなく足が地についていないような心もとない気分を味っている。大切なものが日々の生活の中から欠落してしまったとでも言った、うつろな心状にもある。

　同じ夢を数度みているが、その夢の中で、私は、庄蔵、久蔵と同じように大鋸で足の切断手術を受けている。外科医は、丁髷をつけているので、江戸時代だとわかる。可笑しなことに、手術台に横になっている私が、煙管をくわえてしきりに煙をふかしている。こんな夢をみているようでは、煙草への未練はまだ残っているらしい。


（「文学界」昭和50年6月号）

あとがき

この随筆集は、私にとって二作目の随筆集である。

初めての随筆集を出したのは昭和四十七年九月で、「精神的季節」と題した。それから七年近くがたったが、その間、多くの随筆を書いた。随筆は、小説で書けぬ対象を書くことができる領域であり、極めてむずかしいものでもある。随筆を書くのは、短篇小説を書くのに相通じた辛さがある。書く対象をあれこれと考え、書き出しに苦しみ、筆を進める。うまく書けたと思うことがないのも、短篇小説を書く場合と同様である。

随筆集「精神的季節」を上梓して以来、書いた随筆は総計千二百枚ほどになっていた。読み返してみると、書いた対象が重複しているものも眼につき、それらを整理し、除くものは除いて五百枚余の量の随筆をえらび出した。それらを出版担当の小孫靖氏の意見を参考に、歴史、社会、文学に分類し、まとめてみた。

あとがきを書きながら、早くこの随筆集を手にしたい気持がしている。随筆集は、書く者の自画像に似たものだが、自ら描いた自分の顔をあらためてながめまわしてみたいからだ。

昭和五十四年早春

吉村　昭

本書は、一九七九年二月に小社より刊行されたものです。